DOUCE PASSION

NATASHA GRACE

CHAPITRE UN

Olivia Montgomery avait des papillons dans le ventre tandis qu'elle traversait la réception des quartiers généraux de *Montgomery Hotels*. Elle venait tout juste de rentrer d'un voyage d'affaires au cours duquel elle était allée vérifier l'avancée des rénovations de leur hôtel de Boston et, à présent que cela était réglé, elle avait hâte de discuter de la proposition qu'elle avait faite à son père d'ouvrir un nouvel hôtel non loin du parc national de Yosemite.

Il lui en avait touché deux mots avant son départ, l'interrogeant au sujet de la fréquentation du parc, des autres hôtels de la région et des options dont ils disposaient pour loger leurs propres employés. C'était la première fois que son père avait semblé s'intéresser à l'une de ses propositions et elle ne pouvait s'empêcher de penser qu'il finirait par accepter celle-ci.

Peut-être aurait-elle même l'opportunité de retravailler ses propositions précédemment rejetées lorsqu'elle aurait fait ses preuves avec cet hôtel. Il y en avait une en particulier qu'elle refusait d'abandonner. Plusieurs autres idées lui traversèrent l'esprit, des façons de rendre la propriété unique… Elle sourit en se glissant dans l'ascenseur. On ne lui avait même pas encore dit oui pour son hôtel du Yosemite qu'elle pensait déjà à ce qu'elle ferait ensuite !

Bien sûr, elle savait objectivement qu'il lui restait encore une longue route à faire avant de réaliser ses rêves, mais elle était incapable de contenir son excitation. Cela faisait déjà près de quatre ans qu'elle cherchait un moyen d'apposer sa marque sur l'entreprise familiale, depuis qu'elle l'avait rejointe, et il semblait que les choses allaient enfin tourner en sa faveur.

Les portes de l'ascenseur étaient en train de se fermer lorsqu'elle vit un homme aux cheveux d'ébène et en costume approcher. Elle appuya rapidement sur le bouton d'ouverture des portes.

– Pardon.

Elle avait été si distraite qu'elle ne l'avait pas vu.

– Ce n'est rien. Merci.

L'homme élégant lui avait répondu en souriant alors qu'il pénétrait dans l'ascenseur.

Elle attendit un instant puis, comme il ne choisissait pas d'étage, elle demanda :

– Quel étage ?

Il hocha la tête.

– Le même que vous, au douzième.

Elle fronça les sourcils alors que les portes en métal se refermaient. Il était un peu plus de sept heures du matin. Seul son père et une poignée de personnes étaient déjà au bureau. C'était d'ailleurs précisément pour ça qu'elle était venue si tôt. Elle voulait pouvoir parler avec son père avant l'arrivée des autres.

– Vous êtes venu voir Tom ? demanda-t-elle.

Tom Nichols était l'un de leurs vendeurs les plus agressifs, qui n'avait de cesse de harceler les entreprises pour leur proposer d'organiser leurs réunions professionnelles dans les hôtels *Montgomery*, mais il arrivait généralement plus tard. Bien plus tard.

– Non, je suis venu voir Victor Montgomery. Je suis Adam Campbell, dit-il en lui tendant la main.

Il avait rendez-vous avec son père ? Merde. Elle aurait dû vérifier son agenda la veille, mais il était rare qu'il reçoive des clients en matinée. Ce n'était normalement qu'aux premières heures du jour qu'il pouvait se concentrer sur son travail sans être interrompu. Elle devinait qu'elle allait donc être forcée d'attendre qu'il se libère pour lui parler de sa proposition. Ravalant sa déception, elle serra la main d'Adam.

– Olivia Montgomery.

– Vous êtes la fille de Victor, dit-il après lui avoir lâché la main.

Elle acquiesça, ne reconnaissant qu'alors le nom de cet homme. Adam était promoteur immobilier et membre de la famille qui possédait *Dannier*, l'entreprise de produits de beauté qui produisait la crème hydratante que sa cousine adorait.

– Vous voulez qu'on gère l'un de vos hôtels ? devina-t-elle.

En plus de diriger les leurs, les *Hôtels Montgomery* géraient aussi les propriétés de tiers. Elle avait entendu dire qu'Adam faisait construire des hôtels, mais il lui semblait qu'il s'agissait de propriétés de gamme moyenne, non de luxe comme celles dans lesquelles *Montgomery* se spécialisait.

— Et bien, vous ne tournez pas autour du pot, vous ! répondit-il en souriant avant d'acquiescer. Puis il expliqua :

— Je viens de racheter le *Manoir*. L'affaire devrait être finalisée d'ici un jour ou deux.

Le cœur de Liv manqua un battement. Le *Manoir* était l'un des premiers hôtels que son grand-père avait construits. D'abord bâtiment de bureaux, il avait longtemps servi de quartier général à l'affaire familiale. Puis ils étaient venus s'installer à Midtown et son grand-père avait converti leurs anciens bureaux en un joli hôtel mariant les caractéristiques architecturales les plus marquantes de certains des plus célèbres châteaux d'Europe. À ses yeux, la banque familiale avait toujours été un devoir et le *Manoir* sa passion, l'endroit où il passait la moindre de ses journées de repos, investissant toute son énergie à la gestion d'un hôtel toujours plus luxueux au sein duquel le client était roi. Il avait même plus d'une fois remplacé à la réception lorsqu'ils manquaient de bras.

Malheureusement, il avait été forcé de le vendre dans les années 80 pour sauver la banque familiale, mais il ne l'avait jamais oublié, leur racontant, à son frère et elle, foule d'histoires au sujet du temps qu'il avait passé là-bas, allant des incidents amusants avec des clients célèbres aux rénovations en passant par les fêtes opulentes qu'il y avait organisées.

Cet hôtel avait été son histoire d'amour à lui et il avait

été incapable de tourner la page, même après sa vente, n'en déplaise à son père. Il arrivait en effet parfois à son grand-père d'aller boire un verre à son bar, ou de déjeuner à sa terrasse. Lui et sa grand-mère avaient même emmené Olivia y prendre le thé plusieurs fois en secret avant que son père ne découvre leurs machinations et n'y mette un terme.

La première proposition qu'elle lui avait jamais faite avait été de racheter la propriété et, bien que son père l'ait rejetée, elle s'était promis de retenter le coup plus tard, lorsqu'elle serait plus expérimentée. En bref, le *Manoir* appartenait à la famille. Et bien qu'elle savait que le fait de mettre son nom en bas de l'acte de propriété ne lui ramènerait pas son grand-père, elle voulait honorer sa mémoire malgré tout.

Le destin semblait cependant avoir des projets différents.

– J'ignorais que Quinley était vendeur, dit-il en référence à la multinationale qui possédait actuellement Le *Manoir*.

Ils n'avaient pas été partants lorsqu'elle avait fait sa proposition à son père près de deux ans plus tôt, mais elle avait toujours pensé qu'ils vendraient au bon prix. Cela aurait été logique, étant donné qu'ils n'avaient jamais pris la peine de rénover l'hôtel. Il était évident qu'ils n'avaient pas prévu de conserver la propriété longtemps.

Elle se demanda combien Adam avait payé pour l'acquérir, et elle ravala l'envie de lui demander s'il serait prêt à revendre à *Montgomery* sans attendre. Cela serait inapproprié étant donné son poste dans l'entreprise (tout du moins sans en avoir d'abord parlé à son père), sans oublier qu'elle ne voulait pas avoir l'air désespéré. C'était en partie à cause du prix estimé du *Manoir* que son père avait refusé sa proposition. Mais le marché immobilier ne se portait plus aussi bien aujourd'hui qu'à l'époque. La propriété serait donc bien plus abordable.

– Ils me l'ont cédé pour payer une dette, dit Adam. Je sais qu'il va falloir un paquet de rénovations pour le remettre en état, mais il devrait être coquet une fois que nous aurons terminé.

Coquet ? Un paquet de rénovations ?

Mais de quoi parlait-il, bon sang ? Tout ce dont cet hôtel avait besoin était qu'on modernise sa tuyauterie et son électricité, et qu'on revoie un peu sa décoration intérieure. Beaucoup de rénovations avaient été reportées au fil du temps, mais elle avait toujours trouvé cet hôtel magnifique, l'un des plus beaux qu'elle eût jamais vus avec son atrium au plafond de verre et ses colonnes en marbre. Il avait une beauté classique, presque intemporelle, qu'il était impossible d'égaler. Et elle n'avait aucun mal à l'imaginer redevenir l'un des hôtels les plus populaires de New York City avec un peu d'efforts et d'amour.

– Quel genre de rénovations envisagez-vous ? demanda-t-elle.

Elle espérait que sa voix était neutre et non pas agressive, après qu'il eût suggéré que le *Manoir* était un endroit miteux. Heureusement, il ne sembla rien remarquer.

– Des travaux de rafraîchissement dehors et à l'intérieur, on rase tout et on recommence pour imaginer quelque chose d'un peu plus chaleureux et surtout de moins prétentieux.

Il voulait raser l'intérieur ?

Ses oreilles se mirent à siffler tandis qu'elle songeait à cette splendide réception qui menaçait d'être détruite avec son époustouflant plafond peint et son grand escalier luxueux. Comment osait-il la qualifier de prétentieuse ? Elle était loin de l'être. Elle était même l'incarnation de l'élégance et de la sophistication à l'ancienne. Ses éléments de choix rappelaient le charme d'époques passées et donnaient l'impression à chaque visiteur de voyager dans le temps. Oh, et la salle de bal !

Il fallait vraiment que cet homme n'eût pas de goût pour vouloir tout détruire.

– On va complètement refaire le salon de thé, poursuivit-il. On déplacera le bar pour avoir de la place pour un restaurant plus grand. Quant aux chambres…

Un froid glacial l'envahit lorsqu'elle perçut l'excitation dans les yeux d'Adam. Ce n'étaient pas les coûts potentiels qui avaient poussé son père à rejeter sa proposition. C'était l'idée que cet hôtel avait besoin d'un véritable lifting, alors que son jugement était, selon lui, biaisé par les « vieux contes » de son grand-père.

Et si les projets de rénovation d'Adam s'accordaient avec ce que son père avait en tête ? Et qu'il acceptait de gérer l'hôtel ? Au lieu d'être ravie que le *Manoir* soit à nouveau sous la tutelle des Montgomery, Olivia pleurerait la perte de l'âme de l'hôtel de son grand-père.

Le *Manoir* avait été la raison de vivre de son grand-père. Il s'était investi dans son moindre recoin, allant même jusqu'à choisir lui-même les matériaux qui devaient y être utilisés. S'il n'avait pas déjà été mort, le fait de découvrir les projets d'Adam qui prévoyait de détruire l'œuvre de sa vie l'aurait sans doute anéanti.

Les portes de l'ascenseur s'ouvrirent sur la réception et Adam rit.

– Pardon, je me laisse toujours un peu emporter par l'excitation lorsque je me lance dans un projet.

Il semblait improbable qu'Adam accepte de leur vendre l'hôtel étant donné qu'il semblait s'y être déjà tant investi. Il voudrait aller jusqu'au bout des rénovations. La tête d'Olivia lui tournait alors qu'elle se forçait à répondre :

– Non, je comprends.

Elle espérait juste s'être trompée à son sujet et que son père lui ferait une proposition qu'il ne pourrait refuser. Bien qu'il n'ait pas voulu reprendre l'hôtel lorsqu'elle le lui avait proposé, elle doutait qu'il se laisse marcher sur les pieds en permettant à Adam de presque détruire le lieu qui importait tant aux yeux de sa famille.

Elle se dirigea vers la réceptionniste, Carol, qui releva la tête en souriant.

– Coucou, Olivia ! Ravie de te revoir.

– Moi aussi, Carol. Est-ce que tu pourrais dire à Paul qu'Adam Campbell est là pour voir mon père ? demanda-t-elle en se tournant vers lui.

Carol écarquilla les yeux alors qu'elle lui jetait un coup d'œil.

– Bonjour, haleta-t-elle.

Olivia ravala un sourire. Carol avait toujours bien du mal à résister au charme des hommes, et Adam était franchement renversant. Dommage qu'il veuille détruire l'hôtel de son grand-père.

– Bonjour, dit-il, la voix amusée.

Carol sembla aussitôt retomber sur terre et elle saisit son téléphone.

Olivia lui lança un sourire reconnaissant avant de se tourner vers Adam.

– Ravie de vous avoir rencontré, dit-elle en lui serrant la main.

– De même.

Elle rejoignit son bureau en se demandant ce que donnerait la discussion entre Adam et son père. Elle avait beaucoup de retard à rattraper après son voyage d'affaires, mais elle serait sans doute incapable de se concentrer après avoir découvert le sort qui attendait le *Manoir*.

– Ah Liv, au fait !

Elle se tourna et vit Carol approcher, une note à la main :

– Le responsable de San Antonio a démissionné et Gary Bruning s'inquiète que Maxwell maltraite les employés de San Diego.

Olivia soupira en prenant la note.

– Merci.

En tant que responsable des relations internes de *Montgomery*, elle devait constamment régler de petits problèmes tels que ceux-ci. La plupart du temps très urgents, leur résolution ne nécessitait cependant pas de connaissances particulières. Il s'agissait de difficultés que quiconque pouvait affronter.

Ainsi, bien que son travail fût important, elle ne le trouvait pas particulièrement passionnant, raison pour laquelle elle n'avait de cesse de soumettre des propositions à son père, quand bien même il les rejetait les unes après les autres. Elle voulait créer quelque chose, elle aussi, et aider les *Hôtels Montgomery* à se développer, tout comme son père l'avait fait avant elle. Leur portfolio n'avait été composé que de six hôtels lorsqu'il avait repris l'affaire, et il en comptait actuellement un peu moins de quarante. Ses rêves à elle n'étaient pas aussi extravagants, mais elle voulait malgré tout contribuer à l'héritage familial d'une façon ou d'une autre.

Elle prit place à son bureau, prenant note de demander à Paula de l'appeler dès que son père serait disponible afin qu'elle puisse lui parler de sa proposition. Ensuite, elle l'interrogerait au sujet du *Manoir* pour découvrir quelles étaient ses intentions.

Si *Montgomery* était bien chargée de sa gestion, elle partirait en campagne pour préserver le design original de son grand-père autant que possible. Étant donné les points de vue de son père et d'Adam, une simple restauration semblait hors de question, mais peut être pourraient-ils convenir d'un compromis et ainsi préserver ce qui rendait cet hôtel si spécial, comme ses plafonds à fresques et ses jolies moulures.

Mais cela n'aurait rien d'aisé. Adam avait semblé surexcité à l'idée de rénover l'hôtel. Serait-il seulement d'accord pour préserver quoi que ce soit s'il avait déjà prévu de tout raser ?

Peut-être ne voudrait-il plus de changements aussi drastiques si elle pouvait lui montrer des designs alternatifs qui mariaient la modernité aux caractéristiques qui étaient la marque de fabrique du *Manoir*…

Elle commencerait d'ailleurs à chercher un architecte

immédiatement. Il fallait qu'elle trouve un spécialiste des rénovations de vieux bâtiments : un qui saurait tempérer le désir de modernité d'Adam sans perdre pour autant l'âme du *Manoir*. Plusieurs noms lui vinrent à l'esprit et elle se mit à faire des recherches.

Elle voulait avoir un architecte sous la main s'ils parvenaient à un accord. Elle ne pouvait laisser à quiconque l'opportunité de soumettre une autre proposition qui détruirait ce que son grand-père avait créé.

Elle avait déjà trahi sa mémoire une fois. Elle refusait de le faire à nouveau.

* * *

— Seriez-vous prêt à nous revendre l'hôtel directement ? Je suis certain que nous pourrons trouver un accord qui nous profiterait à tous les deux, dit Victor Montgomery après avoir écouté la proposition d'Adam.

— Je doute que nous puissions nous mettre d'accord sur un prix qui nous satisferait tous les deux. Avec les rénovations, la valeur du *Manoir* pourrait quadrupler en quelques années, et je n'accepterai aucune offre qui ne reflétera pas cela, répondit Adam sans détour.

Il ne voulait pas perdre de temps dans des négociations qu'il savait inutiles. Il n'avait absolument aucune intention de vendre le *Manoir*. *Montgomery* était peut-être prêt à payer une somme rondelette pour cet hôtel, mais il doutait fort qu'il soit disposé à faire une offre sur la base de profits projetés.

— Et que diriez-vous d'un partenariat ?

Adam secoua la tête.

— Je cherche uniquement quelqu'un pour gérer l'hôtel.

Il ne partageait jamais l'actionnariat de ses développements, préférant toujours utiliser son propre argent ou, comme dans ce cas, emprunter.

Après avoir longtemps vécu sous la coupe de ses parents, il appréciait la liberté de faire ce que bon lui semblait sans que quiconque ne lui dicte ce qu'il pouvait faire ou non. Il savait qu'*Ac Developments* se développerait bien plus rapidement s'il permettait à des investisseurs de participer à ses projets, mais il préférait ne rien devoir à personne.

Il était bien prêt à faire quelques concessions pour travailler avec *Montgomery*, comme de payer plus cher ou de concéder sur un contrat plus long. Mais abandonner son ascendant alors qu'il n'y était pas forcé ? Non, c'était hors de question.

— Dans ce cas, je vous suggère de vous trouver une autre société de gestion, répondit Victor. J'imagine que vous le savez, mais les hôtels que nous gérons ne se mesurent en rien à ceux que nous possédons. Les profits générés par un possible contrat de gestion avec le *Manoir* ne seraient tout simplement pas satisfaisants comparés à ceux que nous pourrions toucher en possédant notre propre hôtel à New York.

La mâchoire d'Adam se contracta. C'était en partie parce que *Montgomery* ne possédait pas déjà d'hôtel à New York qu'il les avait contactés. Il n'était pas rare que des groupes gèrent des hôtels compétiteurs dans la même ville que la leur, mais il avait voulu mieux pour le *Manoir*. Cet établissement méritait d'être la seule préoccupation de ses gestionnaires, tout du moins dans la région.

Montgomery avait bien possédé un hôtel à New York quelques années plus tôt, mais ils avaient fini par revendre leurs parts à leur associé. Il ignorait ce qui s'était passé exactement, mais il avait entendu dire que *Gen Capital*, leur associé de l'époque, avait été accusé de fraude.

Il aurait dû se douter que *Montgomery* préférerait gérer son propre hôtel s'ils s'implantaient à New York à nouveau. C'était une chose de gérer les hôtels des autres, et une tout autre de le faire sur son propre territoire. C'était d'ailleurs sans doute pour ça qu'ils ne s'étaient pas pressés d'y rouvrir un autre établissement. Ils voulaient prendre leur temps pour faire les choses correctement.

Le *Manoir* avait la même importance à ses yeux. Bien sûr, Adam avait déjà connu un certain succès sur le marché immobilier, mais il n'avait jamais rien tenté à New York, bien qu'il y vive. Et maintenant qu'il possédait le *Manoir*, il était prêt à tout pour que son entreprise réussisse. Ce projet serait son bébé, et il se moquait bien de devoir payer cher pour garantir son succès.

Il était par ailleurs déterminé à montrer à ses parents combien il avait grandi. Le *Manoir* n'étant situé qu'à deux rues des quartiers généraux de *Dannier* : ils l'apercevraient chaque fois qu'ils se rendraient au bureau. C'était un peu puéril de sa part, mais il adorait l'idée de leur mettre sa réussite sous le nez. Parce qu'il savait qu'ils détestaient le voir réussir sans qu'ils ne soient la cause de ses succès. Ils s'étaient attendus à ce qu'il revienne en rampant lorsqu'il avait coupé les ponts avec eux. Au lieu de ça, il s'était attelé à la construction d'un empire qui allait bientôt engloutir le leur.

Mieux encore, le *Manoir* était le lieu de rencontre de choix des riches et célèbres vieillissants. C'était là qu'ils organisaient toutes leurs fêtes ; des fêtes auxquelles ses parents rêvaient d'assister sans qu'on ne les y convie jamais. Et bientôt, il posséderait cet hôtel. C'était presque trop beau pour être vrai.

Mais était-il prêt à céder une part du *Manoir* aux Montgomery pour travailler avec eux ? À en juger par la détermination qu'il lisait dans le regard de Victor, il devinait que ce partenariat serait le seul moyen de le convaincre d'accepter de gérer l'hôtel.

Et Adam voulait vraiment que le*e Manoir* soit un *Hôtel Montgomery*. En sus du fait que leur entreprise avait été reconnue pour son service client, elle appartenait à la légendaire famille Montgomery. Ainsi, même si ce n'était qu'en affaires, il ferait ce qui avait toujours été hors de portée de ses parents : il fréquenterait la vieille élite.

– Je suis prêt à accepter un partenariat, dit-t-il enfin.

Ça n'avait pas été son intention première, mais il ne pouvait nier que cela aurait aussi ses avantages. En plus de prendre moins de risques d'un point de vue financier, ce partenariat garantirait aussi que *Montgomery* ferait tout pour que leur projet réussisse. Bien qu'ils aient la réputation d'être honnêtes, il préférait être certain que leurs décisions de gestion profitent à l'hôtel sur le long terme.

Victor hésita brièvement avant d'acquiescer.

– Bon. Envoyez-moi les bilans financiers ainsi que l'acte

de vente et nous rédigerons un contrat. Avez-vous des projets particuliers quant à la rénovation ?

– J'ai des idées, mais encore rien de concret.

Il avait brièvement pensé engager l'architecte qui l'avait assisté lors de la construction de ses centres commerciaux, avant de renoncer à cette idée. Si le travail de Clarke avait été impeccable, il savait aussi qu'il était expert dans les bâtiments modernes et non dans la rénovation de lieux anciens. Il ne doutait pas que *Montgomery* serait de bien meilleur conseil quant à la personne à engager sur ce genre de projet.

– Je ne veux pas toucher à l'extérieur, outre quelques travaux de restauration, dit-il. La façade est originale ; elle a un style traditionnel qu'on voit rarement en ville aujourd'hui.

Il était même d'ailleurs surpris que le bâtiment n'ait pas déjà été classé monument historique. Cette propriété était non seulement riche de son histoire, mais elle avait aussi été le lieu de mariages et d'événements politiques notables. Il poursuivit :

– Par contre, ça ne me dérangerait pas de raser l'intérieur pour refaire quelque chose d'un peu plus contemporain, peut-être comme ce que vous avez fait à Los Angeles.

La décoration de cet hôtel était aussi élégante que chaleureuse.

– Vous avez visité notre hôtel rénové ?

– Oui, j'y ai fait un déjeuner professionnel l'année dernière, et j'ai beaucoup aimé la décoration.

Victor rit.

– Je le dirai à ma fille. Le concept me déplaisait, mais elle a beaucoup insisté.

Adam se demanda s'il parlait d'Olivia, mais il ne posa pas la question. Il ne voulait pas donner davantage de raisons à cet homme de refuser le projet.

Victor pointa du doigt le dossier qu'Adam avait apporté.

– Et que pouvez-vous me dire des baux des locataires des magasins ? demanda-t-il.

Il parlait des boutiques situées au rez-de-chaussée, et Adam devina que Victor envisageait de remplacer les locataires actuels par d'autres, plus prestigieux. Le *Manoir* avait autrefois été le foyer de certaines des marques les plus célèbres au monde, mais la qualité des magasins avait décliné avec celle de l'hôtel au fil du temps.

– Il est possible de les racheter. Avez-vous de possibles locataires à l'esprit ?

Victor confirma les doutes d'Adam en lui donnant le nom de plusieurs marques de luxe qu'il faudrait approcher, après quoi ils se mirent à discuter de la répartition de l'espace et du nombre de locataires à trouver.

Victor avait une idée très claire de la façon dont il fallait optimiser l'espace pour maximiser les profits sans pour autant compromettre l'expérience du client, tout en sachant que ces boutiques n'étaient pas uniquement fréquentées par les clients de l'hôtel, mais aussi par le grand public.

Plus Victor parlait et plus Adam se félicitait d'avoir trouvé un associé tel que lui. Victor était le genre d'homme qui ne s'intéressait pas uniquement à l'argent, mais aussi à ses clients. Pas étonnant que ceux de *Montgomery* leurs soient aussi fidèles.

– Je demanderai à mes hommes de contacter les vôtres, dit Victor.

Il raccompagna Adam hors de la salle de réunion trente minutes plus tard et sut alors qu'il avait eu raison de venir seul à ce rendez-vous.

Adam doutait en effet que les choses se seraient si bien passées s'il était venu avec une armée de conseillers. Victor semblait être un peu vieux jeu, du genre à laisser son instinct guider ses affaires avant de confier les détails à ses négociateurs et avocats.

– Parfait. J'ai hâte d'avoir de vos nouvelles.

Et il redoublerait d'efforts pour que les choses avancent aussi vite que possible de son côté. Le fait d'avoir un gestionnaire sur le projet lui permettrait non seulement d'avoir l'air plus crédible, mais cela faciliterait aussi la transition lorsque les clés du propriétaire changeraient de main.

Ils retournèrent à la réception, Adam remarquant Olivia dans son bureau, la tête baissée tandis qu'elle travaillait. Son envie d'entrer pour aller discuter avec elle le surprit. Ils n'avaient échangé que quelques mots dans l'ascenseur, mais elle lui avait fait une sacrée impression. Il se demandait si sa fascination était due à la franchise de la jeune femme ou à son intérêt pour le *Manoir*, mais il avait trouvé aisé de lui parler.

Il rit en lui-même. Fallait-il vraiment qu'il se trouve des excuses pour approcher une belle femme ? Cela dit, il serait indéniablement gênant de faire un crochet par son bureau alors que son père le menait aux ascenseurs.

Il discuterait avec elle la prochaine fois qu'il viendrait. Il s'en assurerait.

CHAPITRE DEUX

Il était presque dix-sept heures lorsqu'Olivia se dirigea enfin vers le bureau de son père. Elle avait voulu s'y rendre dès le départ d'Adam, mais son père avait été trop occupé à rassembler une équipe destinée à travailler sur la proposition du *Manoir* pour l'écouter. Puis, plus tard, la responsable des ressources humaines lui avait tenu la jambe pour lui rappeler qu'ils avaient besoin d'un nouveau directeur pour l'une de leurs franchises.

Malgré ses tentatives pour rester calme, elle ne put faire taire son excitation alors qu'elle approchait de la porte. Sa proposition d'hôtel au Yosemite était la seule à laquelle il avait prêté la moindre attention. Cela voulait bien dire qu'il était intéressé, non ?

Paula, la secrétaire de son père, était déjà partie, si bien qu'Olivia se dirigea directement vers sa porte ouverte, à laquelle elle toqua.

— Salut ma puce, dit son père alors qu'elle entrait.

Comment ça s'est passé avec le *Granger* ? Tu as pu parler aux Peters ? demanda t-il.

Il parlait de leur hôtel de Boston, duquel elle rentrait tout juste.

Larry Peters, son propriétaire, avait promis de la contacter un mois plus tôt afin d'approuver les projets de rénovation dont l'hôtel avait désespérément besoin. Mais lorsque la date butoir était passée sans qu'elle ait de nouvelles et que ses appels étaient restés sans réponse, elle était allée à Boston elle-même afin de découvrir si les travaux avaient été faits et pour discuter avec lui en personne. Étant donné qu'il l'évitait, elle avait choisi de ne pas aller le voir chez lui et l'avait au lieu de ça coincé au champ de course où devait courir l'un de ses chevaux ce jour-là.

Elle prit place dans un siège en face du bureau de son père.

– Oui. Il m'a dit qu'il travaillait avec un architecte sur les plans, mais quand je lui ai demandé de me montrer ce qu'ils avaient, il m'a avoué qu'il cherchait encore une firme d'architecture à qui confier le projet.

Elle doutait que Peters fasse ces rénovations. Autrement, il lui aurait demandé conseil, à elle ou à n'importe qui d'autre chez *Montgomery*, des mois plus tôt, lorsqu'il avait reçu leurs recommandations.

Elle hésita avant d'ajouter :

– Je pense que Peter cherche à gagner du temps pour trouver une autre chaîne d'hôtels qui demanderait un peu moins d'efforts.

Pour autant qu'elle le sache, il était tout à fait possible

qu'il soit déjà en train de négocier un contrat avec quelqu'un d'autre. Il n'avait pas franchement eu l'air perturbé par ses remontrances lorsqu'elle avait discuté avec lui.

– Ça ne me surprendrait pas. Il n'a jamais hésité à se plaindre qu'on était trop exigeants.

S'il était vrai que les standards de *Montgomery* étaient relativement élevés, ces derniers leur avaient aussi permis de récolter une base de clients fidèles. Les propriétaires d'hôtel qui choisissaient de s'associer à *Montgomery* étaient d'ailleurs souvent attirés par cette dite base de clients, mais tous n'étaient pas prêts à faire les efforts nécessaires pour atteindre et préserver ces standards élevés. Elle détestait l'idée de perdre un autre de leurs hôtels, mais cela valait toujours mieux que de devoir gérer des clients insatisfaits.

Et puisque aucune décision n'avait encore été prise à ce sujet, elle poursuivit :

– Ils ont bien rénové quelques petits trucs qui étaient sur la liste qu'on leur a envoyée, dont les éclairages qui ont été remplacés.

Elle n'ajouta pas qu'ils l'avaient sans doute uniquement fait pour diminuer leur facture d'électricité.

– Je t'ai envoyé un rapport par e-mail ainsi qu'à Jim, mais il me semble que ce qui urge le plus pour l'instant, ce sont les toilettes visiteurs qui ont besoin d'être complètement refaites, expliqua-t-elle.

Elle avait été médusée de constater combien elles étaient usées. Elle avait même trouvé des fissures dans le lavabo.

– Le service était correct, mais il arrive parfois qu'ils manquent d'employés. J'ai discuté avec le directeur et il m'a dit que leurs absences étaient dues à une grippe qui passait en ville.

Mais le fait que Jim, leur expert en rénovations, avait lui-même remarqué ce problème lors de son passage à l'hôtel près de trois mois plus tôt lui faisait douter de la crédibilité de cette histoire. Et puisque le propriétaire ne semblait pas s'intéresser suffisamment à l'hôtel pour en prendre soin correctement, il n'aurait pas été idiot de supposer qu'il se fichait tout autant de devoir engager de nouveaux employés.

Tout cela ne serait pas un problème si cet hôtel appartenait à *Montgomery*. Mais il s'agissait de l'une de leurs franchises. Et bien que ces rénovations aient été pensées pour le bien de l'hôtel, il arrivait parfois que les propriétaires les jugent inutiles ou trop chères. Pire encore était tout ce temps gâché à convaincre Peters d'accepter leur aide.

Elle s'était doutée que Peters serait loin d'être ravi lorsqu'il recevrait leurs suggestions, si bien qu'ils avaient décidé de ne pas lui proposer une rénovation complète pour laquelle ils auraient été forcés de faire fermer l'hôtel de façon temporaire, préférant séparer la phase de travaux en deux temps : d'abord les réparations les plus urgentes, puis les améliorations qui permettraient d'offrir une expérience plus agréable aux clients.

Et ils n'avaient rien reçu en retour. Le moins qu'on puisse dire était que cela était frustrant, mais elle ravala sa colère. Ses émotions ne changeraient rien à la situation, et son père préférait de loin travailler avec les faits.

– N'hésite pas à me le faire savoir si tu as la moindre question en lisant le rapport.

Elle était curieuse de savoir ce que son père allait faire. Dans des situations similaires, elle l'avait vu réagir de mille façons différentes allant d'une proposition de rachat à un abandon de propriété. Bien qu'il soit rare qu'il se débarrasse de l'un de leurs hôtels, elle n'aurait pas été surprise qu'il fasse ce choix avec celui-ci. Le manque de professionnalisme criant de Peters lorsqu'il avait refusé de répondre à ses appels et à ses e-mails justifierait cette décision.

– Mais en attendant, je voulais savoir ce que tu pensais de ma proposition pour le parc de Yosemite, poursuivit-elle.

Son père s'appuya contre le dossier de son fauteuil.

– Ah, oui. L'hôtel de luxe pour les aventuriers amoureux de la nature.

Elle avait en fait prévu d'implanter plusieurs hôtels non loin des parcs nationaux et autres attractions extérieures majeures du pays. Il n'en existait encore que peu, et encore moins d'hôtels cinq étoiles.

Bien sûr, on pouvait toujours trouver à se loger, parfois à l'intérieur des parcs eux-mêmes, mais la majorité de ces endroits étaient souvent complets plus d'un an à l'avance. Ce marché était une véritable pépite, et elle était convaincue que *Montgomery* était très bien placé pour s'y implanter. Ce serait aussi un bon moyen de faire découvrir leur marque à des personnes qui ne se seraient autrement pas intéressé à leurs hôtels.

Mais ils devraient choisir chaque lieu avec soin. Les professionnels représentaient une grande partie des clients fidèles de *Montgomery*, et la majorité des endroits qui les intéressaient étaient bien loin des bureaux. Ils devraient compter sur les vacanciers.

– Il faut admettre qu'on aurait bien eu besoin d'un hôtel comme ça une fois ou deux, dit-elle.

Son père ayant toujours été très occupé, il était rare qu'ils organisent leurs vacances familiales en avance. Et chaque fois qu'ils étaient enfin prêts à réserver, les hôtels étaient pour la plupart déjà complets.

Le fait que son père soit têtu au point de refuser de séjourner dans un hôtel compétiteur n'aidait pas franchement, d'autant que presque tous étaient des compétiteurs à ses yeux, ce qui réduisait considérablement leur choix. En dehors des propriétés de *Montgomery*, il n'acceptait généralement de séjourner que dans des hôtels indépendants, affiliés à aucune chaîne.

Et lorsque ces derniers étaient complets, soit presque tout le temps, ils finissaient généralement par louer une maison ou un chalet. Bien que son père n'eût eu aucun mal à faire jouer ses contacts pour obtenir une chambre, ce n'était pas son genre. En tant qu'hôtelier, il faisait toujours passer ses clients avant tout et les réservations étaient sacrées à ses yeux, même s'il ne s'agissait pas de son hôtel.

– Tu penses pouvoir t'occuper d'un projet aussi important ? demanda t-il.

– Oui.

Non seulement elle avait hâte de lui prouver qu'elle était apte à s'occuper de projets tels que celui-ci, mais elle voulait aussi se débarrasser de son poste de responsable des relations. Il le lui avait donné lorsqu'elle avait rejoint *Montgomery*, en lui assurant que ce serait la meilleure façon de découvrir la facette consultative des affaires. Et bien qu'elle ne puisse nier qu'elle en avait beaucoup appris au cours des quatre dernières années, elle voulait à présent en faire davantage.

Son père réfléchit un instant avant d'acquiescer.

– Bon. Dans ce cas, je veux que tu t'occupes du *Manoir*. J'imagine que tu as entendu dire que son propriétaire en devenir était venu nous voir ?

– Oui, j'ai rencontré Adam dans l'ascenseur ce matin. Attends… ça veut dire que tu as signé ?

Une vague d'excitation la traversa à l'idée que l'hôtel de son grand-père était à nouveau aux mains de la famille, avant qu'elle ne se souvienne combien Adam prévoyait de le modifier. Il lui avait dit qu'il voulait le raser. Elle ne pouvait décemment pas laisser l'hôtel de son grand-père finir comme ça. Comment son père pouvait-il croire qu'elle le laisserait faire ? Il savait combien le *Manoir* comptait à ses yeux.

– Pas tout à fait. L'équipe travaille encore à l'élaboration du contrat, mais je suis bien déterminé à obtenir cinquante pour cent de l'hôtel. J'aimerais que tu prennes la tête de ce projet lorsque notre proposition aura été acceptée. Je sais combien tu voulais récupérer le *Manoir* pour grand-père, mais je ne veux plus t'entendre dire qu'il faut lui rendre la beauté de son âge d'or. Sa décoration a toujours été ostentatoire et de mauvais goût, sans parler du fait qu'elle est franchement passée de mode, maintenant. Tu le sais comme moi.

Elle se redressa. Elle n'avait jamais entendu son père parler de l'hôtel en ces termes, et sa joie se dissipa. Elle avait si longtemps rêvé que la famille récupère le *Manoir*, mais pas de cette façon. Elle ne pouvait se résoudre à détruire ce que son grand-père avait construit.

– Pourquoi le veux-tu si tu le détestes autant ?

En dehors des chambres, qui étaient vieillottes et même quelque peu kitsch, il fallait l'admettre, les espaces communs n'avaient besoin de rien d'autre que d'une légère restauration pour mettre en valeur leur beauté. Rien à voir avec la démolition qu'Adam avait à l'esprit. Un frisson d'effroi la traversa à l'idée que le *Manoir* fût dépouillé de sa splendide salle de bal et de son joli salon de thé. Non. Elle ne pouvait pas laisser faire sans rien dire.

Son père rit.

– Parce que je veux le récupérer, moi aussi. C'était le premier hôtel de ton grand-père, la pierre fondatrice de *Montgomery*. Tu imagines le coup de maître si on le récupérait ?

Elle le fixa, surprise. Elle avait toujours pensé que l'acquisition de cet hôtel ne l'intéressait pas après qu'il eût refusé sa proposition. Mais c'étaient ses idées qui lui avaient déplu, ce qui ne laissait rien présager de bon quant à son projet d'engager un architecte spécialisé en restauration. Elle comptait malgré tout terminer la courte liste qu'elle s'était mise à rassembler des firmes qu'elle pourrait contacter une fois la proposition acceptée. Il fallait qu'elle donne des options à Adam, ainsi que des idées qui permettraient d'épargner les traits uniques du *Manoir* pour le convaincre de revoir ses projets.

– Et t'es sûr de vouloir t'associer à Adam ? demanda-t-elle.

Elle avait du mal à imaginer son père collaborer avec

quiconque, surtout à New York, après qu'ils eussent perdu leur hôtel de Manhattan au profit d'associés peu scrupuleux. Si les choses tournaient à nouveau au vinaigre, cet hôtel serait un rappel constant de leur échec.

— Il est bien déterminé à conserver au moins une partie de l'hôtel. Et puis, ça a l'air d'être un type correct.

Il haussa les épaules et Olivia dut se faire violence pour ne pas lever les yeux au ciel. Comme toujours, son père marchait à l'instinct là où d'autres auraient confié la négociation à des experts. Si cela pouvait sembler fou, il s'en était pourtant toujours très bien tiré ainsi.

— Et ma proposition alors ?

Elle avait pourtant été convaincue qu'il accepterait.

— Et si on voyait ce que donne le *Manoir* avant ? On en reparlera l'année prochaine.

Une vague de déception la traversa alors même qu'elle savait cela raisonnable. Bien sûr, elle avait participé à de nombreuses rénovations par le passé, mais elle n'avait jamais été chef de projet. Elle devrait s'occuper de tout, des changements d'employés aux travaux. D'ailleurs, le fait de s'occuper du *Manoir* serait un bon moyen pour elle de progresser. Ce serait un aussi grand pas en avant que son projet d'hôtel au Yosemite.

Pourtant, elle avait été convaincue qu'il accepterait lorsqu'il n'avait pas immédiatement rejeté sa proposition. Elle s'était autorisée à espérer et s'était même mise à imaginer la suite. Le fait d'être reléguée à un autre projet de rénovation pour l'une de leurs franchises, quand bien même il s'agissait de l'hôtel de son grand-père, lui donnait l'impression de reculer.

– Qu'est-ce que tu aurais fait si Adam n'était pas venu nous trouver ?

Elle fut incapable de retenir cette question. Son père haussa les épaules.

– Je t'aurais chargée de la gestion d'un autre hôtel. En fait, je pensais te proposer de racheter le *Granger* à Peters s'il continue à refuser les rénovations. Je le pourrais encore.

Elle aurait dû être ravie qu'il lui offre l'opportunité de faire ses preuves avec un tel projet. Au lieu de ça, elle ne pouvait s'empêcher de penser qu'il voulait la tester à cause de ce qui était arrivé avec le *Whitcombe*, leur ancien hôtel de Manhattan.

Elle travaillait chez *Montgomery* depuis un an à peine lorsque leur associé s'était mis à se plaindre des coûts de gestion trop élevés du *Whitcombe*, avant d'exiger qu'ils changent d'opérateur. À l'époque, *Montgomery* avait une liste d'opérateurs approuvés pour la gestion des hôtels qui leur appartenaient, si bien qu'elle avait autorisé ce changement sans consulter son père. Il lui avait semblé inutile de perdre du temps à se battre avec *Gen Capital* à ce sujet et elle avait naïvement pensé qu'ils reviendraient en rampant après s'être rendu compte de ce qu'ils manquaient en tournant le dos à *Montgomery*.

Mais quelques mois plus tard seulement, leur auditeur interne avait découvert que *Gen Capital* s'était associé à leur opérateur pour trafiquer les comptes afin que leurs profits semblent plus faibles qu'ils ne l'étaient en réalité, leur permettant d'empocher la différence.

Son père avait vendu ses dernières parts de l'hôtel à *Gen Capital* lorsqu'il l'avait découvert. Lui qui avait déjà souffert d'une crise cardiaque à cause du stress avait décidé, ainsi que sa mère, qu'il était inutile de se battre pour récupérer les pertes sur les profits maquillés.

Et bien que *Montgomery* eût réussi à tirer son épingle du jeu dans l'affaire, les conséquences de ce revers avaient été dures, non seulement parce qu'ils avaient été contraints de revendre leurs parts à moindre prix, mais aussi parce qu'ils s'étaient beaucoup investis dans cette propriété. Olivia et son frère avaient presque grandi dans cet hôtel. Ils y avaient passé presque chaque jour après l'école, à y faire toutes les corvées possibles et imaginables. Et bien qu'elle ait souvent détesté y travailler, il lui avait paru tout à fait inconcevable qu'il sorte de la famille Montgomery.

Olivia savait que si son père avait décidé de vendre, c'était avant tout parce qu'il doutait de ses compétences. Il ne lui avait pas fait confiance pour résoudre le problème. Elle ne doutait pas qu'il se serait battu si son conseiller de longue date, Gene Cunningham, n'avait pris sa retraite et avait toujours travaillé dans l'entreprise. Son père avait toujours été sans pitié dans le domaine des affaires, et c'était d'ailleurs en partie pour ça qu'il avait réussi à développer *Montgomery* aussi rapidement.

Mais il avait abandonné. Pire encore, il avait cessé d'associer leur nom à de nouveaux hôtels dont on avait refusé de leur confier la gestion. Il n'y avait que comme ça qu'ils pouvaient s'assurer de la qualité du service, avait-il dit.

Son père lui avait assuré qu'elle n'avait pas fait d'erreur, mais elle avait eu du mal à le croire et, depuis, elle s'efforçait de se rattraper.

– D'accord, dit-elle, hésitante.

Elle se montrerait à la hauteur sur ce projet et elle lui prouverait qu'elle était tout à fait capable de mener à bien la construction d'un hôtel au Yosemite. D'autant plus qu'en tant que manager du *Manoir*, elle serait chargée des rénovations et serait donc plus à même de préserver l'héritage de son grand-père.

– Alors, que penses-tu d'Adam ? lui demanda son père.

Elle rougit en se rappelant le sourire du jeune homme. Carol n'avait de toute évidence pas été la seule à craquer pour lui. Bien qu'Olivia déteste le fait qu'il veuille modifier l'hôtel de son grand-père de façon aussi drastique, elle ne pouvait nier qu'il était profondément attirant. Et le fait qu'il ait choisi de devenir promoteur immobilier au lieu de se reposer uniquement sur la réussite de sa famille en disait long sur sa personnalité.

– Ça a l'air d'être un type bien. Je n'ai pas franchement eu le temps de discuter avec lui.

– Je crois qu'il est célibataire, dit son père.

Elle grogna.

– Papa, tu sais que je ne veux voir personne en ce moment.

Elle n'avait déjà pas beaucoup de temps libre. Lorsqu'elle n'était pas occupée à désamorcer des crises, elle travaillait à l'élaboration de propositions pour faire décoller sa carrière. Son père finirait bien par approuver l'une d'elles et, lorsque ce serait le cas, elle ne voulait pas que quiconque vienne la distraire, bellâtre ou pas. Elle ne pouvait se le permettre.

C'était dingue. Son père n'avait jamais apprécié aucun de ses petits amis. Presque comme s'il croyait qu'aucun homme ne serait assez bien pour sa fille. Mais à présent qu'elle était plus vieille, il la poussait presque dans les bras de tous ceux qu'ils croisaient. Parfois, il lui demandait même des nouvelles de William Yates, qu'elle avait fréquenté au lycée et à l'université. Son père n'avait jamais cherché à cacher le fait qu'il ne voyait pas cette relation d'un bon œil mais, à présent qu'ils avaient rompu, il agissait comme si William avait été le gendre de ses rêves.

– Oh, j'espérais juste que tu avais changé d'avis. Et le fils de Mark Callahan, alors ? Il revient tout juste de Singapour.

– Papa !

Il leva les mains.

– Je sais, je sais. On ne parle pas de la vie privée au bureau. Mais attention, ta mère et moi n'avons aucune intention de lâcher l'affaire.

Un sourire aux lèvres, elle secoua la tête en se levant. Ses parents étaient incorrigibles, d'autant plus lorsqu'il s'agissait de sa vie amoureuse. Ils rêvaient d'avoir des petits-enfants. Et bien qu'elle veuille aussi avoir des enfants un jour, elle voulait d'abord se laisser le temps de se construire une carrière dont elle pourrait être fière. Elle avait souvent l'impression de trop se reposer sur la bonne foi de ses parents.

– Je crois que tu aurais de meilleures chances avec Robbie, dit-elle.

Son père ricana. Robbie, son frère, était célibataire et fier de l'être, mais étant donné qu'il avait trois ans de plus qu'elle, il aurait été logique que ce soit lui qu'on harcèle pour donner des petits-enfants à leurs parents.

– Et merci pour l'opportunité.

Ce n'était pas ce qu'elle avait voulu, mais elle comprenait qu'il fallait d'abord qu'elle fasse ses preuves.

– Ne me déçois pas ma puce, dit-il alors qu'elle atteignait la porte.

– Promis.

* * *

Une semaine plus tard, le téléphone d'Adam sonna alors qu'il pénétrait dans son appartement. Il jeta un œil à l'écran sur lequel était affiché le nom de Jake Halliday. Ils avaient signé l'accord de vente du *Manoir* la veille, et Adam se doutait donc que le trader l'appelait pour lui dire quelque chose du genre « ravi d'avoir fait affaire avec toi ».

– Bonsoir, Jake. Tu as un autre hôtel à me proposer ?

Adam plaisanta en posant sa mallette sur la table basse. Il avait croisé Jake à une fête l'année précédente et il avait été surpris lorsqu'il l'avait appelé ensuite pour savoir s'ilserait intéressé par le rachat du *Manoir*. On lui avait confié l'hôtel pour éponger une dette, et Jake avait trop eu besoin d'argent pour refuser.

À l'époque, Adam était à la recherche d'une façon de s'introduire dans le marché new-yorkais, après que ses projets eussent été arrêtés nets par les prix trop élevés de l'immobilier. Et bien qu'il ait toujours su que la vie était plus chère à New York qu'au Texas, la pilule n'en avait pas moins été difficile à avaler.

Quatre cents millions à New York n'étaient rien face à ce que quatre cents millions pouvaient acheter au Texas. Mais il savait reconnaître une aubaine et il était évident que le *Manoir* en était une.

– Ah ah, non. Je voulais juste te prévenir que la rumeur dit que tu es sur la paille.

Adam fronça les sourcils.

– Tu sais que c'est faux.

Dans le cas contraire, il aurait été incapable d'obtenir un prêt pour financer le rachat de l'hôtel, ou de signer le compromis de vente aussi rapidement.

– Je sais, j'ai fait mes recherches. Mais je me suis dit que tu voudrais savoir ce qui se dit.

– Tu as entendu autre chose ?

Un bref silence. Puis Jack répondit :

– Juste que tes hôtels du Texas ne se portent pas bien. Pénurie de clients, service déplorable… Ce genre de trucs, quoi.

Ce n'était pas vrai non plus, et cela était facilement vérifiable en se rendant dans l'un de ses hôtels. Instinctivement, il devina d'où provenaient ces rumeurs : ses parents. Ils n'avaient de cesse de le critiquer, de le dépeindre comme le vilain petit canard de la famille, mais c'était la première fois qu'il entendait dire qu'ils œuvraient à sa faillite.

Une part de lui aurait aimé pouvoir douter du fait qu'ils puissent s'abaisser à ça, mais il aurait sans doute dû s'y attendre. Après avoir passé des années à le rabaisser, sa réussite ne pourrait qu'entacher leur réputation, étant donné que c'étaient eux qui avaient décidé de couper les ponts avec lui. Mais au lieu d'admettre leur erreur, ils préféraient continuer à salir son nom. Il n'aurait sans doute pas dû en être surpris. Après tout, il savait mieux que quiconque de quoi ils étaient capables.

– Bon, merci de m'avoir prévenu.

Il ne connaissait pas Jake plus que ça, mais il appréciait sa démarche. C'était un type bien et honnête, à en juger par leurs échanges lors de la vente du *Manoir*, ce qui était une bonne surprise. Les gens tels que lui étaient rares dans le monde des affaires.

– Pas de problème. Alors, comment ça se passe avec le *Manoir* ?

Adam soupira.

– Je suis encore en négociation avec le gestionnaire.

Les discussions avec les *Hôtels Montgomery* ne progressaient pas aussi rapidement qu'il l'avait espéré. Victor lui avait d'ailleurs proposé de lui racheter l'hôtel, une fois encore.

Il lui en avait offert un bon prix qui permettrait à Adam de faire quelques profits mais, comme il le lui avait déjà expliqué, cela ne l'intéressait pas. Il était bien déterminé à mener ce projet à son terme et, maintenant qu'il savait que ses parents étaient au courant du rachat, cette propriété et son prestige historique lui faisaient d'autant plus de l'œil. Il comptait bien leur faire ravaler leurs insultes et regretter tout ce qu'ils avaient pu lui faire. Et il avait besoin du *Manoir* pour ça.

Adam était enfin parvenu à convenir d'un compromis

de base avec *Montgomery* la veille. Ils devaient encore en régler les détails, mais il espérait bientôt signer.

— Et comment ça se passe de ton côté ? demanda t-il à Jake.

La vente du *Manoir* avait tant occupé Adam qu'il avait à peine eu une minute à lui ces dernières semaines. Il ne pouvait donc que deviner combien Jake devait être occupé, lui qui gérait la vente de diverses entreprises et propriétés en même temps.

Jake rit.

— J'aimerais que tous mes clients soient aussi faciles à vivre que toi. Je me retrouve coincé avec *Gerard*, comme son acheteur s'est désisté.

— Oh, je ne doute pas que tu retrouveras vite quelqu'un à qui la refourguer.

Gerard était une chaîne de boutiques de chocolats célèbre dans le monde entier. Sa sœur en était d'ailleurs très fan. Jake n'aurait pas beaucoup de mal à la revendre, il le savait.

— Tu ne serais pas intéressé, par hasard ?

Adam rit.

— Merci d'avoir pensé à moi, mais je préfère me concentrer sur le *Manoir* pour l'instant.

D'autant qu'il ne pouvait pas échouer maintenant que ses parents savaient. C'était hors de question.

— Ça valait le coup de demander. N'hésite pas si tu changes d'avis.

Après avoir convenu de déjeuner ensemble dès qu'ils en auraient tous deux le temps, Adam raccrocha et se mit à songer à ces rumeurs. Il était certain qu'elles venaient de ses parents.

Bien sûr, Adam n'était pas particulièrement célèbre pour sa gentillesse en affaires, mais il n'avait jamais trompé personne. Il s'assurait toujours que ses accords soient justes pour chacun avant de signer. Les seules personnes avec qui il avait des conflits étaient ses parents. Ils avaient toujours pensé qu'il finirait par revenir en rampant une fois son compte en banque vide. Au lieu de ça, il avait transformé son héritage en un véritable petit empire.

Le fait de répandre des rumeurs à son sujet devait être leur façon de lui rendre la monnaie de sa pièce, de l'atteindre pour le mettre à genoux. Mais il refusait de leur donner cette satisfaction. Il réussirait par ses propres moyens, qu'ils le veuillent ou non !

CHAPITRE TROIS

– Il est splendide, non ? dit Ricky Devine, son bras droit, tandis qu'ils approchaient du *Manoir*.

– Oh oui, répondit Adam.

L'hôtel historique était absolument époustouflant et n'avait aucune raison de rougir face aux monuments de Manhattan. Bien qu'il ne soit pas aussi grand que certains des bâtiments voisins, son architecture et son style faisaient de lui un endroit unique, un incontournable de la ville. Et plus il s'y intéressait, plus il était sous le charme. En journée, comme maintenant, on pouvait vraiment en apprécier tous les détails : ses parapets gothiques, ses briques à motifs, les rebords de fenêtre ornés en bronze…

Ce bâtiment n'avait rien à voir avec les hôtels qu'il avait développés par le passé et était la preuve de tout le chemin qu'il avait parcouru depuis ses débuts. Il était passé d'un maigre centre commercial avec cinq boutiques à ça.

Ça lui semblait encore fou parfois, en y repensant. Lorsqu'il avait échappé aux griffes de ses parents, il s'était mis à chercher un moyen de se faire de l'argent pour ne plus jamais avoir à dépendre de personne. Et voilà qu'il était en train de créer un empire qui pourrait bientôt se mesurer au leur. Le fait qu'il soit parti de rien, plutôt que d'hériter, était d'ailleurs profondément satisfaisant.

Le portier leur tint la porte et ils pénétrèrent dans la réception chaleureuse. Comme toujours, la décoration ostentatoire, presque dérangeante, attira son attention. Même s'il avait souvent visité le *Manoir*, le fait de redécouvrir son intérieur haut en couleurs après avoir admiré la beauté discrète de son extérieur le choquait. Il avait hâte d'entamer les rénovations pour se débarrasser de toutes ces choses hideuses.

Il balaya la réception du regard et s'arrêta sur Olivia, habillée d'une robe vert olive qui mettait parfaitement en valeur ses jambes toniques. Sachant qu'elle n'était rien d'autre que son associée dans cette affaire, il s'efforça de relever la tête et la vit discuter avec une grande blonde à l'accueil. Il se dirigea vers elle et le regard de la jeune femme croisa le sien, un sourire se dessinant sur ses jolies lèvres pleines.

– Merci d'être venu, dit-elle en lui donnant une ferme poignée de main.

– Pas de problème.

Elle lui avait déjà envoyé une longue liste des améliorations dont l'hôtel avait besoin, mais elle avait aussi voulu le visiter avec lui afin d'être certaine que tous deux soient d'accord avant de contacter des cabinets d'architecture.

Il devait admettre qu'il n'était pas particulièrement ravi qu'elle ait été désignée chef de projet sur le *Manoir*. Bien qu'il ait aimé discuter avec elle lorsqu'ils s'étaient rencontrés, il suspectait que c'était avant tout par népotisme que son père lui avait confié ce poste. Et les recherches en ligne qu'il avait faites à son sujet n'avaient fait que renforcer ses doutes. Il n'avait absolument rien trouvé sur ses qualifications professionnelles ou projets avec *Montgomery*. Rien, hormis quelques photos d'elle à des œuvres de charité ou à des fêtes. Il avait été sur le point de demander à Victor de remplacer Olivia par quelqu'un de plus expérimenté lorsqu'il s'était mis à échanger des e-mails avec elle et avait réalisé que ses peurs étaient peut-être infondées. Ce projet comptait aux yeux d'Olivia. Elle savait ce qu'elle faisait et elle travaillait efficacement.

– Voici Ricky Devine, dit-il, se chargeant des présentations.

Olivia serra la main de Ricky en lui lançant un sourire resplendissant.

– Bonjour, Ricky. Je suis heureuse d'enfin pouvoir mettre un visage sur votre nom.

Une vague d'agacement traversa Adam en constatant combien elle semblait joyeuse, tout à coup. Pourquoi n'avait-elle pas semblé aussi ravie de le voir, lui ? Un peu trop tard sans doute, il se souvint que tous deux avaient discuté du *Manoir* par e-mail lorsqu'il avait chargé Ricky de ce projet. Il était donc probablement normal qu'elle soit ravie d'enfin rencontrer la personne avec laquelle elle travaillerait de si près sur les rénovations.

L'idée que tous deux travaillent de concert le dérangeait, et il se figea. D'où provenait cette si soudaine jalousie, au juste ? Bien sûr, il l'aurait sans doute invitée à danser s'il l'avait rencontrée à une fête, mais ils étaient associés et il était donc hors de question que tous deux entretiennent une quelconque relation. Il n'était pas idiot au point de mêler plaisir et travail et il devinait qu'il en allait de même pour Ricky.

Alors pourquoi dans ce cas était-il si tenté d'aboyer à Ricky de lui lâcher la main ? Son manque de sommeil devait être en train de le rattraper et il se jura en silence de déléguer davantage de travail à d'autres.

– Je suis ravi de vous rencontrer aussi, dit Ricky.

Il lui lâcha enfin la main.

Puis Olivia leur présenta Natalie McCombs, la spécialiste des normes de *Montgomery*. Lui et Ricky lui serrèrent la main, après quoi Olivia se tourna vers eux.

– On commence par le rez-de-chaussée puis on monte ?

– Très bien, dit-il.

– Avez-vous eu le temps de jeter un œil aux portfolios des deux firmes d'architecture que je vous ai envoyés ? demanda-t-elle tandis qu'ils se dirigeaient vers l'ascenseur.

– Oui. Je dois dire que je préfère celui d'Axe, mais je suis ouvert aux deux.

Chaque firme avait réalisé son lot de rénovations magnifiques visant à moderniser des bâtiments historiques.

– Super, dit-elle alors qu'ils pénétraient dans le monstre de fer. Nous avons déjà rassemblé les plans de l'hôtel et préparé divers devis, donc nous devrons juste y ajouter ce que nous décidons aujourd'hui avant de les contacter.

Les portes de l'ascenseur se fermèrent et il réalisa alors qu'elle portait du parfum. Une légère odeur florale avec de délicieuses notes sucrées. Ou peut-être était-ce son shampoing ? Il résista à l'envie de se pencher pour le découvrir.

– Et la liste des améliorations prévues ? Souhaitiez-vous y ajouter quelque chose ? demanda-t-elle.

Il dut se faire violence pour se souvenir de quoi ils parlaient.

– Je me demandais pourquoi vous vouliez déplacer la salle de sport.

Installée au sous-sol, elle avait prévu de la faire réinstaller dans un étage, ce qui lui semblait tout à fait inutile, d'autant qu'il était prévu de diminuer sa taille. Bien sûr, l'endroit aurait bien besoin d'un petit lifting et de nouvelles machines, mais sa localisation actuelle était tout à fait convenable.

– J'aimerais que nos clients puissent avoir une autre vue que la télévision ou les miroirs quand ils font du sport, répondit-elle. J'admets qu'on aura un peu moins de place en haut, mais un espace de deux mille mètres carrés serait tout à fait suffisant pour un hôtel de notre taille. Et puis de cette façon, nous pourrions utiliser la salle de sport actuelle pour agrandir le spa et la salle informatique avec tous les nouveaux serveurs que nous avons prévus d'y installer.

Les portes de l'ascenseur s'ouvrirent et elle en sortit en poursuivant :

– La salle informatique actuelle est un peu trop petite et elle chauffe beaucoup, alors ça ne lui ferait pas de mal.

Adam savait aussi qu'ils avaient prévu de remplacer tous les systèmes de l'hôtel, des ascenseurs aux salles de conférence.

– Vous avez évoqué un logiciel qui permettrait d'automatiser les processus de gestion de l'hôtel dans votre e-mail, dit Ricky. Pouvez-vous nous en dire plus à ce sujet ?

Olivia acquiesça et se mit à expliquer que le logiciel de compatibilité qu'ils avaient eux-mêmes développé était doté d'un module de gestion de la clientèle pour s'occuper de tout, de la compatibilité à l'assignation des chambres, selon les préférences des clients.

Ce système semblait plus robuste que celui qu'Adam utilisait dans ses hôtels mais, plus important encore, *Montgomery* n'en usait pas pour réduire ses interactions avec la clientèle. Aussitôt, il comprit que ce n'était pas juste leurs décorations et services qui permettaient aux *Hôtels Montgomery* de se démarquer du reste, mais aussi leur service client. Qu'Olivia soit prête à prendre le temps de passer chaque pièce en revue afin de s'assurer que tous soient d'accord sur les rénovations à effectuer témoignait du fait que l'opinion d'Adam comptait aux yeux de *Montgomery*. Peut être était-ce parce qu'il avait longtemps construit des hôtels à partir de rien, mais *Stone House*, la société de gestion qui s'occupait du reste de ses hôtels, n'avait jamais fait une telle chose. Ils se contentaient de lui envoyer leurs requêtes.

Le fait de voir *Montgomery* faire tant d'efforts afin que leur collaboration soit fructueuse le rassura sur l'idée qu'il avait fait le bon choix. Ils feraient du *Manoir* un palace, il n'en doutait pas.

* * *

– Et on remplacerait les balustrades peintes en or par du verre, dit Adam en jetant un regard à l'atrium.

Olivia grogna pour elle-même tandis que Ricky prenait note de la liste interminable des requêtes d'Adam. Cette visite était loin de se passer comme elle l'avait imaginé.

Elle avait été assez bête pour croire que le fait de faire voir chaque pièce permettrait à Adam de comprendre et de mieux apprécier la beauté et le charme unique du *Manoir*, le poussant ainsi à revoir ses projets de rénovation à grande échelle. Au lieu de cela, il semblait être ravi d'imaginer la myriade de façons dont ils pourraient moderniser l'hôtel.

Olivia regarda les balustrades en or tandis qu'elle songeait à la requête d'Adam. Elle adorait leurs délicates moulures florales et elle trouvait qu'elles apportaient une touche de magie à la pièce avec son sol en marbre sombre. Si elle avait pu, elle aurait gardé les balustrades et repensé la décoration autour d'elles.

Sa décoration a toujours été ostentatoire et de mauvais goût, sans parler du fait qu'elle est franchement passée de mode, maintenant.

Les mots de son père résonnèrent dans son esprit et elle se mit à se demander si elle n'était pas effectivement en train de se raccrocher à un souvenir idéalisé.

Ainsi, elle leva la tête en s'efforçant de garder l'esprit ouvert tandis qu'elle imaginait l'espace avec des balustrades en verre. D'abord du point de vue d'un client qui se tiendrait dans la réception, puis de celui d'un client qui regarderait en bas depuis les étages. Enfin, elle essaya d'imaginer la façon dont elles s'emboîteraient avec le reste de la décoration.

– Je ne suis pas certaine que le verre ira avec le design actuel, admit-elle.

Bien que ces balustrades se marient mieux avec les vitraux du plafond que celles en métal, le tout ne lui semblait pas très attrayant.

Elle poursuivit :

– Par contre, ça pourrait marcher si on retapait tout l'atrium avec de nouveaux éclairages, un nouveau sol, des couleurs différentes... Ça n'irait pas franchement avec le salon de thé mais ce serait sympa avec les boutiques.

– Je ne pense pas qu'on doive trop s'inquiéter de la décoration actuelle du salon de thé, dit Adam.

Il se dirigea vers la pièce en question et s'arrêta sur le pas de la porte pour l'observer un moment avant d'ajouter,

– Je pense que ce sera plus élégant avec des sièges en cuir et des murs en lambris ou un truc du genre.

Non, pas le salon de thé !

Bien que la majorité des salons de thé soient décorés dans la même veine, l'atmosphère trop professionnelle de ces espaces lui rappelait davantage une salle de conférence qu'un élégant restaurant dans lequel on pouvait prendre un repas léger.

Elle se rappelait encore la première fois où ses grands-parents l'avaient emmenée prendre le thé alors qu'elle n'avait que sept ans. Elle avait été complètement époustouflée par les chandeliers, les vitraux, les jolies nappes et la vaisselle élégante. Le *Manoir* lui avait semblé être un château de conte de fées et le salon de thé une chambre de princesse. Ses grands-parents lui avaient même fait mettre une robe de princesse pour l'occasion.

Son grand-père se fichait bien de ne plus posséder le *Manoir* à l'époque. Il se moquait même que ce dernier soit en compétition avec l'un de leurs établissements, installé à quelques portes de là seulement. Dans son esprit, il avait toujours été convaincu que ce lieu était le sien, puisqu'il avait non seulement créé l'hôtel, mais l'avait aussi développé. C'était là que ses affaires avaient vu le jour.

Malheureusement pour elle, son père avait découvert ce que son grand-père tramait dès sa deuxième visite et lui avait interdit d'y retourner, à moins qu'ils ne se décident à racheter l'hôtel. Son père avait toujours détesté que les membres de la famille soient vus chez des compétiteurs. On ne savait jamais quand on pouvait être pris en photo et il ne voulait donner de munitions à personne pour ruiner son affaire.

Elle n'avait pas compris grand-chose à l'époque et avait eu le cœur brisé qu'on lui interdise de retourner dans le beau château. Pour se rattraper, son grand-père lui avait offert une maison de poupée inspirée du *Manoir*. Avec la réception et son plafond haut, la belle salle de bal avec ses arches et colonnes et quelques chambres où elle avait toujours adoré coucher ses poupées à la nuit tombée.

— Y a t-il quelque chose que vous aimeriez garder ? demanda-t-elle.

Elle dut se faire violence pour ne pas lui faire remarquer que le salon de thé aurait l'air affreusement banal s'ils suivaient sa suggestion. Pourquoi se contenter de faire dans le classique lorsqu'ils pouvaient avoir quelque chose d'unique ? Comment ne pouvait-il pas apprécier l'atmosphère presque magique de l'endroit ?

Il secoua la tête.

— Non, je pense que c'est inutile. Je vois plutôt de

grandes fenêtres, des panneaux de plafond et de longs lustres.

Elle força un sourire.

– Je prends note, mais peut être vaut-il mieux se concentrer sur le plus gros des rénovations pour l'instant, sans trop entrer dans les détails. Ce serait dommage d'empiéter sur la créativité des architectes.

Elle n'était pas certaine de pouvoir supporter tout ça encore longtemps. Il détruisait ses rêves à chaque mot.

Adam rit.

– Bien sûr. La liberté de créer est essentielle, vous avez raison.

Elle doutait sérieusement qu'il sache seulement ce que c'était. La façon dont il prévoyait de changer le moindre recoin de l'hôtel, faisant ainsi du *Manoir* une réplique parfaite de n'importe quel autre, suggérait qu'il n'avait aucune créativité du tout !

Elle soupira pour elle-même en ravalant cette pensée. Elle était injuste envers lui. Bien sûr, ses projets pour l'hôtel différaient de ceux d'Olivia, mais cela ne voulait pas dire qu'il était dénué de créativité pour autant. Quand bien même elle ignorait comment il pouvait vouloir se débarrasser des fresques au plafond et des vitraux. Aucun architecte un tant soit peu sensé n'irait suggérer une telle chose.

Elle se figea à cette idée en réalisant qu'elle s'inquiétait pour rien. Oui, Adam voulait changer beaucoup de choses, mais il n'avait aucun diplôme d'architecture ou de décoration. Il ne faisait que pointer du doigt ce qui lui déplaisait en suggérant des « solutions ». L'architecte, de son côté, s'intéresserait au design du bâtiment dans son entièreté.

Et à en juger par son expérience avec Axe, elle était certaine que ces derniers leur proposeraient une alternative qu'Adam approuverait, mais qui permettrait aussi de préserver l'âme de l'hôtel de son grand-père. Une vague de soulagement la traversa et elle reprit la visite le cœur léger.

CHAPITRE QUATRE

– J'espère sincèrement que nous pourrons louer au moins l'un de vos espaces, lui dit Emilia Cruz au téléphone.

Olivia sourit. Ce qu'il était bon de voir des gens s'intéresser au *Manoir* à nouveau !

Les marques n'avaient cessé de les appeler dans l'espoir de mettre la main sur l'une de leurs boutiques depuis que la nouvelle de l'acquisition s'était répandue. Le *Manoir* avait toujours été un lieu très prisé, et le fait que *Montgomery* soit de nouveau à sa tête n'avait fait qu'attirer encore davantage l'attention.

– Je vous recontacte dans un mois environ, lorsque nous en saurons plus.

Son père s'intéressait pour l'instant à des noms plus respectés que celui de la marque éponyme d'Emilia Cruz, mais Emilia était rapidement en train de devenir une créatrice incontournable de robes du soir. Olivia adorerait faire le pari de lui donner une boutique au *Manoir*, mais elle savait aussi que cette décision dépendait des autres locataires potentiels qui les contactaient.

– Merci ! J'ai hâte.

Un sentiment de fierté enivrant traversa Olivia alors qu'elle raccrochait quelques minutes plus tard. Le fait que tant de gens soient intéressés pour faire affaire avec le *Manoir* sans même jeter un œil à leur projet de rénovation en disait long sur la force de *Montgomery*. Bien sûr, la banque familiale avait popularisé leur nom avant même qu'ils n'ouvrent un hôtel, mais c'étaient les efforts de son père et de son grand-père qui avaient fait de *Montgomery* la marque qu'elle était aujourd'hui. Et bien que son travail puisse parfois être difficile, elle adorait l'idée de préserver l'héritage familial.

Elle se souvint soudain qu'elle n'avait toujours pas eu de nouvelles de l'architecte. Aussi, elle vérifia ses e-mails et vit que Seth Tanner lui avait enfin envoyé les designs de concept pour le *Manoir*. Curieuse de découvrir ce qu'il avait imaginé, elle ouvrit la pièce jointe.

Elle survola la partie où étaient détaillées les modifications qu'il recommandait de faire sur l'extérieur avant de descendre pour jeter un œil à ses notes concernant l'intérieur. Elle fronça les sourcils en voyant le design moderne et élégant de la nouvelle réception. L'endroit était méconnaissable sans ses colonnes romaines et ses chandeliers, et elle ne put s'empêcher de se demander si l'architecte ne s'était pas trompé de projet. Elle jeta un œil à la prochaine image : un aperçu de la salle de bal. Elle haussa les sourcils en apercevant les fenêtres vénitiennes. Les mêmes que celles du *Manoir*, il n'y avait donc pas d'erreur.

Consternée, elle regarda à nouveau la première image en s'efforçant de la fusionner avec son souvenir de la réception. Elle ne pouvait nier qu'une telle décoration lui aurait plu dans un nouvel hôtel, mais pas pour le *Manoir*. Cette approche minimaliste trahissait son âme, son caractère. Les longs lustres et le jeu de couleurs subtil rendaient ce lieu banal, et elle doutait que quiconque préférerait ces espaces ouverts à la réception opulente actuelle.

Elle ne pouvait y croire. Lorsqu'ils avaient confié à Seth la rénovation de leur hôtel *Charleston*, il y avait à peine touché, n'imaginant que de subtiles modifications qui avaient fait un monde de différence, mariant le traditionnel à une sensibilité moderne pour offrir aux clients un lieu rafraîchissant. Elle s'était attendue à ce que son approche soit similaire avec le *Manoir*, raison pour laquelle elle avait voulu lui confier ce projet, mais ces designs semblaient presque avoir été imaginés par quelqu'un d'autre.

Peut être aurait-elle dû dire à Seth qu'elle ne voulait que de petits changements, mais elle n'avait pas voulu aller à l'encontre des directives de son père et des souhaits d'Adam, d'autant qu'il avait été hors de question pour elle d'étouffer la créativité de l'architecte.

Sans parler du fait qu'elle avait été convaincue qu'il verrait ce qu'elle voyait dans cet hôtel : un superbe lieu traditionnel qui avait malheureusement été négligé trop longtemps. Elle n'aurait jamais imaginé qu'il suggérerait des changements aussi radicaux. Il lui proposait un design osé, qui introduisait des éléments modernes et minimalistes dans le bâtiment historique. Une approche franche tournée vers l'avenir avec un hommage respectueux au passé. Elle aurait sans doute dû être ravie de ce résultat. Elle respectait la vision de Seth et avait toujours admiré son travail, alors… Était-il possible qu'Adam et son père aient raison au sujet du *Manoir* ? Avait-il besoin de plus qu'un simple ravalement de façade ?

Seth ne lui aurait pas recommandé de tels changements s'il n'était pas certain qu'ils soient nécessaires. Elle songea à la réception élégante de l'hôtel avec son charme de l'ancien temps, se rappelant cette impression d'avoir plongé dans un univers fantastique lorsqu'elle s'y était rendue étant enfant pour y boire son premier grand thé, et elle se maudit en silence d'avoir été tentée de trahir ce souvenir. Non. La réception était parfaite comme elle était. Seth avait été incapable de le voir, voilà tout.

Aussi, elle contacterait l'autre firme d'architecture qu'elle avait sélectionnée et paierait d'autres designs de concept de sa propre poche. Puis elle laisserait Adam choisir entre les deux. En attendant, elle gagnerait du temps en disant à l'équipe d'Adam qu'elle n'avait pas encore reçu les designs d'Axe.

Ils les attendaient aujourd'hui et avaient même repoussé leur réunion hebdomadaire de mercredi à ce jour à cause de ça. Mais elle ne pouvait pas prendre le risque qu'Adam voie ces dessins. Instinctivement, elle savait que c'était ce genre de proposition qu'il attendait et elle se doutait qu'il accepterait sans hésiter. Mais elle ne pouvait pas le laisser faire. Il fallait qu'elle lui donne une option qui préserverait davantage le charme du *Manoir* tout en actualisant l'atmosphère du bâtiment afin qu'il puisse prendre une décision informée. Et s'il choisissait le design de Seth malgré tout…

hé bien, au moins elle saurait qu'elle avait fait de son mieux.

Elle soupira en récupérant ses notes au sujet de la réunion d'aujourd'hui. Elle appellerait l'autre cabinet d'architecture cet après-midi, après la réunion. Avec un peu de chance, ils pourraient se dépêcher de préparer au moins un dessin de la réception, sinon de toutes les pièces communes.

Elle relut ses notes, après quoi elle quitta son bureau pour se diriger vers la salle de réception. Elle venait de dépasser la salle de repos lorsqu'une voix masculine qui lui était familière l'arrêta.

– Rebonjour.

Elle se tourna et vit Adam approcher. Il était rare qu'il assiste à ces réunions hebdomadaires, et une vague de culpabilité la traversa en songeant au fait qu'il était sans doute venu parce qu'il s'attendait à ce qu'elle lui montre les designs d'Axe.

– Bonjour.

– Des nouvelles de l'architecte ? demanda-t-il, confirmant ses doutes.

– Non. Je viens de recevoir un e-mail m'informant qu'ils avaient du retard, dit-elle.

Elle regretta aussitôt son mensonge. Mais il y avait trop de choses en jeu. Elle ne pouvait pas laisser l'hôtel de son grand-père être détruit. Ainsi, elle ajouta :

– Je vous préviendrai dès que je les aurai reçus.

Cela ne suffit pourtant pas à faire taire sa culpabilité.

Même si son grand-père ne lui aurait pas reproché son mensonge (après tout, il avait toujours été un homme d'affaires sans pitié), ce n'aurait pas été le cas de son père. Ses parents lui avaient toujours appris à être honnête et sincère, et elle détestait l'idée de les trahir ainsi, quand bien même ils n'en avaient pas conscience. Ce n'était pas ainsi qu'ils l'avaient élevée.

– Merci. J'espère que l'attente vaudra le coup, dit Adam.

Aussitôt, Olivia comprit combien son mensonge pourrait nuire à Seth.

Parce que même si Seth lui avait *effectivement* envoyé ses dessins avec quelques heures de retard, ce n'était rien face aux semaines de délai qu'elle allait devoir s'efforcer de gagner en attendant la réponse de l'autre architecte.

– Alors, comment se passent les choses de votre côté ? demanda Adam en se dirigeant vers la salle de conférence.

– Tout va bien. Et du vôtre ?

Il soupira.

– Je suis très occupé. La pluie nous a fait prendre du retard sur notre projet à Houston. Tout le monde essaie de s'en accommoder pour qu'on puisse ouvrir à temps. Rick était censé venir assister à la réunion d'aujourd'hui, mais il n'est même pas encore rentré.

– Un autre centre commercial ?

Elle avait entendu dire que les centres commerciaux, contrairement aux hôtels, étaient son point fort.

– N'ayez pas l'air si impressionnée, dit-il.

Elle ne put retenir un sourire lorsqu'elle aperçut l'étincelle taquine dans le regard d'Adam. Olivia ne pouvait nier qu'il était charmant, et l'attraction qu'elle ressentait pour lui ne faisait que rendre plus insupportable encore le fait qu'il tente de gâcher le rêve de sa vie.

– Mais oui, c'est un autre centre commercial.

Ils atteignirent la salle de conférence et il ouvrit la porte pour elle.

– Merci, murmura-t-elle en entrant à l'intérieur. Il était encore tôt mais tout le monde était déjà là. Un étrange silence tomba sur la pièce alors qu'ils s'installaient, et elle réalisa soudain que tous attendaient qu'elle prenne la tête des opérations. L'idée qu'il s'agissait de *son* projet était aussi excitante qu'angoissante. D'autant que son avenir dépendait de sa réussite. Après tout, peut être pourrait-elle monter sa propre petite chaîne d'hôtels dès l'année prochaine ?

Adam s'assit et Olivia se mit à expliquer que *Montgomery* était parvenu à un accord avec les gestionnaires actuels du *Manoir*, Prism, afin qu'ils continuent à s'occuper de l'hôtel jusqu'à ce qu'il soit fermé pour rénovations. Étant donné qu'elles devaient commencer dans peu de temps, il aurait été contre-productif de ré-entraîner tous les employés afin qu'ils se conforment aux standards de *Montgomery* à la va-vite.

Mais alors que tous leur donnaient des nouvelles du projet, Olivia ne put s'empêcher de songer aux dessins qu'elle avait reçus, sachant qu'elle n'avait réussi à gagner qu'un peu de temps. Après tout, le simple fait qu'elle ait l'intention d'engager un autre architecte ne voulait pas dire qu'Adam préférerait leurs designs, mais il fallait qu'elle essaie. Autrement, elle ne se le pardonnerait jamais.

Olivia soupira en pénétrant dans l'opulente réception du *Manoir*. Sa culpabilité l'avait travaillée toute la journée et elle savait qu'elle serait incapable d'attendre que l'autre architecte lui envoie ses dessins.

Elle ignorait même comment elle avait pu penser qu'elle pourrait entretenir ce mensonge pendant des semaines. Après tout, elle avait été dévorée par la honte lorsqu'elle avait caché à ses parents que son après-midi de cours avait été annulée étant enfant. Certaine qu'on lui demanderait de venir travailler à l'hôtel, elle avait préféré aller faire du shopping avec ses amies. Mais elle s'était sentie si horriblement coupable qu'elle avait tout avoué à son père dès qu'elle était arrivée à l'hôtel ce soir-là.

Comment donc avait-elle pu croire pouvoir mentir et ainsi entacher la réputation d'une personne qu'elle respectait et considérait comme un ami, alors qu'elle était même incapable de supporter un mensonge par omission qui ne faisait de mal à personne ? Quelle idiote. Elle avouerait tout à Adam dès demain, puis elle se retirerait du projet. Elle devrait abandonner ses rêves d'hôtel dans le Yosemite avec tout ça, mais elle le méritait sans doute, étant donné son comportement.

Elle avait encore injurié la mémoire de son grand-père.

Pire : cette fois, elle avait été jusqu'à trahir ses parents. Elle avait assuré à son père qu'elle dirigerait ce projet en s'efforçant de garder l'esprit ouvert. Et elle avait non seulement manqué à sa parole, mais elle avait aussi menti en affirmant qu'elle n'avait pas encore reçu les dessins de l'architecte. Elle avait été si aveuglée par son désir de faire revivre l'hôtel de son grand-père qu'elle n'avait même pas réfléchi à toute la peine et aux dégâts qu'elle pouvait causer.

Mais elle avait été si perdue. Lorsqu'Adam lui avait demandé des nouvelles des dessins, la seule chose à laquelle elle avait pu penser était la certitude paniquée qu'il ne devait pas les voir. Ces images ressemblaient bien trop à ses idées et elle était certaine, sans l'ombre d'un doute, qu'il les approuverait sans hésiter.

Elle fourra les mains dans ses poches en scrutant la réception que son père avait imaginée avec tant de soin. Une part d'elle était soulagée d'avouer la vérité, pourtant elle avait aussi l'impression que son cœur se brisait en mille morceaux.

Son grand-père s'était tant investi dans le *Manoir*. Il avait conçu ses superbes rambardes dorées en s'inspirant des fleurs préférées de sa grand-mère et était même allé jusqu'à Murano pour commander ses chandeliers auprès de célèbres verriers. Et voilà que tout ça allait être remplacé par un intérieur moderne et tendance, sans cœur ou caractère. Non pas qu'elle eût un problème avec ce genre de décoration, mais elle détestait l'idée de la retrouver ici, à la place du design de son grand-père. Le minimalisme n'avait rien à faire au *Manoir*.

Mais il ne fallait pas qu'elle oublie que c'était ce qu'Adam et son père voulaient.

Le fait qu'elle *puisse* supporter sa culpabilité jusqu'à l'arrivée des dessins de l'architecte n'avait pas d'importance après tout, puisque ce qu'elle voulait n'avait rien à voir avec ce qu'ils recherchaient. Elle soupira en s'asseyant sur l'un des canapés. Difficile de croire que tout ça n'existerait plus d'ici deux ans.

Elle se réconforta en se disant que le *Manoir* de son grand-père existerait toujours grâce aux photos. Bien sûr, certaines choses y avaient été ajoutées (la salle de sport et le spa, par exemple) et d'autres changées, comme le bar qui avait été déplacé à côté du restaurant principal, mais le design de base, lui, était resté intact malgré la succession des propriétaires.

Ça la dévastait de savoir que c'étaient eux, la propre famille de son grand-père, qui allaient modifier l'hôtel de façon aussi drastique et mettre à mort ses rêves et ses idées. Quelle trahison.

Mais c'était ainsi qu'allaient les choses dans le monde de l'hôtellerie : il fallait sans cesse s'adapter aux goûts et aux demandes changeants des clients.

Son téléphone sonna dans son sac. Elle n'avait aucune envie d'y répondre, mais lorsqu'elle vit qu'il s'agissait de Stacy Lang, elle se leva et se rendit dans une salle de conférence inoccupée pour décrocher. Elle répondait toujours aux appels de sa famille, et son amie d'enfance en faisait partie depuis longtemps déjà.

– Coucou Stacy, dit-elle en fermant la porte.

– Salut, Livie. Dis-moi, où est-ce que t'es, là ?

– Au *Manoir*.

– T'es sérieuse ? Tu travailles encore ?

– Non. Je réfléchissais juste.

Elle hésita, puis :

– J'ai décidé d'abandonner le projet.

– Quoi ? Pourquoi ? Tu dis que tu veux récupérer le *Manoir* depuis qu'on est gosses !

– Oui, enfin ça c'était avant de devoir nettoyer les salles de bain, plaisanta Olivia.

Puis elle soupira au silence de Stacy. Bien qu'il fût vrai qu'elle n'avait plus voulu faire carrière dans l'hôtellerie après avoir été forcée de travailler au *Whitcombe* chaque jour après l'école, elle avait fini par tomber amoureuse des *Hôtels Montgomery* au fil du temps.

– C'est juste que je ne veux pas être celle qui détruira ce que mon grand-père a construit, dit-elle.

Elle parla à Stacy des dessins que Seth lui avait envoyés et de la façon dont elle avait menti en assurant qu'elle ne les avait pas reçus.

– Et si je suis déjà prête à faire une crasse pareille maintenant, comment tu veux que je puisse prendre de bonnes décisions à l'avenir ? Et si je sabotais le projet ? Je ne peux pas être objective, alors le mieux reste encore d'abandonner le projet.

– Ils veulent vraiment tout refaire ? demanda Stacy. Même le salon de thé ?

– Ouais.

– Mais il est splendide ! Comment est-ce qu'ils peuvent vouloir s'en débarrasser ? Il est toujours bondé, en plus. Je suis presque certaine que la plupart des gens qui le fréquentent ne sont même pas des clients de l'hôtel.

Elle se tut un instant avant de claquer des doigts :

– Ah, je sais ! Tu as une idée des revenus du salon de thé ?

– Pas trop, mais je peux vérifier.

Elle avait bien un compte-rendu des revenus de tous les restaurants mais elle ignorait si elle avait des fiches détaillées pour chacun.

– Ça pourrait peut-être aider de comparer les revenus du salon de thé au taux d'affluence de l'hôtel sur une même période. Comme ça tu pourrais prouver à tout le monde que les New-yorkais adorent l'endroit, comme si c'était un genre de trésor local. Sa beauté ne plaît peut être pas à Adam ou à ton père, mais les chiffres devraient les convaincre.

– Oh bon sang. C'est une super idée, merci !

Il était évident qu'Adam et son père renonceraient à une rénovation aussi drastique si les ventes du salon de thé étaient déjà convenables telles quelles. Ça semblait si simple. Pourquoi n'y avait-elle pas pensé elle-même ?

Une petite voix dans un coin de sa tête lui dit que c'était parce qu'elle n'était rien d'autre qu'un imposteur en affaires, et que si son père s'évertuait à refuser la moindre de ses propositions, c'était avant tout parce qu'aucune ne tenait vraiment la route. Elle n'avait jamais été franchement intéressée par la finance, le budget ou le marketing, et son père le savait. D'ailleurs, elle aurait même été incapable de faire toutes les estimations qu'elle avait incluses à sa proposition si elle n'avait pas demandé de l'aide à d'autres. Presque comme si elle était incapable de comprendre les rapports financiers, qu'importe combien de fois on les lui expliquait. Peut-être pourrait-elle lire un livre ou prendre des cours en ligne sur les affaires… Enfin, si son père ne la virait pas sur-le-champ lorsqu'il découvrirait ce qu'elle avait fait.

En attendant, elle était profondément reconnaissante à Stacy de l'avoir appelée et était certaine que l'intuition de son amie était la bonne. Elle ne pourrait peut-être pas sauver la réception, mais il était tout à fait possible que le salon de thé et la salle de bal aient encore une chance. Oui. Quand bien même le *Manoir* n'était plus le lieu incontournable qu'il était autrefois, ce lieu attirait encore un bon nombre de fêtes et de galas célèbres.

Stacy soupira.

– Donc j'imagine que tu n'es pas libre pour aller boire un verre ce soir ?

– Désolée. Maintenant que tu m'as donné cette idée, je veux jeter un œil à tout ça aussi vite que possible. On remet ça à demain ?

– Bon, mais c'est moi qui choisis l'endroit.

Certaine que Stacy voulait juste s'assurer qu'elles n'aillent pas à *La Taverne* une énième fois, Olivia ne put retenir un sourire. Contrairement à elle, qui restait fidèle à tout ce qu'elle appréciait, Stacy était aventureuse et adorait essayer de nouveaux bars et restaurants.

– D'accord, ça marche.

Olivia raccrocha en se demandant ce qui arriverait si l'intuition de Stacy était la bonne. Le fait de mettre des rapports financiers impeccables sous le nez d'Adam suffirait-il à lui faire oublier ce qu'elle avait fait ? À le convaincre de la laisser travailler sur le projet ?

Probablement pas. Bien qu'Adam ait toujours été très cordial avec elle, Olivia était certaine qu'il n'était pas du genre à faire des compromis en affaire. Une fois la vérité avouée, il était évident qu'il la verrait comme son ennemie.

Non. Il valait mieux se retirer plutôt que de le laisser aller demander à son père de la remplacer.

Mais il y avait au moins une chance pour que la salle de bal et le salon de thé soient sauvés. Elle sourit en pensant aux futurs visiteurs que l'endroit ravirait, à toutes ces petites filles qui se croiraient dans un château tout comme elle étant jeune. Elle aurait dû parler de ses soucis à Stacy plus tôt, mais elle avait été si remuée par les dessins de Seth qu'elle avait eu du mal à réfléchir.

Si Stacy ne l'avait pas prise de vitesse, Olivia l'aurait sans doute appelée dès le lendemain après sa réunion avec Adam, mais il aurait alors été trop tard. Quelle chance que Stacy l'ait appelée ce soir. Olivia poussa un soupir soulagé. Son amie avait non seulement de très bonnes idées, mais elle avait aussi le don de toujours très bien tomber.

* * *

Adam fronça les sourcils en lisant la proposition d'une marque de vêtements qui voulait louer l'une des boutiques du *Plex*, le centre commercial qu'il faisait construire à Houston. Wily Wear était une marque de vêtements abordable mais tendance pour adolescents, et elle ne cessait de gagner en popularité ces derniers temps, à tel point qu'elle était en train de devenir incontournable.

Ses propriétaires en étaient d'ailleurs parfaitement conscients, étant donné leurs tentatives pour obtenir un loyer moins cher. Le pourcentage qu'il récupérerait sur leurs ventes lui permettrait de compenser la différence, mais uniquement s'ils engrangeaient des profits élevés, ce qui était un grand *si*. Les marques connaissaient généralement un essor pendant quelques années avant d'être oubliées, balayées par la création d'une autre dont la nouveauté attirait l'attention.

Curieux, il consulta leur site web. Leur gamme pour femmes était principalement composée de hauts et de robes aux couleurs vives, tandis que leur gamme pour hommes était pleine de t-shirts à blason qui semblaient faire référence à quelque chose, bien qu'il ignorât quoi exactement.

Il secoua la tête en fermant sa fenêtre de navigation. Il demanderait à ses employés qui avaient des ados de solliciter leur avis au sujet de leurs vêtements. Il songea à sa sœur, un sourire aux lèvres. Cela faisait près d'un mois qu'il ne l'avait plus vue, et davantage encore qu'il n'avait plus vu son père, Doug. Peut être les inviterait-il à dîner la semaine prochaine.

Il était sur le point d'appeler Martha lorsque son interphone bipa.

— Olivia Montgomery est ici pour vous voir, dit Caitlin, sa réceptionniste.

Son cœur manqua un battement, mais il se reprit aussitôt. Le simple fait qu'il ait aimé discuter avec elle la veille ne voulait pas dire qu'elle était venue lui rendre visite pour une raison personnelle. Elle venait sans doute juste de recevoir les dessins de l'architecte et elle voulait lui en parler. Quoi qu'il en fût, il était heureux de la revoir. Il appuya rapidement sur le bouton de son téléphone :

— Fais-la entrer, merci.

Olivia pénétra dans son bureau un instant plus tard, habillée d'un chemiser blanc ajusté et d'une jupe noire.

– J'ai les dessins d'Axe, dit-elle en lui tendant le dossier.

Elle était venue pour le travail.

Il s'efforça de ravaler sa déception. Les dessins devaient être sacrément bons pour qu'elle soit venue les lui remettre en personne. Il y jeta un œil. Ils mélangeaient élégance et confort à la perfection, étaient encore mieux qu'il les avait imaginés. Une approche moderne et distinguée, idéale pour permettre au *Manoir* d'entrer dans le nouveau millénaire.

Olivia le coupa avant même qu'il ne puisse lui dire d'engager le cabinet.

– Je suis désolée de vous dire que je n'ai pas été complètement honnête avec vous.

Elle pointa du doigt la proposition qu'il tenait en poursuivant :

– En fait, j'ai reçu les dessins hier après-midi. Avant la réunion. Je ne vous les ai pas donnés parce que je ne voulais pas anéantir ce que mon grand-père avait créé.

Il la regarda, surpris. Il ne s'était pas attendu à ça.

Bien sûr, il avait su que c'était son grand-père qui avait construit le *Manoir*, mais cela ne l'avait pas inquiété plus que ça. La sentimentalité n'avait pas sa place dans son monde et, selon son expérience, les gens qui affirmaient que cela était leur moteur ne faisaient qu'attendre une meilleure offre. Mais il était presque certain qu'Olivia était sincère et il ignorait quelle stratégie adopter face à elle.

– Je vais renoncer au projet, continua-t-elle en lui tendant un autre dossier. Voici les projets que j'avais faits pour le *Manoir*. Je ne les ai donnés à personne d'autre dans l'équipe, donc vous êtes libre d'en faire ce que vous voulez.

Curieux, il prit le dossier et l'ouvrit. C'était une autre

stratégie commerciale. Semblable à celle qu'elle lui avait proposée lors de leur première réunion, mais celle-ci était plus longue. Une fois encore, il fut impressionné par tous les détails qu'il y trouva. Elle avait tant d'idées, allant du fait de s'associer à un producteur de savon local pour les chambres à celui d'ajouter de nouvelles salles de conférence au dernier étage.

– C'est vous qui avez fait tout ça ? demanda t-il en continuant sa lecture.

– Disons juste que j'y pense depuis un moment.

Elle hésita avant de poursuivre :

– Et j'espère que vous finirez par réaliser le potentiel du salon de thé et de la salle de bal. J'ai inclus les revenus individuels des deux espaces à la fin du dossier et, comme vous pouvez le voir, ces derniers sont constants qu'importe l'affluence de l'hôtel. Les revenus du salon de thé ont même augmenté ces derniers temps.

Intrigué, il jeta un œil à la section qu'elle lui indiquait et vit qu'elle avait raison.

– J'y penserai.

Il allait devoir demander à quelqu'un de vérifier les chiffres. Si elle avait vu juste, il serait logique de ne pas effectuer de rénovations trop drastiques dans ces endroits. Ce serait même moins cher.

– Je vais demander à Donovan Riley de reprendre le projet à ma place, continua Olivia. Il est doué et n'est pas aussi attaché à l'hôtel que moi.

Adam soupira en posant le dossier.

– Vous savez, je n'envisagerais pas tous ces changements si je n'étais pas convaincu que ça améliorerait l'hôtel. Pour être honnête, je pense que c'est surtout le nom de votre grand-père qui lui a permis de si bien marcher dès son ouverture.

Si n'importe qui d'autre avait construit cet hôtel avec tous ses chandeliers, ses balustrades dorées et sa décoration opulente, on aurait affirmé que c'était de mauvais goût, voire ridicule. Mais comme c'était la création du grand Eliott Montgomery, le *Manoir* était devenu un symbole de statut pour quiconque avait de l'argent et un aperçu de l'autre côté de la barrière pour tous ceux à qui cette richesse était inaccessible. Bien sûr, il avait toujours su que la salle de bal était un lieu de réception réputé, mais il pensait que cela était dû davantage au prestige de l'hôtel qu'à la décoration de la pièce.

S'il mettait ses opinions de côté pour envisager l'attachement des clients à la vision originale d'Eliott, il serait peut-être logique d'y aller plus doucement sur les rénovations qu'il ne l'avait initialement envisagé. Il n'était normalement pas du genre à faire de compromis, mais son instinct lui disait qu'Olivia était un atout sur ce projet et que son attachement au *Manoir* lui permettrait d'être certain que tout soit fait dans les règles de l'art.

Il aurait bien du mal à trouver quelqu'un de plus déterminé qu'elle à faire en sorte que le projet réussisse.

— Seriez-vous prête à rester à la tête du projet si nous décidions d'adopter une approche plus conservatrice pour les rénovations ? Je ne peux rien promettre, mais je suis prêt à envisager diverses possibilités.

— Vous me donnez une deuxième chance ? demanda-t-elle avec une surprise évidente.

Il acquiesça. Elle n'avait pas été forcée de lui dire la vérité, pourtant elle l'avait fait et il la respectait pour ça. Le fait qu'elle ait menti par amour pour son grand-père faisait aussi une différence : elle n'avait pas eu de mauvaises intentions ni n'avait voulu que le projet tombe à l'eau. Cette conversation lui laissait d'ailleurs à penser qu'elle serait bien plus consciencieuse à l'avenir, afin que les choses avancent.

– Tant que vous restez professionnelle, ce qui me paraît être le cas, dit-il en pointant du doigt le dossier.

Elle avait de bonnes idées. Il fallait juste qu'elle évite d'être obsédée par l'idée de préserver le travail de son grand-père. Adam devrait garder un œil sur elle. S'il avait l'impression qu'elle faisait passer le souvenir de sa famille avant l'héritage de l'hôtel, il la remplacerait. Il avait trop investi dans son projet pour échouer maintenant.

– Par contre, je vais avoir besoin d'une copie de toutes vos communications avec l'architecte.

– Bien sûr, merci. Je serais ravie de continuer à travailler avec vous.

CHAPITRE CINQ

– Bonjour, Olivia. Ravi de travailler de nouveau avec vous, dit Seth Tanner en lui serrant la main.

L'architecte devait rencontrer l'équipe pour discuter des dessins qu'il leur avait envoyés avant de préparer des plans plus détaillés.

Olivia força un sourire.

– Merci. Je suis ravie de travailler avec vous moi aussi, mentit-elle.

Bien qu'elle apprécie Seth en tant que personne, elle redoutait déjà les conflits qui les opposeraient sans doute au cours des mois à venir.

Même si elle s'était résignée à accepter les rénovations imaginées par Adam, elle prévoyait d'encore se battre pour préserver certains aspects de l'hôtel de son grand-père, comme la fresque au plafond de la réception. Mais elle n'en demanderait pas trop. Sa position sur le projet était déjà fragile et elle ne voulait rien faire qui amènerait Adam à regretter sa décision de ne pas la renvoyer.

– Je sais que vous mentez, dit l'architecte.

Il lui lâcha la main et elle grimaça.

– C'est si évident que ça ?

Seth rit.

– La dernière fois que nous avons travaillé ensemble, vous n'avez pas arrêté de me complimenter sur mon travail. Alors oui, vous vouliez changer quelques petites choses ici et là, mais vous avez quand même presque chanté mes louanges. C'est peut-être mon ego qui parle, mais votre silence a été quelque peu étourdissant cette fois. Alors, qu'est-ce qu'il y a ? Les dessins ne vous ont pas plu ?

– Si, dit-elle.

Elle hésita avant de hausser les épaules :

– C'est juste que je ne suis pas convaincue que ce soit ce dont le *Manoir* a besoin.

– À cause de votre grand-père, devina Seth. Elle fronça les sourcils.

– Je ne dirais pas ça.

À l'entendre, il semblait convaincu qu'Olivia voulait préserver la décoration actuelle du *Manoir* uniquement par sentimentalisme. Elle le corrigea donc.

– J'apprécie vraiment la beauté classique de l'hôtel, et je dois dire que j'espérais une restauration plutôt que des rénovations complètes.

Elle était prête à parier qu'une foule de gens aimaient la décoration actuelle. Sinon, pourquoi l'hôtel avait-il autant de clients alors qu'il y avait tant d'autres d'autres offres dans le coin, moins chères et plus modernes ?

Elle soupira :

– Mais mon père et Adam veulent tout raser.

– Juste l'intérieur, intervint Adam en les rejoignant. Je trouve l'extérieur magnifique. Je ne l'aurais pas acheté autrement, ajouta-t-il.

Olivia ne pouvait nier sa surprise. Bien qu'elle ait toujours su qu'il voulait garder la façade extérieure, elle ne s'était pas doutée qu'elle lui plaisait tant.

– Vous devez être Adam Campbell. Je suis Seth Tanner.

Il approcha en lui tendant la main.

– Ravi de vous rencontrer. J'ai vraiment apprécié votre vision moderne de la réception. J'ai hâte de travailler avec vous.

Olivia soupira pour elle-même en se rappelant les projets de Seth pour la réception. Cette réunion allait être un véritable enfer.

– En parlant de ça, on ferait bien de commencer.

* * *

– Je ne suis pas très fan de l'idée d'une cuisine ouverte pour le restaurant, dit Adam. Je ne pense pas que les chefs auront envie qu'on les regarde travailler. Moi en tout cas, ça me dérangerait.

– Bon, dans ce cas nous pouvons la mettre ailleurs, dit Seth.

Il barra une partie du dessin sur lequel il se mit à gribouiller :

– On pourrait imaginer une disposition plus traditionnelle avec un bar.

– Ça me paraît bien, intervint Olivia alors qu'Adam ne disait pas un mot.

Enfin, songea-t-il. *Heureusement.* Ils avaient passé la dernière heure à discuter de points clés, de ce qui serait intégré au design final ou pas. Il y avait eu quelques moments tendus, mais tous étaient restés calmes. Pour l'instant.

– Maintenant voici ce que j'avais à l'esprit pour la salle de bal.

Seth fouilla ses dessins avant de prendre ceux dont il leur parlait. Olivia dut retenir un grognement en les regardant. Il avait recouvert les superbes colonnes de panneaux de bois, cassant leurs courbes, et était allé jusqu'à se débarrasser des arches qui les reliaient. Il avait même remplacé le rectangle moulé du plafond par des panneaux d'un gris profondément ennuyeux. Bien sûr, cela permettrait à la salle de bal d'être plus en accord avec les salles de conférence adjacentes s'ils voulaient les agrandir un jour, mais elle détestait l'idée de gâcher ainsi la beauté de cette pièce.

Elle était sur le point de recommander de garder les colonnes et les arches lorsqu'Adam intervint :

– Puis-je voir vos dessins du salon de thé ?

– Bien sûr, dit Seth.

Il en sortit deux autres et Olivia poussa un soupir de soulagement en constatant que les changements qu'il avait imaginés n'étaient pas aussi drastiques que ceux qu'il avait prévu pour la salle de bal. La décoration moderne qu'il avait imaginée lui rappelait un *lounge* ou un restaurant confortable, mais il avait au moins gardé le plafond en verre et les vitraux aux fenêtres. Et bien que la disposition fût correcte, la décoration ne lui plaisait pas franchement. Peut-être pourrait-elle engager un décorateur d'intérieur indépendant pour travailler sur ce point…

– Je préférerais éviter de trop changer la salle de bal et le salon de thé. Pourriez-vous imaginer quelque chose qui préserve davantage leur décoration originale ? demanda Adam après un autre long silence.

– Vous feriez ça ? s'exclama Olivia, surprise, en relevant la tête. Elle avait été si soulagée qu'il ne rapporte pas sa faute à son père qu'elle n'avait pas insisté pour connaître sa réponse au sujet des suggestions qu'elle lui avait faites pour ces deux pièces. Mais il semblait être prêt à réfléchir à une alternative.

– Bien sûr.

Seth rit.

– C'est complètement faisable. Au moins je sais que personne ne s'en plaindra, dit-il en se tournant vers elle. J'en parlerai à l'équipe pour voir ce qu'on peut vous proposer. Maintenant, en ce qui concerne le spa…

Encore surprise, Olivia murmura un *merci* à Adam.

Il acquiesça en souriant.

Elle savait que rien ne garantissait qu'il choisisse le concept révisé de Seth, si bien qu'il y avait de grandes chances pour que ces espaces soient complètement transformés après les rénovations. Mais le fait qu'il ait demandé des designs alternatifs à Seth lui semblait être la confirmation qu'il y avait bien d'autres personnes qui admiraient la beauté du *Manoir*, et que ce n'était pas juste sa sentimentalité qui lui dictait de ne pas trop en faire sur les rénovations.

Bien qu'elle ne fût pas très douée dans le domaine des

affaires, elle avait toujours eu de l'instinct pour la décoration et le design. Ainsi soulagée du poids qui pesait sur ses
épaules, elle se concentra sur le reste des idées de Seth.

CHAPITRE SIX

Adam venait de télécharger les dessins corrigés de la salle de bal du *Manoir* lorsque son téléphone sonna. Le nom de Javier Montebello s'afficha à l'écran et il décrocha aussitôt.

– Alors, comment ça va de ton côté ? demanda-t-il.

Il avait chargé Javier de s'occuper du centre commercial qu'ils construisaient à Houston pendant qu'il était à New York pour travailler sur le *Manoir* et il lui avait donné pour consigne de lui faire des rapports quotidiens.

– Pas bien. Landon nous a lâchés.

– Quoi ? Pourquoi ?

Ce restaurant familial aurait pourtant été parfait pour leur nouveau centre commercial. Les gens auraient pu s'y rendre pour se détendre en mangeant avant de faire leurs courses ou d'aller au cinéma. Leurs prix étaient corrects et, plus important encore, leurs ingrédients étaient frais et de bonne qualité. C'était d'ailleurs le propriétaire du *Landon's* lui-même qui était venu leur demander un espace à louer.

Et maintenant ils voulaient reculer ? À quoi jouaient-ils, bon sang ?

– Joe Landon est inquiet de ce que nous allons manquer de fonds. Ils veulent tellement mettre fin au contrat qu'ils sont prêts à payer les pénalités de préavis.

– Le projet est déjà financé et nous devons ouvrir dans quelques semaines à peine.

Tout ça n'avait pas le moindre sens. Qui s'embêtait à obtenir tout un tas de permis pour annuler juste avant le début des travaux ? Adam fronça les sourcils en se souvenant de la mise en garde de Jake au sujet des rumeurs qui couraient sur lui.

– Il a entendu dire quelque chose hein, c'est ça ?

– Ouais. J'ai bien essayé de le rassurer, mais il n'a rien voulu entendre. La bonne nouvelle, c'est que Henry's Roadhouse sont prêts à prendre leur place. Mais il faudrait refaire les permis, sans parler de la décoration à repenser.

– Il a dit de qui venait la rumeur ? demanda Adam, même s'il connaissait déjà la réponse à cette question.

– Pas exactement, non. Juste que c'était un membre de ta famille, et que c'était pour ça qu'il trouvait ça aussi crédible.

Javier se tut un instant avant d'ajouter :

– Je ne comprenais pas pourquoi tu les détestais autant avant, mais maintenant…

Et il n'en savait pas encore la moitié. Javier avait travaillé avec Adam suffisamment longtemps pour constater la tension qui régnait dans sa famille, mais il n'avait pas été témoin des actes de sabotage qu'il avait déjà essuyés au fil du temps.

Mais à quoi ses parents pensaient-ils, à vouloir ruiner son entreprise ?

Adam savait qu'il aurait au moins dû être soulagé d'avoir un autre locataire sous la main pour remplacer ceux qui lui avaient fait faux bond, mais il était bien trop agacé pour ça. Il avait fait tant d'efforts pour assurer la réussite d'AC Developments, et voilà que ses parents s'efforçaient de tout gâcher.

Quelques années plus tôt, il aurait sans doute appelé Joe Landon pour voir s'il pouvait apaiser ses craintes. Mais aujourd'hui, il ne gaspillerait même pas sa salive. Tant pis, si Joe ne voulait pas travailler avec lui. Il n'allait pas le supplier.

Sachant que ce n'était pas la faute de Javier, Adam soupira.

– Bon. On dirait qu'on va signer avec Henry's Roadhouse, dans ce cas. Envoie-moi le nouveau contrat quand il sera prêt. Merci, Javier.

Il raccrocha et fut un instant tenté d'appeler son père. Il ne voulait pas donner à ses parents le plaisir de rentrer dans leur jeu, quel qu'il soit, en les contactant, mais il ne pouvait pas non plus se permettre de les laisser faire peur à ses associés. Il avait de la chance que ces rumeurs n'aient pas convaincu Jake ou Victor de ne pas faire affaire avec lui et il savait qu'il était possible que l'avenir lui réserve de mauvaises surprises.

Il était sur le point d'appeler Edward Monroe, un détective privé qu'il employait souvent pour enquêter sur les personnes avec lesquelles il travaillait afin qu'il se renseigne davantage au sujet de ces rumeurs, lorsque son portable se mit à sonner. Il fut surpris de voir le mot *Papa* s'afficher à l'écran et il se demanda s'il ne l'appelait pas pour remuer le couteau dans la plaie.

Il trouvait presque fou que sa relation avec ses parents soit devenue si compliquée avec le temps. Lui qui avait été leur fils adoré étant enfant. À l'époque, ils n'avaient de cesse de le complimenter, gardant leurs critiques et même leurs insultes pour ses frères et sœurs. Mais ils s'étaient vite retournés contre lui lorsqu'il avait quitté le nid familial, échappant ainsi à leur contrôle.

Adam n'avait aucune envie de discuter avec son père, mais il fallait pourtant qu'il sache ce qu'on lui réservait. Ainsi appuya-t-il sur le bouton de réponse. Il avait appris il y a longtemps déjà qu'il ne valait mieux pas sous-estimer Mitch Campbell.

— Je veux que ces rumeurs cessent, dit-il sans préambule.

Son père avait toujours été très doué pour tourner autour du pot, et Adam n'avait pas de temps à perdre en ronds de jambe : il voulait des réponses et il les voulait maintenant.

— Ta mère et moi allons bien, merci de le demander.

Pourquoi son père parlait-il de sa mère comme s'ils s'entendaient bien ? Contrairement au masque qu'ils revêtaient en public, où ils prétendaient être un couple aimant, ces derniers avaient toujours eu bien du mal à se supporter. Ils ne s'entendaient vraiment que lorsqu'ils complotaient ensemble, une idée qui ne fit qu'ajouter à son inquiétude. Qu'avaient-ils prévu, cette fois ?

– Je suis sérieux, papa. Je veux que ces rumeurs cessent.

Si cette conversation n'aboutissait pas, il demanderait à Edward de s'intéresser de plus près aux activités de ses parents. Il détestait l'idée de s'abaisser au même niveau qu'eux, mais il fallait qu'il pense comme eux s'il voulait pouvoir anticiper toute rumeur à parvenir et ainsi réduire les risques encourus par sa société. Ce n'était pas uniquement son argent qui était en jeu : il fallait aussi qu'il pense à ses employés.

– J'ignore de quoi tu parles.

Adam secoua la tête. Son père n'avait jamais été du genre à reconnaître ses fautes, même lorsque toutes les preuves l'accusaient. Pourquoi s'était-il attendu à ce que les choses soient différentes cette fois ?

– Un père ne peut-il pas prendre des nouvelles de son fils préféré sans avoir d'idée derrière la tête ?

Fils préféré ? Ouais, c'est ça. Cela était peut être vrai lorsqu'il était enfant, quand ses parents contrôlaient toute sa vie : ce qu'il étudiait, où il allait, avec qui il traînait… Il avait été assez idiot pour croire qu'ils faisaient ce qu'ils pensaient être le mieux pour lui, et il leur obéissait alors aveuglément. Mais en grandissant, il avait fini par ouvrir les yeux sur leur véritable nature et la confiance qu'il leur portait s'en était trouvée complètement détruite.

– Qu'est-ce que tu veux, papa ?

Cette rhétorique de *fils préféré* était-elle une façon de s'excuser, ou son père avait-il prévu quelque chose de bien plus sinistre ?

– Rien. Je voulais juste savoir comment tu allais.

Mais bien sûr.

– T'es malade ?

Peut-être son père était-il mourant et voulait-il s'excuser de tout ce que sa mère et lui avaient fait subir à Adam ainsi qu'à ses frères et sœurs. Bien que cela lui paraisse peu probable, il n'était pas complètement impossible que ce dernier cherche à se repentir.

– Non.

Il fronça les sourcils.

– Alors c'est maman qui est malade ?

– Personne n'est malade. Je voulais juste te passer le bonjour. On devrait se faire un dîner un de ces quatre, histoire de rattraper le temps perdu. T'en penses quoi ?

Le ton presque suppliant de son père déstabilisa Adam, tant il était étrange dans la bouche de son arrogant de père. Après avoir évité l'invitation à dîner avec une vague excuse au sujet d'un emploi du temps chargé, il raccrocha en se passant la main dans les cheveux. Qu'avait prévu son père, au juste ?

Ayant réfléchi un instant, il décida d'appeler la seule et unique personne qui comprenait ses parents : sa sœur. Martha avait une relation relativement saine avec eux, quoique pas complètement rose non plus. Elle avait été la cible de choix des critiques et de la colère de sa mère, juste après leur père. Mais elle n'avait jamais laissé le comportement toxique de sa mère l'atteindre, tout du moins pas ouvertement. Elle se contentait d'ignorer la cruauté de leurs parents en prenant du recul. De façon générale, elle les gérait bien mieux que lui et Doug, qui se reposait sur eux pour presque tout. Avec un peu de chance, elle saurait expliquer l'étrange appel de leur père.

Ensuite, il contacterait Edward Monroe pour lui demander de mener sa petite enquête. Adam refusait d'attendre leur prochain coup sans rien faire et de laisser ses clients le fuir sur la base de rumeurs infondées.

CHAPITRE SEPT

– Et voici ma proposition pour une chambre-type, dit Tina Henderson.

Elle tendit les dessins qu'elle avait imaginés à Adam et Olivia.

N'ayant pas été complètement emballée par les idées de Seth, Olivia avait contacté Tina, la décoratrice d'intérieur qui avait travaillé sur leur hôtel de Vancouver. Et à en juger par ce premier dessin, elle avait eu raison.

Tina avait utilisé la grande superficie de la chambre pour établir une séparation entre le lit et le petit salon, y créant presque une autre pièce. Ainsi, leurs invités pourraient se servir de cet espace pour y recevoir des amis, travailler ou même dîner au calme.

Olivia n'avait aucun mal à se projeter. Une salle de bain en marbre avec baignoire et douche séparée, une grande chambre et un salon avec une vue splendide sur les toits de Manhattan. Voilà qui serait parfait pour un homme d'affaires comme pour une famille avec enfants.

Mais Adam ne semblait pas convaincu.

– Il faut vraiment séparer le salon de la chambre ? demanda t-il.

Olivia fronça les sourcils en se tournant vers lui. Il avait été d'une humeur massacrante tout au long de la réunion, critiquant presque chaque dessin d'un ton agressif comme s'il était venu chercher la dispute.

Tina, paraissant avoir la même impression, répondit prudemment :

– Je pense, oui. Comme ça, les familles auront un endroit où faire jouer les enfants tandis que ceux qui ont besoin de travailler pourront le faire au calme. Leur séjour n'en sera que plus agréable.

Adam semblait dubitatif mais il ne fit pas d'autre commentaire en étudiant les dessins. Un moment plus tard, il pointa du doigt le salon.

– Sérieusement, un autre chandelier ? Ces trucs sont ostentatoires et franchement inutiles. On veut moderniser l'hôtel, pas le rendre encore plus opulent.

Assez ! Adam pouvait se comporter en connard tant qu'il le voulait avec ses employés, mais il était hors de question qu'il agisse ainsi avec Tina.

– Je peux vous parler dehors ? demanda-t-elle.

Elle grinça des dents en se levant.

Il la fusilla du regard avant de se lever pour la suivre hors de la pièce.

Elle tremblait de colère. Son comportement était totalement injustifié, d'autant plus que cette réunion ne devait rien être d'autre qu'une présentation initiale, dont le but était de commenter les dessins qu'on leur amenait pour affiner les idées générales.

Il était hors de question qu'elle le laisse agir avec autant d'impolitesse sous prétexte que les dessins de Tina ne lui plaisaient pas. Elle avait toujours détesté les gens qui se défoulaient sur les autres, d'autant plus lorsque ces personnes étaient en position de pouvoir, comme Adam. Selon elle, autorité était synonyme de responsabilités et il était donc de son devoir de faire preuve de respect et de politesse.

Avec le temps, elle s'était mise à admirer l'éthique du travail d'Adam. Lui qui était toujours ferme et décisif, qui n'hésitait pas à demander un avis d'expert lorsqu'il lui fallait prendre une décision hors de son domaine de compétence. Mais après son comportement aujourd'hui et la façon dont il s'était défoulé sur Tina ? La bonne impression qu'il lui avait faite était à présent plus que gâchée.

— Je peux savoir ce qui vous prend ? demanda-t-elle dès que la porte fut fermée afin qu'on ne les entende pas.

— Je pense simplement qu'on devrait y aller doucement sur les chandeliers, étant donné qu'il y en a déjà tout un tas dans la réception et le restaurant. C'est légitime, non ? Comme je l'ai dit, le but est de moderniser l'hôtel.

— Je serais la première à admettre que mon grand-père a un peu exagéré sur les chandeliers, tant en termes de quantité que de style, mais Tina s'est déjà débarrassée de beaucoup d'entre eux. Et vous savez qu'on va retirer la majorité, sinon tous les chandeliers de la réception.

Parce qu'en dépit de ce qu'Adam semblait penser, un chandelier bien choisi et placé au bon endroit pouvait conférer une certaine élégance à une pièce. Olivia poursuivit :

– Le problème, c'est vous. Vous êtes très critique et franchement, vous commencez à me prendre la tête. Je ne sais pas ce qui vous prend, mais soit vous vous calmez, soit vous dégagez.

Elle avait été surprise par son revirement d'attitude, d'autant qu'elle avait aimé travailler à ses côtés au départ, au point d'avoir hâte de poursuivre ce projet à ses côtés. Il avait de bonnes idées et était habituellement ouvert d'esprit. Mais pas aujourd'hui.

Un long silence s'établit entre eux tandis qu'il la fixait, et elle se mit à se demander si elle n'avait pas fait une terrible erreur en lui disant ses quatre vérités comme ça. Elle n'avait jamais osé dire de telles choses à un client, mais elle appréciait Tina ainsi que son travail. Et le comportement d'Adam avait été tout à fait déplacé.

Mais était-elle allée trop loin ?

Après tout, Adam avait *accepté* de la garder sur le projet malgré ses machinations avec les dessins de Seth, et il était allé jusqu'à abandonner ses rénovations de la salle de bal et du salon de thé au profit d'un simple rafraîchissement. Mais comment réagirait-il à ses réprimandes ? Elle trouvait difficile d'imaginer qu'il se laisse faire sans broncher.

Une boule d'angoisse lui noua le ventre lorsqu'elle vit un sourire traverser ses lèvres.

– Vous savez, vous êtes plutôt charmante quand vous vous énervez.

Cette remarque inattendue la déstabilisa. Le voilà qui plaisantait après avoir agi en gamin insupportable ?

— Je suis sérieuse, répondit-elle. Vous ne pouvez pas parler à Tina comme ça. Ne serait-ce que par respect envers son talent et sa créativité.

Il ne répondit pas et elle soupira.

— On peut toujours engager un autre décorateur d'intérieur si les dessins ne vous plaisent vraiment pas.

Elle ne partageait pas son opinion, mais elle était prête à faire ce sacrifice étant donné toutes les concessions qu'il lui avait accordées.

— Donnez-moi un jour ou deux pour y réfléchir, dit-il après un autre long silence.

— Très bien.

Elle se frotta les sourcils qu'elle avait froncé trop longtemps sous le coup de la pression. Ces réunions au sujet des rénovations et de la décoration semblaient sans fin. Bien sûr, cela était en partie dû à leur changement d'opinion, mais aussi au fait que bien trop de personnes travaillaient sur le projet initial. Habituellement, seul un petit groupe consultait les dessins originaux et décidait quoi garder avant de présenter ses conclusions aux associés. Mais contrairement aux clients habituels de *Montgomery*, Adam voulait s'investir dans chaque étape.

— Vous savez que vous n'êtes pas forcé d'assister à toutes ces réunions, au fait ? demanda-t-elle après un instant.

Ce devait être pour ça qu'il était aussi agacé. Toutes ces discussions passées à rejeter de vieilles idées pour en imaginer de nouvelles. Il leur arrivait même souvent de reconsidérer des options qu'ils avaient déjà abandonnées.

Les changements étaient si constants en début de projet qu'on avait parfois l'impression de tourner en rond. C'était en partie pour cette raison que leurs clients confiaient généralement ces détails à l'équipe de projet de *Montgomery*, préférant voir les plans plus tard pour donner leur avis. C'était surtout pour l'expertise de *Montgomery* que les propriétaires d'hôtels les engageaient, après tout.

– Je peux vous promettre de ne prendre aucune décision majeure sans votre approbation, proposa-t-elle.

Elle imaginait qu'Adam ne lui faisait pas confiance, ce dont elle n'était pas vexée. Elle aurait elle-même des doutes, à sa place.

– J'apprécie la proposition mais je veux participer à la mise en place du projet.

– Dans ce cas j'espère que vous reverrez votre attitude, dit-elle sans réfléchir, et il sourit.

– Compris.

Sa sympathie soudaine l'inquiéta, mais tout ce qu'elle put faire fut d'espérer qu'il conserverait ce calme jusqu'à la fin de leur réunion avec Tina. Elle acquiesça avant de retourner dans la salle de conférence.

* * *

– Et quelque chose dans ce genre-là ? demanda Tina tandis qu'Adam et Olivia la rejoignaient.

Adam prit la tablette posée sur la table, sur laquelle était affichée l'image d'une lampe rectangulaire accrochée par les coins, ainsi qu'un plan des endroits où ils pourraient en placer dans la chambre. La lampe semblait se fondre élégamment dans le décor de la pièce et, bien que cela eût été difficile à affirmer avec une photo, ses dimensions semblaient correctes au regard des proportions de l'espace.

– La journée, il suffirait d'ouvrir les rideaux pour avoir assez de lumière, dit Tina. Mais ce ne serait pas le cas en hiver ou pendant la nuit. Il faut forcément avoir une source de lumière auxiliaire quelque part.

– C'est mieux, dit-il en tendant la tablette à Olivia.

Il verrait ce qu'il en penserait demain, lorsqu'il aurait remis de l'ordre dans ses idées.

– Je pense toujours que les chandeliers auraient leur place dans les suites à deux étages par contre, commenta Tina.

– Oh, on pourrait rappeler le design rectangulaire dans la réception, dit Olivia, qui semblait visiblement convaincue par son idée.

Adam les regarda discuter, les deux femmes étant visiblement en phase avec l'opinion de l'autre, à en juger par leurs hochements de tête et leurs sourires, et il soupira pour lui-même. Il n'avait pas voulu se défouler sur Tina et il avait d'ailleurs été convaincu d'avoir su maîtriser ses émotions.

Mais il était à présent évident que la mauvaise humeur qui le poursuivait depuis sa discussion avec son père la veille était en train de déteindre. Il détestait ne pas savoir ce que ses parents avaient prévu. Il avait l'impression de vivre avec une épée de Damoclès au-dessus de la tête et, plus il y songeait, plus il se sentait frustré.

Il avait encore du mal à s'expliquer l'appel de son père. Pourquoi ce dernier n'en avait-il pas profité pour se vanter de l'impact de ces rumeurs sur la réussite d'AC Developments ? Plus important encore : pourquoi son père avait-il fait mine de ne rien savoir à ce sujet ? Adam aurait presque été flatté que ses parents lui fasse de la lèche en lui proposant un dîner, s'il ne les connaissait pas déjà aussi bien. Même Martha avait douté que leur père l'ait appelé pour prendre de ses nouvelles et elle n'avait pas hésité à lui proposer de se joindre à eux s'il décidait d'accepter leur invitation à dîner.

Adam espérait sincèrement qu'il ne serait pas forcé de voir ses parents. Malgré leur relation difficile, il avait toujours fait de son mieux pour rester poli avec eux. Mais le fait de répandre ces rumeurs à son sujet, menaçant par la même de ruiner son affaire, c'en était trop. D'autant qu'il ignorait encore leur objectif. Mais il serait soulagé d'avoir Martha à ses côtés si ce dîner avait effectivement lieu. Sa présence lui permettrait d'éviter de faire ou de dire quoi que ce soit qu'il pourrait regretter.

Sachant que ces pensées allaient empirer son humeur, il les fit taire pour se concentrer sur ce dont discutaient Olivia et Tina. Elles étaient en train de parler de la taille des salles de bain des diverses chambres et de la façon d'adapter les éclairages à chacune en prenant en compte la position de la baignoire et de la douche. Elles évoquèrent brièvement les divers pommeaux de douche qu'elles pourraient choisir, et il s'imagina aussitôt Olivia dans un nuage de vapeur tandis que son regard se braquait sur ses lèvres.

Il avait été traversé par un désir irrésistible de l'embrasser dans le couloir, et il l'aurait probablement fait s'ils ne s'étaient pas trouvés au milieu du bureau. Bon sang, ce qu'elle avait été sexy lorsqu'elle s'était mise en colère avec ses joues rouges et ses yeux noirs. Il en avait été jusqu'à perdre ses mots.

Mais il était soulagé de ne pas avoir cédé à la tentation, sachant qu'elle était la fille de son associé. Il ne voulait pas se mettre Victor à dos, ni lui donner une raison de se retirer du projet.

Pourtant, Adam ne pouvait s'empêcher de se demander ce qui se passerait s'il embrassait Olivia. Fondrait-elle contre lui, ou le repousserait-elle brusquement en le fusillant du regard avec ses jolis yeux noirs de colère ?

Il savait qu'il n'imaginait pas l'attirance qui les unissait, une attirance qui ne faisait que grandir à mesure qu'il apprenait la connaître. Il ne lui semblait pas avoir jamais été autant attiré par quiconque, et le fait qu'elle ait eu le cran de lui parler comme personne d'autre n'osait le faire avait piqué sa curiosité et lui avait donné envie de la connaître davantage.

Olivia se tourna vers lui presque comme si elle avait entendu ses pensées. Il lui fit un clin d'œil et elle lui lança un regard désabusé avant de répondre à Tina. Bien qu'il ait décidé de ne pas s'intéresser à elle de trop près, le fait d'être à ses côtés améliora son humeur. Parce qu'il préférait de loin penser à Olivia plutôt qu'au comportement étrange de ses parents. Un sourire traversa ses lèvres à l'idée qu'il allait apprécier le reste de la réunion.

* * *

– Merci de vous être repris, dit Olivia lorsque la réunion fut terminée et que Tina partie.

– Pardon. Je suis de mauvaise humeur depuis que j'ai discuté avec mon père hier, mais je n'aurais pas dû me défouler sur qui que ce soit.

Il présenterait ses excuses à Tina la prochaine fois qu'il la verrait.

– Au moins, je sais que je ne suis pas la seule à avoir des parents qui la rendent folle.

Si seulement elle savait. Son père était un saint comparé au sien, bien qu'il sût qu'il était difficile de juger une personne au masque qu'elle choisissait de présenter en public. Ses propres parents s'évertuaient à donner l'illusion d'être un couple parfait en étant aussi agréables que possible. Alors qu'en privé, tous deux étaient de vraies vipères.

– Dînez avec moi, dit-il soudain.

Il ignorait si c'était parce qu'il appréciait sa compagnie ou parce qu'il voulait s'occuper encore un peu l'esprit, mais il voulait vraiment prolonger leur moment ensemble.

Elle attendit une seconde avant d'acquiescer.

– Très bien.

Une angoisse dont il n'avait même pas eu conscience le quitta.

– Super, je conduis.

CHAPITRE HUIT

– Alors, préféreriez-vous opter pour quelque chose de similaire aux dessins de Seth ou à ceux de Tina ? demanda Olivia en coupant son steak.

Un sourire traversa les lèvres d'Adam.

C'était la première fois qu'il dînait avec une femme qui n'avait de cesse d'essayer d'orienter la conversation vers les affaires. C'était généralement le contraire : une femme qui s'efforçait de transformer un dîner d'affaires en rendez-vous galant. Peut-être était-ce parce qu'Olivia, contrairement à ces femmes, ne le voyait pas vraiment comme un milliardaire. Après tout, sa famille aussi était riche (sinon plus) que la sienne, il n'était donc qu'un type banal à ses yeux. Et il trouvait cette idée étrangement libératrice.

– Non. J'ai de loin préféré ceux de Tina. Je jetterai un dernier coup d'œil à tout ça demain et je vous dirai ce que je décide.

– Super.

Il hocha la tête dans sa direction.

– Et vous avez d'autres projets sur le feu ? demanda t-il en mangeant.

– Et bien… J'aimerais beaucoup ouvrir un hôtel au Yosemite, dit-elle après un instant. Je pense sincèrement que des hôtels de luxe pourraient avoir du succès dans des régions où les activités extérieures sont les plus populaires. Ceux qui existent déjà, comme à Jackson Hole ou au Lake Tahoe sont généralement complets un an à l'avance. Je me dis que ça ne ferait pas de mal d'avoir des alternatives sous le coude. Et puis, ce n'est pas parce qu'une personne aime faire de la randonnée ou du kayak qu'elle est incapable d'apprécier les services d'un hôtel de luxe. Ce serait même plutôt le contraire. Après une longue journée, les clients pourraient aller se faire masser au spa ou profiter d'une soirée relaxante passée à admirer le paysage depuis leur balcon privé.

Ses yeux s'illuminèrent tandis qu'elle se mettait à lui expliquer que ces hôtels seraient parfaits pour les familles et les stages d'entreprise, et il ne put s'empêcher de s'en trouver fasciné. Elle était toujours très belle, mais le fait de la voir si passionnée au sujet de ses projets ne faisait qu'ajouter à son charme.

– En plus d'avoir une petite supérette où les gens pourraient acheter des sandwichs pour la journée, on pourrait même avoir un restaurant avec menu changeant. La plupart des gens ne voudront pas quitter l'hôtel à la nuit tombée, alors je veux qu'ils puissent avoir du choix.

Il ne s'était jamais intéressé au tourisme près des parcs

nationaux auparavant, mais il imaginait qu'elle avait raison : des hôtels de luxe pourraient y avoir un succès véritable. La plupart des établissements qui s'y trouvaient déjà étaient pour la plupart bas de gamme et il était certain que beaucoup de visiteurs apprécieraient l'alternative.

Soudain, les épaules d'Olivia se voûtèrent.

— Bon, mon père n'a pas encore approuvé le projet, mais je pense sincèrement qu'il pourrait donner son feu vert, cette fois.

— Il a déjà rejeté vos idées ?

Cela lui paraissait surprenant. À en juger par leurs interactions, Olivia semblait en savoir beaucoup au sujet de l'industrie hôtelière (bien plus que lui, en tout cas) et elle était intelligente.

— Oui, mais toutes n'étaient pas franchement viables, il faut le reconnaître. C'est la deuxième fois que je lui présente une proposition pour un hôtel destiné aux sportifs. Avant ça, je voulais ouvrir des hôtels pour les jeunes professionnels. C'est un marché très prometteur dans l'industrie.

— Et il vous a expliqué pourquoi il avait refusé ?

— Pour lui, rien n'était bon : les hôtels ne correspondaient pas à l'image de *Montgomery*, sans parler du fait que tout le monde n'était pas prêt à payer pour un hôtel de luxe. Je dois dire que même si je ne suis pas complètement d'accord avec lui, il faut admettre que je me suis un peu laissée emporter par mon envie de laisser ma marque sur la compagnie. Mais j'ai beaucoup appris depuis,et j'ai incorporé tout cela à ma nouvelle proposition.

Il ne put s'empêcher de penser qu'il profitait de son

malheur. Si l'une de ses propositions avait été acceptée, elle n'aurait pas travaillé avec lui sur le *Manoir* et il n'aurait alors jamais eu l'opportunité de la rencontrer. Parce que même s'il avait encore des réserves quant à l'influence de son attachement avec ce lieu, il aimait travailler avec elle.

– Et vous n'avez jamais pensé monter votre propre affaire ?

Pourquoi était-elle restée malgré les refus de son père ? Il était pourtant certain qu'elle n'aurait eu aucun mal à trouver le soutien dont elle aurait eu besoin pour faire aboutir ses projets mais, au lieu de cela, elle passait son temps à rêver de nouvelles idées à soumettre.

– Je ne veux pas me séparer de l'affaire familiale. Je n'y ai même jamais pensé. Je veux faire grandir les *Hôtels Mont- gomery* comme mon père l'a fait et je pense pouvoir y arriver avec une petite chaîne d'hôtels. Ça diversifierait notre portfolio et ça permettrait de faire découvrir nos services à des gens qui n'auraient jamais séjourné chez nous autrement. Comme ça, avec un peu de chance, ils voudront essayer nos autres hôtels par la suite.

Son optimisme serra le cœur d'Adam. Même malgré les refus, elle était joyeuse et semblait avoir hâte de découvrir ce que l'avenir lui réservait. Il n'avait jamais connu un tel optimisme. Il avait été inspiré, bien sûr, mais surtout par son envie de prouver à ses parents qu'il n'avait pas besoin d'eux, tandis qu'Olivia ne semblait pas le moins du monde rancunière envers son père malgré ses refus. Elle avait un cœur pur comme il n'en avait jamais vu auparavant. Même lorsqu'elle lui avait menti au sujet des dessins de l'archi- tecte, elle l'avait fait pour son grand-père et non elle-même.

Ce souvenir en tête, Adam songea à la proposition qu'elle avait émise un peu plus tôt, lorsqu'elle avait offert de s'occuper des détails et de le consulter pour les décisions majeures du projet. Il sut alors qu'il ne pouvait prendre un tel risque. Bien sûr, elle avait de très bonnes idées pour le *Manoir* et elle faisait du bon travail, mais son amour pour sa famille semblait la rendre aveugle à ce dont l'hôtel avait vraiment besoin. Il se souvenait encore de ses réticences lorsqu'elle avait regardé les dessins d'Axe durant leur dernière réunion. Elle avait sans doute pensé avoir réussi à dissimuler ses émotions brillamment, mais il avait bien vu l'étincelle paniquée dans son regard. Et c'était justement pour ça qu'il était hors de question qu'il se désintéresse du processus décisionnaire des rénovations de l'hôtel.

– Et vos frères et sœurs ? demanda-t-il. Ils travaillent dans l'affaire familiale, eux aussi ?

– Je n'ai qu'un frère et il a décidé de se lancer dans notre première affaire : la banque. Il n'a jamais franchement aimé travailler à l'hôtel.

– J'imagine que votre père vous y faisait travailler tous les deux.

Elle acquiesça.

– Tous les jours, après l'école. Il voulait qu'on apprenne les ficelles du métier comme lui. On faisait tout, du ménage des chambres à la prise de réservations.

Il sourit. Il n'avait aucun mal à visualiser une jeune Olivia s'occuper de la réception.

– Et j'imagine que vous êtes tombée dans la potion ?

– Non, je détestais ça.

Elle avait répondu avec tant de conviction qu'il fut tenté de rire.

— Je trouvais injuste que mes copines puissent aller faire du shopping après l'école alors que moi j'étais coincée à l'hôtel.

— Et qu'est-ce qui a changé ?

Il était clair qu'elle aimait ça, aujourd'hui.

— Franchement, je n'avais pas du tout prévu de finir dans l'industrie hôtelière. J'étudiais l'architecture à l'université.

— L'architecture ? Ça n'a rien à voir avec l'hôtellerie.

— J'ai toujours été fascinée par les bâtiments et leur construction. On y passe tellement de temps et il y a toujours un architecte brillant pour prendre les éléments les plus simples, comme des murs ou des portes, puis les réinventer pour proposer quelque chose de tout à fait unique. Et je trouve ça très beau de voir des générations se succéder dans le même bâtiment et apprécier le même espace. En m'y intéressant de plus près, je me suis mise à comprendre qu'un mur n'était pas qu'un mur, mais qu'on pouvait transcender nos propres limites et que…

Elle s'interrompit et partit d'un éclat de rire.

— Pardon, je me laisse emporter très facilement.

— Non, j'aime bien cette perspective. Même si l'architecture joue un rôle essentiel dans ce que je fais, je n'ai jamais envisagé autre chose que le but fonctionnel des bâtiments.

Le fait de la voir si passionnée lui rappelait son grand-père, la façon dont il pouvait lui parler de chimie pendant des heures et celle dont il concoctait de nouveaux produits. Son enthousiasme avait toujours été très contagieux et il ne put s'empêcher de penser que son grand-père aurait aimé Olivia.

Adam doutait de pouvoir regarder les plans de ses projets futurs sans repenser à la voix animée d'Olivia, l'encourageant à voir plus loin que ce qu'il avait construit, quand bien même ses employés le croiraient fou s'il parlait d'autre chose que du prix au mètre carré.

— Vous adorez l'architecture, on dirait. Pourquoi avez-vous abandonné ce domaine ?

Un bref silence alors qu'elle semblait hésiter. Enfin, elle répondit :

— J'avais beaucoup de mal en art digital et c'était l'un des cours les plus importants du cursus. J'avais beau faire des efforts, mes notes étaient à peine passables. Quand j'étais en troisième année, mon père a fait une crise cardiaque et mes parents m'ont demandé de venir aider au bureau. Comme il était tombé malade à cause du stress, ma mère était d'accord avec les médecins pour dire qu'il ne valait mieux pas qu'il retourne trop vite au travail. Bien sûr, il n'en était pas franchement ravi, mais ma mère savait qu'il serait plus à l'aise si Robert ou moi étions là pour garder un œil sur l'entreprise pendant qu'il se remettait. Comme mes notes n'arrêtaient pas d'empirer à l'époque, j'ai sauté sur l'occasion de faire une pause. Je pensais que je retournerais à la fac quand papa serait remis, mais je ne l'ai jamais fait.

— Et vous pensez encore à y retourner ?

— Parfois, mais je ne vois pas comment je pourrais concilier ça avec mon travail chez *Montgomery*. J'aime vraiment travailler pour mon père, et puis je ne m'imagine pas non plus devenir aussi douée pour l'architecture que Seth. D'autant qu'avec mon ego, je ne me satisferais de rien de moins que la perfection, rit-elle. C'est drôle. Étant enfant, j'ai toujours fait de mon mieux à l'école pour ne pas avoir à travailler chez *Montgomery* et me voilà.

Adam rit.

– C'est compréhensible lorsqu'on sait que vous deviez faire les corvées de l'hôtel.

Elle acquiesça.

– Et vous alors ? Vous n'avez pas voulu rejoindre *Dannier* ? demanda-t-elle.

Elle parlait de l'entreprise de cosmétiques que son père avait lancée.

– Si, j'en ai rêvé presque toute ma vie, dit-il.

Olivia écarquilla les yeux de surprise et il rit. Il n'avait aucune difficulté à imaginer ce qu'elle pensait. Ce qu'il faisait aujourd'hui n'avait rien à voir avec ça.

– Je voulais même décrocher un diplôme de chimie pour mieux comprendre les produits, avoua-t-il. J'ai toujours adoré regarder les machines travailler. J'ai eu une sorte de déclic la première fois que mon grand-père m'a fait visiter son labo, et c'est là que j'ai su que c'était ce que je voulais faire. Mais mon père avait d'autres projets. Il voulait que j'étudie les affaires.

Parfois, Adam avait encore du mal à croire jusqu'où son père était allé pour le forcer à se soumettre à sa volonté. Sans parler de sa mère qui laissait faire.

– Bref, avec le temps j'ai fini par comprendre que je ne pourrais pas travailler avec lui.

Même sans tous les mensonges de son père, Adam savait qu'il aurait été incapable de travailler avec lui sur le long terme. Lorsqu'il avait dix-sept ans, il avait suggéré à son père de lancer une gamme pour homme. Il savait que des hommes se procuraient leurs produits mais que cela était souvent source de honte était donné que leur crème hydratante était surtout destinée aux femmes. Son père avait jugé son idée intéressante mais il l'avait aussitôt refusée, prétextant que les hommes pourraient tout aussi bien acheter leur crème en ligne. Il n'avait même pas songé aux produits qu'ils pourraient créer pour cette gamme.

Bien qu'Adam n'ait pas eu la patience d'Olivia pour rester dans l'entreprise familiale après de multiples refus, il se demandait parfois ce qui serait arrivé s'il y était demeuré. Aurait-il fini par convaincre son père de développer une gamme de produits pour hommes, voire même rien qu'un aftershave ?

— Ça n'a pas dû être facile, dit Olivia. Mais j'imagine que ce n'est pas plus mal que vous l'ayez compris aussi vite, pour préserver votre relation avec votre père. Et puis, vous vous êtes fait un sacré nom dans le domaine de la construction. Je suis sûre que vos parents sont fiers.

Si seulement.

— En fait, ils sont encore fâchés que je sois parti de mon côté, répondit-il sans pouvoir s'en empêcher. Comme j'étais leur aîné, ils ont toujours pensé que j'avais la responsabilité de reprendre l'affaire.

— Et ça fait combien de temps que vous avez lancé AC Developments ?

— Environ douze ans.

Elle écarquilla les yeux.

– Douze ans et ils ne se sont toujours pas remis du fait que vous soyez parti ?

Il haussa les épaules.

– Ils ont la mémoire longue.

– Mais c'est fou. Et vos frères et sœurs, alors ? Ils travaillent avec eux ?

– Non. Ma sœur adore son travail d'avocate et mon frère n'est pas franchement assez responsable pour ça. Mais avec un peu de chance et de temps, ils finiront peut être par rejoindre la direction.

Parce que même malgré ses conflits avec ses parents, Adam voulait que *Dannier* reste dans la famille. C'était leur héritage.

Olivia fronça les sourcils et il ne put s'empêcher de penser combien leurs expériences avaient été différentes. Contrairement à elle, il avait passé son enfance dans l'usine de son grand-père, après quoi il avait rêvé de travailler dans l'entreprise familiale. Dire qu'aujourd'hui il ne discutait avec ses parents que lorsqu'il y était forcé...

– Et comment vous vous êtes lancé dans la construction ? Ça n'a rien à voir avec la chimie, remarqua-t-elle, brisant le silence.

Il rit.

– À l'époque, je voulais juste me faire de l'argent pour prendre mon indépendance aussi rapidement que possible. Si j'avais voulu décrocher un diplôme de chimie, il aurait fallu que je termine l'université avant de trouver un travail ou de lancer ma propre affaire. Et comme je n'avais pas d'idée révolutionnaire pour un nouveau produit, je me suis tourné vers l'immobilier. Ça me paraissait être le bon compromis à l'époque. Ce n'est que plus tard que j'ai réalisé combien ça avait été risqué.

D'autant plus qu'il n'avait alors aucune idée de ce qu'il faisait et n'avait pas la moindre expérience dans le domaine du bâtiment. Bien sûr, il avait fait ses recherches, mais la théorie n'avait rien à voir avec la pratique.

– J'imagine ! Et pourquoi le Texas ? Vous avez de la famille là-bas ?

- Non, personne. J'ai dû tout faire moi-même. J'imagine que vous avez lu ces articles qui racontent que l'économie est très florissante au Texas et que beaucoup d'entreprises s'y installent pour cette raison. Comme les gens suivent le travail, je me suis dit que ce serait pas mal d'y faire construire un centre commercial ou des appartements. Je me suis renseigné sur les divers projets qui s'y développaient et j'ai pris l'avion pour Dallas. J'ai fait le tour de la ville pour effectuer un état des lieux des opportunités du coin, et après je suis allé faire la même chose à Austin. J'ai fini par acheter un grand terrain pas loin de Houston grâce à l'argent que mon grand-père m'avait laissé et je me suis lancé dans un petit projet de quartier d'une vingtaine de maisons avec centre commercial à cinq étages.

Il avait eu une sacrée chance de mettre la main sur un architecte en or dès le départ, bien qu'il ne pût en dire autant des entreprises de construction avec lesquelles il avait travaillé. Il avait cependant été soulagé d'enfin en trouver une qui avait de l'expérience et dont les prix restaient abordables, jusqu'à ce qu'elle sous-traite son projet à une équipe douteuse qui avait manqué plusieurs dates butoir. Frustré, Adam était alors parti s'installer au Texas pour garder un œil sur l'avancée des choses et était même allé jusqu'à faire deux inspections quotidiennes avec l'architecte afin d'être sûr que le travail fût fait correctement. Aujourd'hui, Adam avait une équipe de choc à ses côtés, mais celle-ci n'avait pas été facile à rassembler.

– On a réussi à trouver des locataires pour le centre commercial dès après que le projet a été annoncé et on a vendu toutes les maisons avant même de pouvoir mettre une maison-témoin sur pied. La construction a été un peu retardée mais, heureusement nous n'avons perdu aucun locataire ou acheteur. Ensuite j'ai utilisé les profits pour agrandir le quartier.

– Et vous avez réussi brillamment. Et si vite, en plus !

– J'ai eu beaucoup de chance que mon grand-père m'ait laissé un petit pécule, et plus encore qu'il n'ait fixé aucune condition à son utilisation.

Adam avait ainsi pu se lancer seul, sans l'aide de ses parents.

Olivia rit.

– Cet argent vous aurait sans doute permis de vivre une vie confortable sans avoir à travailler et au lieu de ça vous avez décidé de tout risquer.

– Je pourrais en dire autant de vous. Je ne doute pas que vous avez bien assez d'argent pour être tranquille jusqu'à la fin de vos jours. Et au lieu de ça, vous choisissez de travailler.

Elle retroussa le nez.

– Je n'ai jamais été très intelligente. Et vous, c'est quoi votre excuse ?

Il haussa les épaules en souriant.

– Je savais juste que je ne voulais pas être comme tous ces héritiers qui dépensent sans jamais rien faire de leur vie.

Il avait toujours voulu plus pour lui-même que la vie oisive qu'avait choisi la majorité de ses camarades de classe. Le fait que ses parents aient voulu qu'il échoue n'avait par ailleurs que renforcé son envie de réussir.

– Mon grand-père est parti de rien, et le fait de le voir travailler tous ces produits qu'il a imaginés et ces opportunités qu'il a données à ses employés, ça m'a donné envie d'en faire autant. À l'école, j'avais des amis qui se reposaient uniquement sur leurs investissements pour subvenir à leurs besoins, et j'ai toujours pensé que c'était fou de vivre comme ça. Ils ne faisaient rien de leurs journées et pourtant ils gagnaient encore plus d'argent que les employés de mon grand-père qui se saignaient aux quatre veines. Alors bon, même si mon grand-père ne m'a jamais dit comment utiliser cet argent, je sais qu'il aurait été déçu que je ne m'en serve pas pour faire quelque chose de ma vie.

Une fois qu'il eut terminé de raconter son histoire, Adam fut surpris d'en avoir dit autant. Il ne s'était jamais ouvert à quiconque de la sorte, surtout au sujet du travail ou de l'argent. Il avait choisi ses mots avec soin, mais il avait l'impression qu'elle partageait son avis.

– Et vous alors ? demanda-t-il. Et n'allez pas me dire que vous êtes bête.

Elle rit, puis acquiesça.

– C'est grâce à mon père. Il a vraiment tout fait pour nous faire comprendre, à moi et à mon frère, que nous avions beaucoup de chance. Il n'arrêtait pas de dire qu'on en avait de pouvoir manger ce qu'on voulait et d'acheter ceci ou cela, et qu'on ne devrait pas se plaindre de travailler à l'hôtel. Et puis je pense que le travail est un peu devenu une seconde nature comme on a grandi à l'hôtel. Mais ce n'est qu'en vieillissant que je me suis vraiment rendue compte de la chance que j'avais eue d'avoir de telles opportunités, et j'ai pensé que ce serait dommage de gâcher ça.

Adam ne put qu'admirer son éthique professionnelle. Il n'aurait aucun mal à imaginer quelqu'un comme elle, forcé de travailler dès le plus jeune âge, profiter de la première opportunité de ne pas travailler et d'enfin se reposer. Mais pas elle. Elle voulait non seulement apporter sa pierre à l'édifice, mais aussi faire une vraie différence. Il ne pensait pas avoir jamais rencontré une femme comme elle, et il aurait aimé que ce soit dans des circonstances différentes, ce qui ne faisait que pconfirmer combien elle le rendait fou.

Elle faisait un travail fantastique sur le *Manoir*, et voilà qu'il se demandait comment les choses auraient pu être entre eux s'ils ne travaillaient pas ensemble. Il se maudit en silence. Le travail serait toujours sa priorité première, mais Olivia faisait vaciller sa concentration.

Il aurait dû se contenter d'avoir une personne aussi compétente dans son équipe et de la fréquenter au travail. Pourtant, il se mit bientôt à se demander si le fait de l'inviter à un autre « dîner d'affaires » dès demain ne serait pas trop tôt.

* * *

– Merci pour le dîner, dit Olivia.

Adam se gara à côté de sa voiture.

— Et si vous me remerciiez en acceptant de dîner de nouveau avec moi demain soir ? demanda-t-il.

Elle rit. Elle aurait adoré avoir un vrai rendez-vous galant avec lui, mais elle savait qu'il plaisantait. Elle avait tant parlé d'elle-même qu'il était improbable qu'il ait passé une bonne soirée. Mais il n'en restait pas moins charmant.

Mais qu'est-ce qui ne tournait pas rond chez elle ? Elle aurait dû se servir de ce dîner pour l'impressionner avec ses idées sur la rénovation. Au lieu de ça, elle lui avait uniquement parlé de ses difficultés à la fac et de ses propositions rejetées.

Elle avait trouvé si aisé de lui parler qu'elle en avait oublié son objectif. D'autant qu'il avait semblé vraiment intéressé et lui avait même posé des questions osées, qui l'avaient poussée à s'ouvrir comme elle le faisait rarement. Il y avait quelque chose chez lui, dans sa façon de la regarder peut-être, comme s'il voyait vraiment qui elle était, qui lui faisait tout oublier. Elle aurait voulu que ce dîner dure toujours.

Il avait été si facile d'oublier qu'il n'était qu'un client, et non quelqu'un qu'elle avait connu sa vie entière. Et cette idée était dangereuse, parce qu'elle craignait de tomber sous son charme trop vite. D'ailleurs, pour être honnête, c'était déjà en partie le cas.

Sa réussite professionnelle était tout à fait admirable et elle avait l'impression qu'il s'inquiétait vraiment du sort de ses employés. Mais peu importait ce qu'elle avait ressenti ce soir : il était un client et rien d'autre. Toute relation était impossible, si bien qu'elle devrait faire attention de ne pas laisser parler son attirance lorsqu'elle serait avec lui à l'avenir.

Désireuse de réorienter leur conversation sur le travail, elle glissa une mèche de cheveux derrière son oreille en disant :

– Bon eh bien, tenez-moi au courant de ce que vous décidez pour la décoration.

– Promis, dit-il.

Il effleura sa joue de la main puis l'embrassa. Ses lèvres étaient douces et elle se surprit à lui rendre son baiser. Une vague de plaisir la traversa alors que leurs langues s'entre-mêlaient. Leur baiser prit fin bien trop tôt et elle dut se faire violence pour ne pas lui en voler un autre.

Bon, on dirait qu'il ne plaisantait pas en m'invitant à dîner demain.

Son cœur se réchauffa en réalisant qu'il appréciait vrai-ment sa compagnie, avant que la réalité ne la frappe de plein fouet. Bien que son père ait évoqué l'idée de lui arranger le coup avec Adam, elle savait qu'il la taquinait. En réalité, toute relation entre elle et lui serait franchement déplacée et elle ne ferait jamais rien de délibéré qui pourrait porter préjudice à la réputation de *Montgomery*. Le fait que son père ne lui ait pas explicitement interdit de mêler travail et plaisir ne fit que réaffirmer sa détermination. Il lui faisait confiance. Elle ne pouvait l'en récompenser en le trahissant.

D'autant qu'elle avait déjà bien du mal à rester objective avec le *Manoir*. Le fait d'entreprendre quoi que ce soit avec Adam ne ferait que compliquer encore davantage les choses, surtout étant donné que chacun avait un avis bien tranché sur ce qui devait être fait. Pourtant, elle ne put s'empêcher de regretter que les choses ne soient pas différentes. Il était rare qu'elle se sente si proche de quiconque.

Un frisson la traversa lorsqu'elle releva la tête et qu'elle vit son expression. Ses yeux étaient noirs de désir.

— Nous n'aurions pas dû faire ça, dit-elle lorsqu'elle retrouva enfin sa voix.

Malgré tout, elle savait qu'elle n'aurait de cesse de revivre ce baiser dès qu'ils se seraient séparés.

Il hocha la tête en la scrutant.

— Sans doute oui, mais ça ne me déplairait pas de recommencer.

Elle non plus, et c'était justement ça le problème. Elle se sentait liée à lui comme à personne et elle fut terriblement tentée de laisser cela la convaincre de faire fi de la raison. Mais elle ne pouvait se permettre une erreur de plus. Elle s'était déjà plantée en beauté en dissimulant les dessins de Seth et il fallait qu'elle lui prouve qu'elle pouvait se charger de ce projet, à présent.

— On ne devrait pas, répondit-elle. Je doute que nous soyons très à l'aise l'un avec l'autre lorsque les choses auront pris fin alors qu'on doit encore travailler ensemble.

Ç'aurait même été la recette du désastre, étant donné qu'il était si impliqué dans le *Manoir*. Leurs interactions seraient bien plus compliquées et elle ne voulait pas mettre en danger ce projet ou son poste. Peu importait que leur séparation soit amicale, ce serait étrange quoi qu'il en soit.

Adam soupira en s'enfonçant dans son siège, puis il se passa une main sur le visage.

— Bon, je comprends.

Elle se sentit déçue qu'il accepte si vite, avant de se maudire en silence. Elle n'avait pas voulu qu'il la contredise, si ? Cette opportunité de travailler sur le *Manoir* était unique. Elle refusait de la gâcher, même si les baisers d'Adam étaient ensorcelants et qu'elle s'était sentie en phase avec lui ce soir.

CHAPITRE NEUF

Il n'aurait jamais dû embrasser Olivia.

Adam soupira en se dirigeant vers son bureau ce mardi matin-là. Elle lui avait dit que les choses pourraient devenir inconfortables s'ils rompaient après être sortis ensemble. Mais d'une certaine façon, elles l'étaient quoi qu'il en soit, quand bien même ils ne s'étaient pas fréquentés. Elle avait à peine réussi à le regarder dans les yeux lors de la réunion de la veille et, pour être franc, il avait eu bien du mal aussi. Lorsqu'il n'avait pas été occupé à admirer ses lèvres, il s'était efforcé de fixer son carnet de notes en se faisant violence pour oublier leur goût délectable.

Avant que les choses n'empirent, il avait donc décidé de lui faire une offrande de paix dans l'espoir que cela permettrait de ramener leurs relations dans le domaine amical et professionnel. Parce qu'il ne pouvait pas se permettre de reproduire le désastre d'hier. L'Olivia bavarde et intelligente qu'il connaissait par cœur avait à peine décroché un mot durant cette réunion et il avait été tout aussi distrait, si bien qu'ils n'avaient pas été franchement très productifs. Sans leur équipe pour mener les discussions, cette réunion aurait même été tout à fait inutile.

Ainsi, bien que cela ne lui plût pas, il savait qu'Olivia avait pris la bonne décision. Transformer une relation professionnelle en quelque chose de romantique était une mauvaise idée. C'était d'ailleurs pour ça qu'il évitait toujours ça d'habitude. Sans parler du fait que tous deux avaient des envies différentes quant aux rénovations du *Manoir*. Il ne voulait pas qu'ils passent leur temps à douter de l'autre en se demandant s'ils ne se servaient pas de cette relation comme d'un moyen de parvenir à leurs fins.

Il aurait adoré avoir l'opportunité de mieux apprendre à la connaître, mais ce projet était bien trop important pour le mettre en danger avec une quelconque aventure. Avec un peu de chance, cette visite permettrait d'apaiser les choses entre eux. Il avait appelé la réceptionniste pour savoir si Olivia avait un dessert favori, et voilà qu'il allait la voir armé d'un gâteau acheté dans sa pâtisserie préférée.

Son grand-père lui avait toujours dit qu'un petit cadeau pouvait être très utile pour amadouer quelqu'un. Il n'était pas rare que ce dernier oublie l'heure lorsqu'il était enfermé dans son laboratoire à faire des expériences, si bien qu'il ne rentrait qu'au petit jour. Pour se rattraper auprès de sa femme, il avait donc l'habitude de s'arrêter pour lui acheter des fleurs ou une petite douceur en rentrant. Sa grand-mère savait mieux que quiconque combien il pouvait être tête en l'air et, bien qu'elle eût appris à s'y faire, elle était toujours ravie qu'il lui offrît quelque chose pour s'excuser.

Priant pour que le conseil de son grand-père soit utile

avec Olivia, Adam toqua à la porte ouverte de son bureau. Elle releva le nez de son écran d'ordinateur et se figea.

– Salut, dit-elle d'une voix gênée.

Il ne put que remarquer la tension qui régnait entre eux. Il avait sans doute été idiot de croire que leur baiser n'affecterait pas leur relation professionnelle et il fut surpris que cette idée lui brise le cœur.

Une part de lui aurait aimé qu'il ne l'ait jamais embrassée. Il avait non seulement compliqué leurs rapports professionnels, mais aussi possiblement gâché une amitié naissante. Elle était fascinante et il détestait l'idée qu'elle soit mal à l'aise avec lui. Mais une autre part de lui savait qu'il avait fallu qu'il essaye pour ne pas avoir de regrets. Parce que malgré toutes ses craintes quant au projet, il était encore prêt à prendre le risque d'entretenir une relation avec elle. Si seulement elle en avait envie, elle aussi. Mais elle avait fait son choix et il comptait bien le respecter.

– Salut, Olivia. Je suis juste venu déposer ce cadeau, dit-il en approchant.

Elle écarquilla les yeux en prenant la boîte.

– Merci. J'adore *Dawn's*.

Elle éloigna les documents éparpillés sur son bureau pour y poser le gâteau et il aperçut un dessin. Ça ressemblait à une réception, mais il était évident qu'il ne s'agissait pas du *Manoir*, avec ses traits rustiques qui rappelaient un chalet.

– C'est ton hôtel du Yosemite ?

Elle se figea, les joues rouges.

– Oui. J'ai envie de travailler un peu sur ce projet, même si mon père ne l'a pas encore approuvé.

– C'est sympa.

La cheminée en pierres et les peintures neutres conféraient une atmosphère accueillante et chaleureuse à l'espace. Il n'avait aucun mal à s'imaginer s'asseoir dans l'un des fauteuils en cuir avec une boisson chaude. Il fut tenté de la taquiner sur le fait qu'elle avait affirmé qu'elle n'était pas douée pour l'architecture, mais il ne le fit pas. Il ne voulait pas être trop familier et évoquer une intimité qu'elle préférait visiblement oublier. Bien sûr, il y avait une étincelle entre eux, mais il ne voulait pas qu'elle s'embrase, bien qu'il en brûlât d'envie. Il était venu aujourd'hui dans l'espoir de ressusciter leur relation professionnelle et non pour empirer les choses.

Il pointa du doigt l'un des sièges devant son bureau.

– Je peux ?

Elle hocha la tête et il s'assit. Puis il soupira en se frottant les cuisses.

– Je voulais juste apaiser un peu les choses et te dire que je ne suis pas vexé.

Une étincelle amusée traversa son regard.

– Le contraire serait déplacé, répondit-elle. On travaille sur un projet très important et je ne peux me permettre aucune distraction. Je pense que la réunion d'hier nous a bien fait comprendre les risques que nous prenions.

Son sérieux mêlé à sa légèreté, si semblables à sa propre personnalité, lui rappelèrent pourquoi il était tant attiré par elle.

– C'est justement pour ça que je suis venu. C'était horrible, hier.

Elle grimaça.

– Je sais et je suis désolée. Ce projet mérite mon entière attention et je n'ai pas été à la hauteur pendant la réunion.

– Pas besoin de t'excuser. Je n'ai pas franchement fait mieux et je commence à comprendre pourquoi tu as fait ce choix. Je n'ai pas arrêté de me demander comment désamorcer la situation et je n'ai rien trouvé d'autre que de t'offrir un gâteau pour faire la paix.

Il avait eu un mal fou à se concentrer après un simple baiser. Il n'avait aucun mal à imaginer combien il serait distrait s'ils avaient partagé davantage.

– J'apprécie le geste, dit-elle en souriant.

– Alors, comment on avance ?

Bien que toute relation soit impossible entre eux, il ne voulait pas qu'Olivia ait peur de lui dire le fond de sa pensée lorsque cela était nécessaire.

– Hé bien, j'espère juste que ce sera un peu moins gênant avec le temps. Tu sais, c'était peut-être juste compliqué parce qu'on se revoyait pour la première fois depuis le baiser. Là ça va, non ? Si tu veux, on pourrait manger du gâteau en passant en revue ce dont on aurait dû parler pendant la réunion si on n'avait pas eu la tête ailleurs ?

– Tu avais la tête ailleurs à cause de moi ?

Son cœur s'affola à cette idée.

– Tu le sais très bien.

– Oui, mais je voulais te l'entendre dire.

Elle rit.

– Bref, j'ai eu quelques idées en relisant les notes que je voulais envoyer à Tina. J'avais aussi prévu un e-mail pour Ricky plus tard, mais on pourrait en discuter maintenant.

Une vague de soulagement le traversa en découvrant qu'elle était prête à tourner la page sur sa faute. Il avait été inquiet d'avoir fait une erreur qui ne pourrait être réparée.

– J'en serais ravi.

– Super. Je vais juste aller chercher des assiettes et des fourchettes.

* * *

Olivia traversa le restaurant qu'elle connaissait par cœur, admirant son architecture moderne unique mêlée à des traits plus traditionnels. Avec ses éclairages chauds et ses touches de bois, *La Taverne* offrait une atmosphère élégante et agréable à ses clients, que peu d'autres enseignes égalaient.

La soirée venait tout juste de commencer, si bien qu'il y avait encore peu de clients, mais elle était venue assez souvent pour savoir que chaque table serait occupée lorsque Stacy et elle partiraient. Stacy l'avait appelée plus tôt pour lui demander si elle était libre pour dîner. Elle avait été si occupée par le travail qu'elle avait été ravie d'avoir une chance de se changer un peu les idées.

Elle trouva son amie à leur table habituelle, dans un coin du restaurant un peu éloigné de la salle à manger principale.

– Coucou Stacy ! dit-elle en approchant.

– Livie !

Stacy posa son portable en souriant et elle se leva pour l'enlacer.

Olivia se souvint aussitôt que son amie était protégée

par un garde du corps, Pete, assis à quelques tables de là. Elle se tourna pour lui faire signe d'un hochement de tête. Ce dernier était un rappel perpétuel du kidnapping contre rançon dont Stacy avait été victime étant enfant. Lorsqu'elle avait été libérée, sans une égratignure heureusement, ses parents ne l'avaient plus jamais laissée sortir sans protection. Olivia, se rappelant cette frayeur, pressa les mains de son amie dans les siennes.

– Alors, on fête quelque chose ? demanda-t-elle en s'asseyant.

– Non, mais justement ça me rappelle que l'ouverture du centre communautaire de Trenton est samedi prochain.

– Oh, j'ai hâte de voir ce que ça va donner.

Les poutres venaient tout juste d'être posées la dernière fois qu'elle avait visité l'endroit.

Stacy prit son téléphone et l'elle alluma.

– Je vais te montrer des photos, attends. Et merci encore d'avoir donné un coup de main avec le design, dit-elle en lui tendant le portable.

– Ce n'est rien.

Stacy lui avait raconté ce qu'elle imaginait un soir, en dînant. Distraitement, Olivia s'était mise à dessiner sur une serviette et, lorsque le dîner avait pris fin, elle était ressortie le sac à main rempli de serviettes gribouillées et la tête pleine d'idées.

Les semaines suivantes, elles avaient travaillé ensemble à l'élaboration de divers concepts et étaient même allées visiter plusieurs centres pour voir ce dont elles avaient besoin et ce qui pourrait être amélioré.

Olivia fit défiler les photos, médusée. Elle trouvait

époustouflant de voir ses designs prendre vie. Bien sûr, elle avait souvent donné des idées et émis suggestions lors de la rénovation de leurs hôtels, mais ce n'était jamais rien de plus que ça : de simples suggestions. Rien à voir avec ce centre communautaire dont la bibliothèque avait une entrée séparée et un réfectoire avec coin enfant parce qu'elle en avait décidé ainsi. Elle avait adoré faire quelque chose de différent et elle était ravie que ses efforts aient fini par payer. Le centre était splendide.

– Ce n'est pas rien, dit Stacy. On a beaucoup économisé grâce à toi, et franchement je ne pense pas que quelqu'un d'autre aurait été aussi patient avec moi.

Olivia rit.

– Tu sais, ça aiderait un peu si tu engageais les gens au lieu de te reposer sur des bénévoles.

Stacy était douée pour convaincre les gens d'investir, mais elle rechignait elle-même toujours à dépenser. Chaque dollar économisé était un dollar qu'elle pourrait mettre dans des vêtements ou de la nourriture, disait-elle souvent. Le problème était qu'elle en demandait trop à des bénévoles qui avaient parfois autre chose à faire.

– Je sais, je sais ! Mais j'ai bien engagé un architecte et une entreprise de construction cette fois, non ?

– Parce qu'il n'y avait pas de bâtiment de base, répondit Olivia d'une voix sèche.

L'œuvre caritative avec laquelle Stacy travaillait se contentait généralement de rénover des bâtiments déjà existants pour convenir à leurs besoins. Mais cette fois, on leur avait fait don d'un terrain vide et, au lieu de le vendre, le conseil avait décidé d'y construire un centre communautaire.

– C'est vrai, répondit Stacy en souriant.

Derek, leur serveur, les interrompit pour verser un verre de vin à Olivia.

– Bonsoir, Madame Montgomery. Ravi de vous revoir.

Elle le remercia avant de se tourner vers Stacy.

– Tu sais déjà ce que tu veux manger, toi ?

Bien qu'Olivia ne soit pas arrivée en retard, elle ne voulait pas faire attendre son amie plus que de raison.

Stacy acquiesça.

– Derek m'a recommandé le vivaneau.

– On en prend deux dans ce cas, dit Olivia.

Elle tendit le menu au serveur, qui le récupéra avant de s'éclipser.

Aussitôt, Stacy se tourna vers elle.

– Et toi alors ? Tu as toujours des problèmes avec cet Adam Campbell ?

Olivia grimaça des dents en se rappelant la façon dont elle l'avait critiqué lorsqu'on lui avait assigné ce projet.

– Il n'est pas aussi terrible que je le pensais à la base, admit-elle. Il a accepté de réviser les plans de la salle de bal et du salon de thé après que je lui ai parlé des chiffres que tu avais évoqués. On n'est pas toujours d'accord, mais je suis surprise par son ouverture d'esprit. Il est bien plus tolérant que moi, même si je fais de mon mieux pour ne pas être trop chiante. Bref, c'est un bon partenaire.

Un silence, puis Stacy écarquilla les yeux.

– Oh mon dieu, mais il te plaît !

Olivia était sur le point de nier lorsqu'elle se souvint que c'était avec Stacy qu'elle discutait. Elle pouvait faire confiance à sa meilleure amie.

– C'est vrai, admit-elle. Je crois que j'ai commencé à tomber sous le charme quand il a accepté de ne pas toucher au salon de thé. Il n'était pas forcé de le faire et franchement, vu mon comportement, il n'avait aucune raison d'accepter. Pourtant, il l'a fait.

Puis elle secoua la tête en concluant :

– Par contre je ne sais pas comment on va pouvoir continuer à travailler ensemble. Les choses sont si compliquées depuis ce baiser.

Stacy haussa un sourcil.

– Un baiser ? C'était avant ou après qu'il ait accepté de garder le salon de thé ?

Olivia rougit.

– Après. On a dîné ensemble il y a a quelques semaines et il m'a embrassée en me déposant à ma voiture.

Elle grimaçait encore chaque fois qu'elle repensait à la façon dont elle s'était livrée et lui avait parlé de sa vie personnelle, ce soir-là. Elle s'était mise à l'apprécier lorsqu'il avait accepté de la laisser rester sur le projet et il n'avait plus cessé de la surprendre depuis lors.

Malheureusement pour elle, elle avait toujours eu bien du mal à dissimuler ses émotions.

– Ensuite, je lui ai dit que je ne voulais pas compliquer nos relations de travail et on en est restés là. Sauf qu'on a eu une réunion le lendemain et que c'était un véritable désastre. Je n'ai pas entendu un mot de ce qui s'est dit. Tout ce à quoi je pensais, c'était ce baiser. Je suis presque sûre que j'ai rougi du début à la fin. Ensuite il m'a amené un gâteau et...

– Il t'a amené un gâteau ?

– Ouais.

Qu'importait combien elle avait trouvé son attention adorable, elle savait qu'il avait fait cela uniquement pour sauver leur relation professionnelle. Il n'avait pas voulu d'une autre réunion désastreuse, voilà tout.

– J'aimerais bien qu'on m'apporte du gâteau, moi.

Olivia sourit en répondant :

– Bref, il avait l'air de vouloir s'assurer que tout redevienne comme avant, mais il n'a pas assisté à une seule réunion depuis.

Elle avait eu hâte de le revoir et avait été déçue qu'il lui fasse faux bond. Elle poursuivit :

– Ricky, son bras droit, dit qu'il est occupé à Houston. Il travaillerait sur son nouveau centre commercial, mais franchement j'ai peur qu'il m'évite. Il était très investi dans le projet jusqu'à maintenant et voilà qu'il manque trois réunions de suite... ça ne lui ressemble pas.

Olivia ne pouvait rien faire d'autre qu'espérer qu'il soit *effectivement* occupé. Sachant qu'Adam était un associé très investi, elle ne voulait même pas penser à ce qui se passerait s'ils étaient incapables de travailler ensemble au bout du compte.

– Et tu es sûre qu'il ne te plaît pas uniquement parce qu'il a accepté de garder le salon de thé ?

– Il ne me manquerait pas autant, si c'était le cas.

Bien qu'elle soit certaine d'avoir eu raison de refuser d'entretenir toute relation intime avec lui, elle avait souvent songé à leur baiser et à ce qui se serait passé si elle ne l'avait pas repoussé.

– Dans ce cas lance-toi, dit Stacy.

Olivia soupira.

– Pourquoi est ce que ça ne m'étonne pas de t'entendre dire ça ?

Son amie sourit et elle haussa les épaules.

– Parce que tu sais que j'ai raison. C'est vrai quoi, qu'est-ce que t'as à perdre ? Ce n'est pas comme si les choses pouvaient empirer. D'ailleurs, ça vous ferait peut être même du bien de dissiper toute cette tension entre vous. Comme ça tu arrêterais de rêvasser et tu arriverais à te concentrer sur le projet.

Cette idée était tentante. Elle l'était même bien trop.

N'avait-elle d'ailleurs pas eu la même quelques semaines plus tôt ?

– J'en paie déjà le prix, marmonna-t-elle.

Même si elle ne couchait pas avec lui, il y avait des chances pour qu'il la remplace sur le projet.

Stacy répondit en murmurant :

– Exactement ! Je sais que ça ne ferait pas très pro de fréquenter un client et tout, mais ce n'est pas comme si tu faisais ça tout le temps. Et puis si ça ne marche pas, tant pis. Je doute que ton père t'en voudra, d'autant qu'il te tanne constamment pour que tu lui donnes des petits-enfants.

Elle fronça les sourcils en entendant son amie évoquer son père.

– Il n'y a encore rien de concret, mais cet hôtel du Yosemite que je veux faire construire, son approbation dépend du succès de ce projet.

Ainsi que son obtention du poste de chef de franchise.

Le fait que son père lui ait confié davantage de responsabilités avec le *Manoir* et qu'il ait accepté de réfléchir à sa proposition du Yosemite l'avait touchée. Elle s'était plantée en beauté avec le Whitcombe et, pourtant, il lui faisait encore confiance. Elle ne pouvait le décevoir.

— Alors n'échoue pas. Moi je crois en toi. Après tout, c'est du *Manoir* qu'il s'agit. Qu'importe ce qui se passera avec Adam, tu ne laisseras jamais ça se mettre entre toi et cet hôtel. Et puis, je ne t'ai jamais entendue parler de quiconque comme d'Adam. Quand est-ce que tu as été attirée par quelqu'un pour la dernière fois ?

Cela paraissait si simple dans la bouche de Stacy.

— Jamais, répondit Olivia.

Et elle ne mentait pas.

Parfois, il l'obsédait littéralement. Comme lorsqu'elle n'était qu'une adolescente boutonneuse avec son premier amour, Josh Hicks. Sauf que les choses étaient pires aujourd'hui étant donné que ses désirs n'avaient plus rien d'innocent.

— Justement, c'est pour ça que je sais qu'il y a des chances pour que je tombe vraiment amoureuse d'Adam.

Instinctivement, elle savait qu'il avait le pouvoir de lui faire du mal.

— Et ce serait vraiment si terrible que ça ?

— Oui. Imagine que ce soit à sens unique ? Franchement, Adam me donne l'impression d'être un sacré coureur de jupons.

Bien qu'elle se sente spéciale lorsqu'elle était avec lui,

elle avait l'impression qu'il avait cet effet sur toutes les femmes.

Et même s'il n'avait probablement pas l'habitude de mêler affaires et plaisir, elle n'était pas certaine qu'il l'appréciait autant qu'elle. Elle fronça les sourcils. Quelle importance, après tout ? Adam n'était qu'un client, et toute relation avec lui serait un manque de professionnalisme flagrant.

— Et la relation la plus courte que tu aies jamais eue a duré presque deux ans.

Un silence, puis Olivia répondit :

— Tu penses toujours que je devrais foncer, hein ?

Stacy soupira.

— Hé bien tu sais, je n'ai jamais vraiment aimé qu'un seul homme et j'imagine que si j'avais la chance d'être avec lui, même temporairement, je la saisirais sans hésiter.

Le cœur d'Olivia se serra en sachant qu'elle parlait de son ancien garde du corps. Cela devait faire trois ans aujourd'hui qu'il était parti et son amie en avait encore le cœur brisé.

— T'as parlé à Brad dernièrement ?

Stacy secoua la tête.

— Tu sais que ma proposition tient toujours. Si tu veux que je l'engage pour un événement ou autre chose pour que tu le croises par hasard, ça ne me dérange pas.

Stacy méritait d'avoir l'opportunité de tourner la page, au moins. Brad n'avait même pas pris la peine de lui faire ses adieux.

— C'est gentil, mais s'il ne veut pas me parler, je ne veux pas lui parler non plus.

Elle se tut un long moment avant de poursuivre :

– Et puis, j'essaie d'aller de l'avant. Je sors et je rencontre du monde.

– Tu vas à des fêtes et tu demandes de l'argent à des gens, répondit Olivia d'une voix sèche.

Parfois elle se demandait si son amie ne s'échinait autant à trouver des dons dans le seul but d'éloigner les gens. On approchait rarement une personne en sachant qu'elle allait presque aussitôt nous demander de l'argent.

Stacy rit.

– Je fais d'une pierre deux coups comme ça.

Olivia changea de sujet, sachant que Stacy ne tarderait pas à s'agacer si elle insistait.

– Bon, et ce gala alors, comment ça se présente ? Tu as engagé un traiteur, ça y est ?

Stacy prit la perche qu'on lui tendait et se mit à parler du menu qu'elle avait choisi.

Mais en l'écoutant parler de canapés, Olivia songea à la situation de son amie avec Brad, en se disant qu'elle ne voulait pas finir dans le même bateau. Elle ne voulait pas se retourner dans dix ans à se demander ce qui aurait pu advenir si elle avait saisi sa chance avec Adam.

Elle comprit qu'elle ne voulait pas avoir de regrets.

CHAPITRE DIX

Le ventre d'Olivia se noua alors qu'elle pénétrait dans la salle de conférence en constatai que seule l'équipe d'Adam s'y trouvait. Sans Adam. Elle aurait dû être habituée à son absence, sachant qu'il n'avait plus assisté à aucune réunion depuis près d'un mois, mais elle ne pouvait s'empêcher d'être déçue.

Forçant un sourire, elle échangea quelques banalités en s'asseyant. Et alors que les hommes reprenaient leur discussion au sujet de la saison de base-ball à venir, elle décida que l'absence d'Adam était une bonne chose, après tout. Il n'y aurait aucune gêne s'il se contentait de sauter les réunions et il n'aurait alors plus aucune raison de la retirer du projet. C'était la solution parfaite à tous ses problèmes, pourtant elle avait du mal à s'en estimer heureuse. Elle aurait presque préféré passer du temps avec lui en risquant d'être mise sur la touche, ce qui était complètement dingue. Elle était à tel point perdue dans ses pensées qu'elle ne vit même pas Seth pénétrer dans la pièce avant qu'il ne prenne place à côté d'elle.

– Je pense que j'ai quelque chose qui vous plaira, lui dit l'architecte d'un ton de conspirateur.

Sa curiosité était piquée et elle le regarda tirer un dossier de sa serviette.

Il le lui tendit et elle fut surprise de constater qu'il s'agissait d'un nouveau dessin de la réception. Il y avait intégré certains aspects de la décoration actuelle du *Manoir*, comme les moulures du plafond et la balustrade en marbre qui dominait l'étage principal tout en conservant l'espace ouvert de son design initial. Assez étrangement, ça fonctionnait bien. Elle avait été contre le fait de repeindre la fresque au-dessus du comptoir à l'origine, mais elle comprenait à présent que cela permettrait de mieux mettre en valeur les jolies moulures du plafond.

– J'adore, dit-elle.

Elle réalisa soudain que même si le design original de son grand-père était splendide, il était trop fourni, au point que cela faisait presque fouillis. Cette décoration plus simple serait élégante tout en préservant l'âme de la réception.

– Merci beaucoup d'avoir retravaillé le dessin, ça me touche.

Personne ne le lui avait demandé, d'autant qu'ils avaient déjà approuvé sa proposition originale pour la réception.

– Ce n'est rien, dit Seth. Comme on a décidé de se contenter de restaurer la salle de bal et le salon de thé, je voulais un design un peu plus cohésif dans l'hôtel pour que le tout soit harmonieux.

Une pointe d'espoir s'embrasa en elle à l'idée que la décoration de son grand-père soit conservée, avant que la réalité ne s'impose de nouveau. Adam devait encore approuver le dessin. Elle le tendit à Ricky.

– Vous pensez que ça plaira à Adam ?

– Je lui demanderai.

Ricky le regarda un instant avant de se tourner vers Seth, qui acquiesça.

– Je vous enverrai une copie par e-mail.

– Comment avez-vous appris à faire un truc pareil ? demanda Olivia.

Elle ne pouvait s'en empêcher. Elle admirait tellement Seth, qui avait toujours le don de faire quelques ajustements qui changeaient pourtant tout.

– J'ai eu la chance de travailler pour Tom Fielding, dit-il.

Il s'agissait d'un célèbre architecte postmoderne. Il poursuivit :

– Enfin, je ne pensais pas franchement avoir de la chance à l'époque. J'étais vraiment surmené. Il dessinait tout à la main, et nous il fallait qu'on passe ça en digital ensuite. Mais au bout du compte, je n'aurais pas pu avoir de meilleure formation. J'en ai beaucoup appris sur le design, comme ça. Ah, mais j'oubliais. Vous avez étudié l'architecture. Où avez-vous fait votre stage ?

Les joues d'Olivia s'embrasèrent.

– Je n'ai fait aucun stage. J'ai arrêté après ma troisième année pour donner un coup de main ici.

Parfois, il lui arrivait encore d'avoir l'impression qu'elle avait pris la tangente. Elle avait toujours adoré créé et avait passé son enfance à dessiner des bâtiments. Mais elle avait eu un mal fou à l'université, plus que ses camarades, de toute évidence. Il lui arrivait parfois de travailler sur un projet pendant des semaines avant que son professeur ne balaie ses idées d'un simple revers de la main.

Les critiques qu'elle avait reçues avaient toujours été fondées, mais elle avait eu un mal fou à les accepter. Chaque fois qu'elle réglait un problème, elle en créait un autre en cours de route, cela alors même qu'elle recevait l'aide de ses professeurs.

Parfois, certains critiquaient son travail en lui disant qu'il était ennuyeux ou banal, dans l'espoir que cela la pousserait à l'améliorer. Le plus souvent, elle finissait par refaire le projet avec une toute nouvelle approche parce qu'elle n'avait aucune idée de la façon de régler le problème.

– Et laissez-moi deviner : vous avez été soulagée de partir ?

Olivia rit.

– Oui, admit-elle. J'avais beau faire tous les efforts du monde, je ne suis jamais arrivée à bien maîtriser la lumière et les textures. J'ai l'impression que tous les semestres, je priais pour que les profs passent à une approche plus tangible. Je me débrouillais plutôt bien sur le terrain et les bâtiments réels, mais j'avais vraiment du mal avec tout le reste.

– Et la majorité des cours sont abstraits, dit-il.

Elle acquiesça.

– Exactement.

Seth soupira.

– Vous savez, moi j'avais beaucoup de mal à adapter des modèles 3D sur papier quand j'étais à l'école. Je savais ce que je voulais dans ma tête, mais j'étais incapable de le reproduire en 2D.

Elle haussa les sourcils, surprise. Elle ne s'était pas attendue à ce qu'un professionnel de son calibre ait des difficultés avec un aspect aussi fondamental de l'architecture. Mais il avait refusé de jeter l'éponge pour devenir un architecte reconnu, contrairement à elle.

Cette idée la toucha.

– Mais laissez-moi vous dire une chose, reprit-il. Mon stage chez Fielding m'a appris à donner vie à mes créations comme aucun cours auparavant. Je ne vous mentirai pas en vous disant que les choses s'arrangent avec le temps. Moins de la moitié de mes camarades de licence a réussi à décrocher son diplôme, mais le travail ensuite, ça n'avait rien à voir avec l'école. On est sur des projets bien réels, là dehors. Alors surtout n'hésitez pas à vous replonger dans l'architecture si ça vous intéresse vraiment.

On lui avait déjà dit tout ça, mais une part d'elle s'inquiétait encore qu'elle ne soit pas assez douée pour réussir. Bien qu'elle ait toujours eu de bonnes notes, elle avait souvent réussi ses examens in extremis. Et pour quelqu'un qui avait passé sa scolarité en tête de liste, il était terrible de travailler autant pour récolter si peu de résultats.

– Et puis je serais ravi de vous accueillir comme stagiaire chez nous si vous reprenez les cours un jour.

– Merci, c'est très gentil.

Elle ne pourrait jamais accepter une telle offre étant donné les potentiels conflits d'intérêt que cela entraînerait, mais elle était touchée qu'il la lui fasse malgré tout.

– Mais de rien. Vous êtes naturellement douée pour le design, ce qui…

Il se tut lorsque la porte s'ouvrit et que Tina entra, accompagnée du reste de l'équipe de *Montgomery*. Elle lui lança un regard désolé alors que Seth se levait pour récupérer ses affaires.

Une fois tout le monde assis, il débuta sa présentation et, tandis qu'il parlait de ce qu'il envisageait pour les boutiques de l'hôtel, Olivia examina ses nouveaux dessins pour la réception, encore subjuguée par la façon dont de petits changements pouvaient faire ressortir l'élégance de la pièce.

Jalouse et désireuse d'en faire autant, elle se surprit à se demander s'il serait possible qu'elle reprenne les études. Peut être pouvait-elle s'inscrire à quelques leçons pour y aller en douceur, ou relire ses vieux cours pour voir comment elle s'en sortait.

Sa deuxième tentative serait forcément plus facile…

* * *

– Salut, Adam. Merci de me recevoir si vite, dit Edward Monroe en entrant dans le bureau.

– Tu sais que ma porte te sera toujours ouverte, dit-il au détective. Alors, qu'as-tu trouvé ?

Il savait déjà que c'étaient ses parents qui avaient lancé

les rumeurs à son sujet, mais il voulait savoir quels dégâts ces dernières avaient causé. Certaines entreprises avaient-elles décidé de prendre ses distances avec lui, comme *Landon's*, à cause de ces idioties ?

Il supposait que rares étaient les personnes qui prendraient le temps de vérifier la véracité de ces rumeurs comme Jake l'avait fait. D'ailleurs, la majorité des entreprises avait dû choisir de les croire et de passer à autre chose, le privant par là même d'une foule de contrats juteux.

Et puisque ses parents étaient incapables d'écouter la voix de la raison, il était bien déterminé à combattre le feu par le feu. Une part de lui détestait l'idée de devoir s'abaisser à leur niveau. Il s'était toujours efforcé de garder la tête haute face à eux et ne leur avait jamais donné la satisfaction de les affronter sur leur terrain. Mais ils s'en prenaient à son affaire à présent et il refusait de les laisser faire sans réagir.

Il ne lancerait pas de rumeurs à leur sujet comme ils l'avaient fait avec lui, mais il n'aurait aucun scrupule à laver leur linge sale en public.

Edward soupira.

– J'ai bien peur que ça ne te plaise pas. On dirait que c'est ton frère qui a lancé les rumeurs, et pas tes parents.

Adam le fixa, les yeux écarquillés. Lui et Doug n'avaient jamais été particulièrement proches, mais son frère ne le trahirait jamais de la sorte.

– Il doit y avoir une erreur, dit-il enfin lorsqu'il retrouva sa voix.

Doug était non seulement quelqu'un de bien, mais il savait aussi ce que ça faisait d'être attaqué par leurs parents. Il ne les aurait pas aidés à s'en prendre à Adam.

Même s'ils n'ont jamais coupé les vivre à Doug alors qu'il ne foutait rien…

– Je suis désolé, répondit Edward. Cette information m'a été confirmée par deux sources séparées.

Adam secoua la tête en pensant à sa dernière rencontre avec son frère. Le mois dernier, leur sœur et eux s'étaient réunis pour dîner. Rien dans le comportement de Doug n'aurait laissé présager une telle trahison. Il avait été aussi agréable qu'à l'habitude.

Il était improbable qu'il soit derrière ces attaques, mais peut-être savait-il quelque chose au sujet de ces rumeurs. Peut-être l'une de ses connaissances s'en était-elle prise à *AC Development* sans qu'il ne cherche à corriger le tir ?

C'était un peu tiré par les cheveux, mais bien plus crédible que la trahison. Il appellerait Doug dès le départ d'Edward pour déterminer ce qu'il savait. Avec un peu de chance, Adam pourrait ensuite orienter Edward dans la bonne direction.

Edward lui résuma ce qu'il avait découvert et Adam remarqua qu'il ne s'agissait que de on-dit. Aucune de ces personnes n'avait parlé à Doug directement et il trouvait cela important. Ce devait être un malentendu, il en était convaincu.

Après le départ d'Edward, il prit son portable pour appeler son frère. Doug répondit après quelques sonneries.

– Salut, Adam. Ça va ?

– Est-ce que tu es allé dire aux gens que j'étais en train de faire faillite ? demanda t-il.

Il grimaça pour lui-même. Il n'avait pas prévu d'être aussi direct, mais ces rumeurs lui retournaient l'estomac.

– Non, bien sûr que non ! Ah, attends. Peut être que si, en fait.

Une vague d'angoisse traversa Adam.

– Explique.

– Euh… hé bien j'ai rencontré une fille vraiment mignonne qui me prenait pour toi. Je lui ai dit qu'elle n'était pas tombée sur le bon Campbell et j'ai peut-être sous entendu que tu étais fauché.

Adam grogna.

– Laisse-moi deviner, c'était à une fête ?

Bien que son frère ait toujours voulu s'amuser avant tout, il avait de nombreux amis haut placés. De tous les membres de leur famille, Doug avait été le seul à prendre à cœur le mantra de leurs parents : « les relations avant tout ».

– Ouais, la fête d'anniversaire d'Alan Plummer.

Voilà qui expliquait pourquoi ces rumeurs s'étaient répandues comme un feu de forêt. Plummer était le PDG de *Teller's Bank*. Connaissant sa chance, la femme que Doug avait tenté d'impressionner avait elle-même été une grande investisseuse. Ou peut-être l'avait-on entendu parler.

– Pourquoi, il s'est passé quelque chose ? demanda Doug.

Adam secoua la tête. Son frère finirait-il un jour par comprendre que ses actes avaient des conséquences ?

– La chaîne de restaurants *Landon's* s'est retirée du projet du *Plex* parce qu'ils avaient entendu dire qu'on était ruinés. Les permis avaient déjà été approuvés, on venait tout juste de lancer la construction.

– Ah, merde. Je suis vraiment désolé, Adam. Tu veux que je fasse quoi que ce soit ?

– Non, tu ne ferais qu'empirer les choses. Écoute, j'apprécierais que tu évites de parler de moi ou de ma situation financière à l'avenir.

Avec un peu de chance, les rumeurs finiraient par se tasser d'elles-mêmes lorsque les gens comprendraient qu'il se portait très bien. Il était au moins soulagé que cela soit parti d'un simple malentendu et ne soit pas une attaque minutieusement orchestrée par ses parents.

– Je suis désolé.

Adam soupira. Bien que Doug l'ait déçu, il savait aussi que son frère avait tendance à faire n'importe quoi lorsqu'il rencontrait une jolie fille.

– J'espère que t'as eu le numéro de la fille, au moins ?

– On est sortis ensemble quelques fois mais ça n'a pas marché.

Bien sûr que non.

Adam imaginait qu'il était logique que son frère, sa sœur et lui aient tant de mal à avoir une relation sérieuse. Il aurait fallu être fou pour s'engager après avoir été témoin du désastre qu'était le mariage de leurs parents. Il devinait qu'ils avaient bien dû s'aimer, à un moment donné. Autrement, son père n'aurait jamais épousé une femme qui n'était ni riche ni puissante. Pourtant, avec le temps leur amour s'était transformé en un véritable poison avec pour seul but de faire souffrir l'autre avec des liaisons. Ils aimaient se pourrir la vie et auraient divorcé depuis des années s'ils n'avaient pas été si inquiets des apparences ou de l'argent.

Martha aimait à croire que c'était le besoin de contrôle de leur mère qui avait poussé leur père à aller voir ailleurs. Cette dernière n'étant pas née dans une famille aisée, elle compensait son complexe d'infériorité en étouffant sa famille sous ses attentions. Il fallait toujours qu'ils portent de jolis vêtements, agissent d'une certaine façon et se fassent voir à des événements importants. Mais Adam doutait qu'elle ait raison, étant donné que leur père était exactement pareil.

Sachant à quel point leurs parents pouvaient être cruels, il était presque plus logique de penser que les choses auraient tourné ainsi, peu importait qui ils auraient épousé. Adam n'avait juste pas eu de chance que ses parents se trouvent et lui fassent voir le jour.

Adam soupira, sachant que son frère, sa sœur et lui avaient pourtant été plus chanceux que la majorité des gens. Il aurait dû se contenter d'avoir pu leur échapper.

L'idée que ses parents n'aient pas été à l'origine des rumeurs le frappa une fois qu'il eut raccroché avec Doug, et une vague de surprise le traversa. Il avait du mal à y croire. Ils étaient innocents. Mais pourquoi alors son père l'avait-il appelé la semaine précédente ? Était-il possible qu'il ait simplement voulu prendre des nouvelles ?

Il se sentit coupable en repensant à la façon dont il avait réagi et fut tenté d'appeler son père pour s'excuser, lorsqu'il se ravisa. Le simple fait qu'il n'ait pas lancé ces rumeurs ne voulait pas dire qu'il n'avait rien derrière la tête.

Parce qu'il fallait être honnête : son père ne l'appelait *jamais* à moins de vouloir quelque chose.

Malgré tout, il était soulagé de savoir que ses parents n'avaient pas lancé ces rumeurs et il prit note d'être plus cordial la prochaine fois qu'il discuterait avec eux.

CHAPITRE ONZE

Olivia songea à sa réunion à venir avec *Julian Spa* tandis qu'elle attendait l'ascenseur.

Montgomery s'occupaient normalement eux-mêmes des spas de leurs hôtels, mais elle avait envie d'innover. Bien qu'ils soient respectés sur le marché des hôtels de luxe, il était loin d'en aller de même sur celui des spas. Et il aurait été idiot de se mesurer aux meilleurs alors qu'ils pouvaient se contenter de leur demander d'ouvrir un spa dans leurs hôtels.

Julian Spa bénéficierait d'une belle remise sur le loyer, *Montgomery* maximiseraient ses profits et leurs clients profiteraient des meilleurs services possibles. Son père et Adam avaient validé ce projet et s'ils parvenaient à décrocher un accord, le *Manoir* serait le premier de leurs hôtels à accueillir le spa d'une autre entreprise.

Les portes de l'ascenseur s'ouvrirent et elle fut surprise de voir Adam en sortir. C'était la première fois qu'elle le rencontrait depuis qu'il lui avait offert ce gâteau et elle dut ravaler un sourire béat. Il lui avait manqué.

C'était ridicule.

Ils s'étaient mis d'accord pour faire de leur relation professionnelle une priorité, et voilà qu'elle bavait presque devant lui avec ces larges épaules qui tendaient sa veste de costume sombre. Il était encore plus beau que dans son souvenir et elle réalisa aussitôt dans quelle situation inextricable elle était.

Il était bien plus simple de se résoudre à rester professionnelle lorsqu'il n'était pas là, devant elle. Parce que quand bien même elle était tentée de faire fi de la raison, elle ne pouvait risquer son poste sur le projet du *Manoir* et ses rêves de faire construire une petite chaîne d'hôtels, tout ça pour un homme.

Leurs yeux se croisèrent et son regard se réchauffa. Elle aimait à penser qu'il était heureux de la voir lui aussi, mais elle savait qu'elle se faisait des illusions. Il détourna le regard et tendit la main pour arrêter l'ascenseur.

– Tu descends ?

Elle acquiesça et il dit :

– Moi aussi.

– Tu voulais me parler ? demanda-t-elle en entrant.

– Oui. Je voulais te parler du *Manoir*.

Une vague d'inquiétude la traversa en se demandant ce dont il voulait discuter, mais elle ne voulait pas être en retard.

– Je suis en route pour ma réunion avec *Julian Spa*.

– Et si j'y allais avec toi pour qu'on discute en route ?

Elle fut surprise qu'il propose de l'accompagner, bien

que cela fût idiot. Même lorsqu'il évitait les réunions, il était encore bien plus investi dans la prise de décisions que tous les autres clients avec lesquels elle avait travaillé. Il avait même approuvé le nouveau dessin de Seth pour la réception, quelques heures à peine après leur réunion.

Elle trouvait ce changement agréable après avoir si longtemps traité avec des franchises qui prenaient parfois des semaines pour répondre.

– Ça marche.

Le fait qu'il l'accompagne apaisa ses inquiétudes. Elle doutait qu'il serait venu avec elle s'il était insatisfait de son travail. Et bien qu'elle soit ravie de passer du temps avec lui, une part d'elle se demandait s'il ne voulait pas tester le terrain pour savoir s'ils pouvaient travailler ensemble ou non. Si c'était effectivement le cas, elle lui prouverait qu'elle était non seulement capable de rester professionnelle, mais aussi d'obtenir un contrat en or pour le *Manoir*.

– C'est l'entreprise dont tu m'as parlé qui a un spa près de l'hôtel ? demanda-t-il.

– Oui, dit-elle.

Elle était ravie qu'il se souvienne d'un si petit détail. Elle expliqua :

– Il est à deux rues du *Manoir*.

Summerville était une autre option, mais elle préférait *Julian*, étant donné que les valeurs et l'éthique de travail de cette dernière entreprise correspondaient davantage à celles de *Montgomery*. Leurs établissements étaient luxueux mais agréables, tandis que ceux de *Summerville*, dont le service client était époustouflant, pouvaient parfois s'avérer intimidants.

Elle leva son sac.

– J'ai apporté les chiffres. La plupart des gens qui fréquentent les *Spas Montgomery* sont des clients, et je pense que nos chiffres prouvent bien qu'on peut ouvrir une succursale sans empiéter sur leurs ventes actuelles. Merci d'avoir donné ton accord pour cette initiative, au fait.

Elle avait longtemps voulu en faire autant pour leur hôtel de Los Angeles, mais les gérants avaient refusé de diminuer leurs profits de quelque façon que ce soit.

– Ce n'est rien. Je pense sincèrement que nous associer à *Julian* attirera des clients qui ne seraient autrement pas allés au spa. Et puis, le bouche-à-oreille nous permettra de nous faire une réputation, et ça contrebalancera la perte de profits.

C'était aussi son avis et elle fut ravie qu'Adam soit aussi compréhensif.

* * *

– Et vous vous occuperiez des draps, des serviettes et du reste ? demanda Greg Mateik, le vice-président de *Julian*, une heure et demie plus tard.

Olivia serra les dents. Elle avait déjà répondu à cette question à deux reprises.

– Oui, nous nous occuperions de tout, répéta-t-elle.

Puis elle ajouta, avant qu'il ne puisse demander à nouveau :

– Ainsi que de toute la vaisselle et des ustensiles.

Elle faisait référence à la vaisselle que *Julian* utilisait pour servir le thé à ses clients.

Elle commençait à craindre d'avoir fait une erreur en se rapprochant de *Julian*. Elle savait que Greg était le gendre du propriétaire, mais elle peinait à comprendre comment un homme aussi peu doué pour les négociations avait pu se retrouver à la tête des opérations. Sans parler du fait qu'il pinaillait sur tout, ce qui lui rappelait Don Frazer, un gérant qui remettait en question la moindre de leurs directives. Elle redoutait ses appels interminables chaque trimestre et, malheureusement pour elle, il n'en manquait jamais un seul. Elle ne pouvait rien y faire étant donné que cela faisait longtemps qu'elle travaillait avec Don, mais elle était bien déterminée à éviter les clients dans son genre à l'avenir. Après tout, laver quelques draps ne coûtait quand même pas un bras, si ? Elle ne comprenait pas pourquoi il misait leur accord là-dessus.

– Et nos produits ?

Olivia fronça les sourcils.

– Pardon ?

– Allez-vous aussi prendre une part des profits de la vente de nos produits ?

Elle serra les poings sous la table. Elle avait du mal à croire qu'il lui pose une telle question alors qu'elle lui avait déjà dit que *Montgomery* ferait la publicité de leurs produits dans leurs réception et catalogue.

Olivia répondit en s'efforçant de garder une voix calme :

– Si les clients les achètent à l'hôtel, alors oui. Nous prendrons le même pourcentage que ceux des services du spa.

Elle était certaine que Greg serait impossible s'ils travaillaient ensemble. Même s'il valait mieux régler les détails en amont, il allait trop loin. Elle n'avait aucune envie de s'associer à quelqu'un dans son genre.

Ses joues s'embrasèrent à l'idée qu'elle devait paraître complètement incompétente à Adam à cet instant. Elle lui avait d'abord parlé de tous ses échecs lorsqu'ils avaient dîné, et maintenant ça ! Il serait logique qu'il regrette de l'avoir gardée sur le projet à présent, et il devait se demander s'il n'était pas trop tard pour la remplacer.

– C'est injuste. Nos produits ne prendront même pas de place.

– Et vous voudriez que nous prenions en charge les frais de transaction pour ces ventes aussi ? demanda-t-elle en référence à leur discussion plus tôt.

Il voulait être payé sur la base du total de leurs revenus et non sur leurs profits nets.

– Hé bien, nous pourrions avoir deux machines à carte bancaire, dit-il.

Elle grogna pour elle-même. Ce que c'était ridicule. Elle fut brièvement tentée de passer au-dessus de Greg pour parlementer avec un autre responsable de *Julian*, avant de faire taire cette idée. Leur relation de travail en pâtirait beaucoup, sans parler du fait que ses responsables pourraient redemander à Greg de s'occuper de cette tâche, et il faudrait alors qu'elle assiste à une autre de ces réunions interminables.

Quel dommage. *Julian* serait pourtant si bien allé à *Montgomery*.

L'écran de son portable s'illumina. Elle l'aurait normalement ignoré mais ils perdaient leur temps et elle savait déjà qu'elle ne pourrait faire affaire avec eux. Elle le prit et constata qu'il s'agissait d'un message d'Adam.

SOS ?

Soulagée d'avoir une excuse pour échapper à cette réunion, elle résista à l'envie de sourire à Adam. Elle le remercierait plus tard.

— Je suis désolée Greg, mais je vais devoir y aller. On a besoin de moi au bureau.

— Bon. Je vous enverrai un e-mail avec le reste de mes questions.

— Parfait. Ravie de vous avoir rencontré, dit-elle en se levant.

— Moi de même. J'ai hâte de travailler avec vous et *Montgomery*.

Il lui serra la main, puis celle d'Adam.

Elle sortit presque en courant de la salle de conférence, mais s'assura de ralentir en traversant la réception. Elle jetterait un œil à la proposition de *Summerville* dès qu'elle arriverait au bureau. Après cette horrible réunion à laquelle Adam venait d'assister, elle avait plus que hâte d'arranger les choses et de trouver un remplaçant aussi vite que possible.

— Quelle réussite, grimaça Adam en sortant.

— Je suis désolée de t'avoir fait perdre ton temps, et merci d'être intervenu.

Elle appréciait qu'il lui ait laissé le choix en lui envoyant un message. Étant donné le désastre de cette réunion, il aurait tout aussi bien pu faire semblant de recevoir un message lui-même pour y mettre un terme, mais il avait laissé la balle dans son camp et elle lui en était reconnaissante.

– Je n'ai pas tout perdu, ces cookies étaient vraiment délicieux, dit-il.

Elle rit.

Ils atteignirent les ascenseurs et il appuya sur le bouton de descente. Un homme en costume les rejoignit tandis qu'ils attendaient et il la regarda de haut en bas avant de lui lancer un sourire.

Dans son dos, elle sentit Adam faire un pas protecteur vers elle. L'homme serra la mâchoire et il acquiesça avant de reprendre son chemin.

Elle grogna pour elle-même. Elle appréciait déjà Adam bien plus que de raison. Et après la façon dont il s'était comporté aujourd'hui, en la laissant prendre en main la réunion et maintenant ça, elle commençait à être sérieusement sous le charme. Comment résister à un homme qui était non seulement renversant, mais aussi profondément attentionné ?

– Merci de veiller sur moi, murmura-t-elle.

Les portes de l'ascenseur s'ouvrirent et ils pénétrèrent à l'intérieur. Mais dans un coin de son esprit, elle ne pouvait s'empêcher de redouter ses sentiments grandissants pour Adam et la façon dont ceux-ci allaient affecter leur relation professionnelle.

* * *

Olivia pensait qu'il avait voulu la protéger.

Il valait sans doute mieux la laisser croire à ce mensonge

plutôt que de lui expliquer la vérité. Parce qu'Adam avait voulu protéger son territoire lorsqu'il avait vu cet homme la regarder. Désireux qu'elle comprenne que ce n'était pas par gentillesse qu'il avait agi de la sorte, il l'attira contre lui et captura ses lèvres. Elle se figea et il se souvint, sans doute trop tard, qu'elle n'avait pas voulu des attentions de cet homme et avait déjà rejeté ses propres avances.

Aussitôt, il la lâcha.

– Pardon, je n'aurais pas dû…

Il fut interrompu lorsqu'elle plaqua la main sur sa nuque avant de s'emparer de sa bouche.

Il la prit dans ses bras en approfondissant le baiser. Ce qu'elle avait bon goût. Il en voulait plus. Il lui mordilla les lèvres avant d'y glisser la langue et elle gémit tandis qu'il entamait une danse endiablée avec la sienne. Sa queue tressauta.

L'ascenseur sonna et ils se séparèrent d'un bond alors que ses portes s'ouvraient. Une vague de fierté le traversa en constatant qu'elle était à bout de souffle. C'était lui qui lui avait fait ça. Il aurait bien voulu en obtenir davantage, mais il savait qu'elle allait avoir besoin de temps pour réfléchir avant de prendre une quelconque décision.

Deux personnes entrèrent dans l'ascenseur avant que les portes ne se ferment à nouveau. Le silence était assourdissant et Adam fut surpris d'être traversé par un désir presque irrésistible de la prendre dans ses bras à nouveau. Ç'avait été si bon, presque comme si c'était là qu'avait été sa place.

Une éternité plus tard, l'ascenseur parvint enfin au rez-de-chaussée.

– J'imagine que tu as un peu de temps devant toi, étant donné que la réunion a été écourtée ? demanda t-il en se dirigeant vers la porte.

Une foule d'émotions faisaient rage en lui, malgré son calme apparent. Son cœur battait à tout rompre et il dut se faire violence pour ne pas la plaquer à nouveau contre lui.

Elle acquiesça et il poursuivit :

– Mon bureau n'est pas loin. Tu veux jeter un œil à mon nouveau projet ?

Bien qu'il eût de loin préféré la ramener chez lui, il fut surpris de constater qu'il était prêt à se contenter de ce compromis, tant qu'il pouvait passer du temps avec elle. Plus important encore, il voulait lui montrer ce projet qui comptait tant à ses yeux.

– J'adorerais ça, dit-elle.

Une vague de chaleur le traversa à l'idée qu'elle voulait apprendre à le connaître et en savoir plus sur ce qu'il faisait.

CHAPITRE DOUZE

Olivia observa, impressionnée, la maquette du *Plex*, le centre commercial à ciel ouvert qu'Adam faisait construire. C'était bien plus beau qu'elle ne l'aurait pensé. Et à en juger par la façon dont Adam en parlait, elle s'était attendue à quelque chose de bien plus simple, et non un centre commercial complet avec cinéma, restaurants, magasins et même un hôtel. Le *Stone House*.

— Pourquoi tu ne t'es pas associé aux gérants du *Stone House* pour rénover le *Manoir* ? demanda-t-elle, curieuse.

Stone House était une marque réputée, tout aussi luxueuse que *Montgomery*. Ils étaient d'ailleurs concurrents depuis longtemps et, bien qu'Olivia préférât de loin *Montgomery*, elle n'était pas tout à fait objective sur ce sujet.

— J'aime beaucoup travailler avec *Stone House*, mais je visais plus haut pour le *Manoir*.

— Pour éviter qu'il se fonde dans la masse, dit-elle.

Il acquiesça.

Bien que cela n'apaise pas sa culpabilité à ce sujet, elle

réalisa soudain que perdre le *Whitcombe* avait peut-être été une bonne chose, au bout du compte. Dans le cas contraire, Adam ne serait jamais venu leur proposer de travailler sur le *Manoir* avec lui.

Et même si Olivia rêvait que le *Manoir* retrouve sa place au sein de la famille Montgomery, elle peinait à chasser Adam de ses pensées. Bon sang, il l'obsédait depuis des semaines déjà. Sans parler de ce baiser au dîner et de celui-ci dans l'ascenseur.

Elle était encore surprise d'avoir eu le cran de l'embrasser en retour lorsqu'il s'était éloigné, mais une part d'elle avait deviné qu'il ne l'embrasserait pas à nouveau et cette pensée lui avait été insupportable.

Elle avait donc capturé ses lèvres et il avait répondu passionnément.

Un frisson la traversa à ce souvenir. Elle n'aurait jamais cru possible d'être aussi excitée par un simple baiser et elle n'avait aucun mal à imaginer combien il serait bon de coucher avec lui. Leur étreinte dans l'ascenseur avait été hypnotisante, et le fait qu'il ne lui ait pas mis la pression pour en avoir davantage ne faisait qu'embraser son désir pour lui.

Ce serait idiot de coucher avec lui, mais elle n'avait aucune envie d'écouter la voix de la raison.

Réalisant qu'elle avait trop longtemps fixé ces lèvres qu'elle avait embrassées passionnément, elle baissa son regard sur la maquette, les joues rouges.

– C'est où, ça ? demanda-t-elle pour se forcer à se concentrer sur la conversation.

Il semblait si fier de lui montrer son travail. Le moins qu'elle puisse faire était de rester attentive.

– C'est à une demi-heure de Houston environ, à Clear Lake.

– Pas loin du centre spatial ?

Il hocha la tête.

– Et de tout un tas de magasins et d'entreprises.

– Comme ça vous attirez des clients de tous horizons, des professionnels comme des touristes.

Montgomery avait longtemps voulu faire la même chose dans des villes plus grandes, bien que son hôtel du Yosemite ne corresponde pas franchement à cette description. Étant donné que ce dernier ne serait proche d'aucune entreprise, ils devraient surtout se concentrer sur les touristes. Cela étant dit, il serait *logique* que des entreprises veuillent y organiser des retraites et des conférences…

– C'est ce que nous espérons.

Quelque chose dans son ton lui fit relever la tête et elle fut surprise de le trouver en train de fixer ses lèvres. Son regard croisa le sien et un frisson délectable la traversa en y trouvant un désir ardent. L'idée qu'elle lui plaise pour rien d'autre qu'elle-même était ensorcelante. Les hommes avaient si souvent fait mine de s'intéresser à elle pour profiter de ses relations, mais Adam n'était pas comme ça. Il avait déjà son affaire et les termes de leur contrat étaient fixés.

Ce qui voulait aussi dire qu'il l'avait embrassée parce qu'il en avait eu envie.

Non seulement ça, mais il avait été jaloux qu'un autre homme la regarde. Cette pensée était enivrante, d'autant qu'elle n'aurait jamais cru cela possible. Elle avait été inquiète qu'il ne lui rende pas ses sentiments, mais s'il le faisait ?

– On va chez moi ? demanda-t-elle de but en blanc.

Une vague d'angoisse la traversa à l'instant même où elle prononça ces mots. Elle n'avait jamais rien fait de tel, mais personne ne lui non plus provoqué un tel effet auparavant. Et elle avait envie de se faire du bien. Elle s'inquiéterait des conséquences plus tard.

Un silence, puis il acquiesça.

– Je conduis.

* * *

Le cœur d'Adam battait à tout rompre alors qu'il montait quatre à quatre les marches du pavillon d'Olivia. Il savait que c'était une mauvaise idée, mais il ne pouvait trouver la force de reculer. Il n'en avait aucune envie.

Elle l'obsédait depuis des semaines. Même lorsqu'il se plongeait dans le travail en espérant l'oublier, elle arrivait encore à s'immiscer dans ses pensées dès la nuit tombée.

Ses gestes étaient précis pendant qu'elle ouvrait la porte et il aurait aimé pouvoir faire preuve d'autant de calme. Il voulait y aller en douceur et savourer chaque instant, mais il craignait d'avoir du mal à se retenir après l'avoir si longtemps désirée.

Dès la porte fermée, il la plaqua contre celle-ci avant de s'emparer de ses lèvres. Les mains d'Olivia arpentèrent son corps, affamées, lui arrachant un violent frisson tandis qu'elle déposait une volée de baisers sur son menton puis sa gorge. Elle lui retira sa veste de costume avant de se mettre à déboutonner sa chemise.

Il fit glisser la fermeture éclair de sa robe et sa bouche devint sèche au spectacle de ses seins encore à demi dissimulés par la dentelle de son soutien-gorge. Il y posa la bouche aussitôt pour les mordiller doucement. Un gémissement sur les lèvres, elle glissa un bras autour de lui pour l'attirer plus près.

Il tortura son téton à travers le tissu en souriant et ses gémissements lui firent bientôt tourner la tête. Elle se débattit avec sa ceinture tandis qu'il passait à l'autre sein. Elle se frotta contre sa queue dure et un frisson violent traversa celle-ci en réponse. Inquiet de faire une bourde avant même d'avoir commencé, il s'éloigna.

– Je m'occupe de mon pantalon et toi…

Son regard se posa sur sa culotte en dentelle assortie. Il la goûterait plus tard, se promit-il.

Heureusement, elle comprit son allusion et se débarrassa de cet encombrant élément. La petite étendue de poils triangulaire qu'elle cachait l'hypnotisa, et il oublia un instant ce qu'il était censé faire. Elle approcha et il se souvint aussitôt. Il se débarrassa rapidement de son pantalon avant de prendre un préservatif.

Il effleura ses lèvres et fut soulagé de les trouver trempées. Il glissa un doigt dans son intimité et elle grogna. Bon sang. Elle était serrée. Ses paupières papillonnèrent tandis qu'elle rejetait la tête vers l'arrière en gémissant. Adorant sa réactivité, il inséra un autre doigt. Il fut incapable d'attendre plus de quelques va-et-vient. Bien vite, il retira ses doigts et enfila rapidement son préservatif.

Puis il la prit par les hanches, la souleva et s'enfouit en elle. Elle ferma les yeux alors que son fourreau ardent le gobait. Ce que c'était bon. Et ils se mouvaient en parfaite harmonie, comme s'ils l'avaient fait un millier de fois déjà.

Elle enroula les jambes autour de lui, l'enfouissant plus profondément encore en elle. Il abaissa son soutien-gorge brusquement pour révéler ses seins magnifiques qu'il se mit à suçoter.

Elle enfouit les ongles dans son dos et hurla en tremblant. Il perdit pied en la sentant se resserrer autour de lui et, bientôt, ils jouirent ensemble. Les jambes d'Olivia tremblèrent et il s'agrippa à elle en plaquant son front contre le sien.

Bon sang. Il s'était douté que ce serait bon, mais il ne s'était pas attendu à une telle extase. Encore ivre de désir, il captura ses lèvres et prit son temps pour la goûter avec soin.

— C'était quelque chose, haleta-t-elle lorsqu'ils se séparèrent.

Il rit.

— Ouais, effectivement.

Il avait l'impression d'avoir couru à travers tout Central Park et avait déjà envie de recommencer. Mais il voulait y aller doucement cette fois et explorer davantage son corps ensorcelant.

Elle était si sensible. Il pouvait déjà imaginer les sons qu'elle ferait lorsqu'il aurait trouvé ses zones les plus érogènes. Il sourit en la prenant dans ses bras.

— Chambre, maintenant.

* * *

– Alors, pourquoi est-ce que tu as changé d'avis au sujet de notre relation ? Non pas que je m'en plaigne, bien sûr, dit Adam quelques heures plus tard alors qu'ils étaient blottis l'un contre l'autre.

– Je crois que j'avais juste envie de me faire plaisir, pour une fois.

Elle regretterait probablement sa décision le matin venu, mais elle voulait pour l'instant profiter de cette étreinte et savourer l'instant.

– Je suis ta part de gâteau alors, c'est ça ?

Elle rit en se tournant vers lui. Il était bon au lit, c'était indéniable, mais ça allait au-delà de ça. Il y avait eu une véritable osmose entre eux. Elle ne s'était jamais sentie aussi connectée à quiconque auparavant et elle espérait qu'il partageait ce sentiment.

– C'est ça. Et ça fait du bien de relâcher un peu la pression. J'ai toujours été si inquiète de la façon dont mes actions se répercuteraient sur ma famille.

– Tu es très proche d'elle, hein ?

– C'est vrai. Peut-être que c'est parce qu'on a travaillé ensemble à l'hôtel pendant si longtemps, mais on a toujours été proches.

Il lui avait fallu un moment pour le comprendre, mais elle avait eu de la chance avec ses parents. Lorsque d'autres laissaient des étrangers éduquer leurs enfants, ses parents à elle avaient toujours été à ses côtés et à ceux de son frère, même encore maintenant alors qu'elle approchait de la trentaine. Bien sûr, ils pouvaient être un peu étouffants parfois, mais Robbie et elle avaient toujours su qu'ils pourraient compter sur eux quoi qu'il puisse arriver.

– Et toi, alors ? Je sais que tu n'es pas proche de tes parents, mais tu as bien un frère et une sœur, non ?

– Je suis très proche de ma sœur, Martha. On n'a qu'un an d'écart, alors on a toujours été soudés. Par contre Doug a sept ans de moins que moi. Je passais déjà tout mon temps à l'usine de mon grand-père quand il a commencé l'école. On s'entend bien, mais je ne suis pas certain qu'on serait franchement restés en contact si Martha ne nous invitait pas toujours à venir manger chez elle.

Un silence, puis il reprit :

– Mon père a donné un pot-de-in à l'école de mes rêves pour qu'ils rejettent ma candidature. Je voulais étudier la chimie pour travailler sur l'aspect technique de l'entreprise familiale, alors que lui voulait que je décroche un diplôme de marketing. J'avais passé un accord avec mes parents, tu sais. Si j'arrivais à avoir dix-huit de moyenne tout au long de mes années de lycée et étais accepté dans l'école où je voulais étudier, ils me laisseraient faire des études de chimie.

Il secoua la tête.

– Je crois qu'ils ne s'attendaient pas à ce que j'y arrive. Je n'ai jamais été très studieux, mais je me suis démené et j'ai réussi à me faire admettre. Ils avaient juste d'autres projets.

– Mais c'est horrible !

Il haussa les épaules.

– Au moins, je sais ce qu'il a fait. Si son avocat ne m'avait pas envoyé par erreur la lettre de remerciement du doyen, je n'aurais jamais rien su. Merde, j'aurais même été incapable d'y croire.

Il laissa échapper un rire amer.

– Dire que j'avais hâte de travailler avec mon père et d'ajouter ma pierre à l'édifice.

– Et tu as discuté avec tes parents depuis ?

– Je les vois normalement une fois par an à la fête d'anniversaire de ma sœur, mais j'ai justement discuté avec mon père le mois dernier.

– Il voulait s'excuser ?

Elle détestait l'idée qu'il ne s'entende pas avec ses parents. Ce qu'ils lui avaient fait était abominable, mais elle doutait qu'ils aient eu de mauvaises intentions. Ils avaient sans doute voulu faire ce qu'ils pensaient être juste, voilà tout. Les parents étaient humains et ils faisaient des erreurs, eux aussi.

– Il m'a dit qu'il voulait qu'on se retrouve pour dîner un de ces quatre, ce qui est dingue puisque lui et ma mère me détestent. Je lui ai demandé si l'un d'eux était malade, mais il m'a dit que ça allait.

– Et tu vas aller les voir ?

– On n'a encore rien décidé, mais je pense que oui, s'ils me rappellent.

Convaincue que tout ce dont il avait besoin était qu'on le pousse un peu pour qu'il se réconcilie avec ses parents, elle se demanda si elle pourrait faire quoi que ce soit pour lui venir en aide et se souvint soudain que *Dannier* possédait aussi des spas.

Peut-être qu'une transaction professionnelle pourrait faire office de premier pas pour refermer le gouffre qui séparait Adam de ses parents. Les spas *Dannier* n'étaient pas aussi reconnus que ceux de Julian ou Summerville, mais leur marque restait prestigieuse et appréciée des Américains. Leur crème pour le visage était vendue dans presque tous les centres commerciaux et adorée de tous.

Elle ferait ses recherches demain avant de soumettre cette idée à Adam. Mais plus elle y songeait, plus elle aimait l'idée d'associer l'entreprise familiale d'Adam à la sienne. Et une minuscule part d'elle se demanda même si Greg Mateik n'avait pas été aussi difficile justement parce que Julian marchait si bien. Peut-être pouvaient-ils se permettre d'être aussi pointilleux. *Dannier*, de son côté, venait tout juste de lancer ses spas et serait sans doute plus intéressé par une telle opportunité.

Elle fronça les sourcils en jetant un œil au réveil.

– Tu veux commander à manger ?

– T'as faim ?

– Non.

Une lueur espiègle embrasa les yeux d'Adam.

– Dans ce cas, je pense savoir comment on peut mettre notre temps à profit, dit-il avant de lui montrer où il voulait en venir.

CHAPITRE TREIZE

Un mouvement tira Adam de sa torpeur le lendemain matin. Il jeta un œil sur le côté et vit qu'Olivia s'était blottie contre lui en dormant. Un sourire traversa ses lèvres en repensant aux événements de la veille : lui qui la plaquait contre la porte, elle qui le suçait en le scrutant de ses splendides yeux bruns, eux qui mangeaient thaï au lit... Voilà quelque chose auquel il aurait pu s'habituer sans mal.

Et cette idée le surprit. Il ne passait *jamais* la nuit avec les femmes avec lesquelles il couchait. Non seulement parce qu'il voulait éviter qu'elles se fassent des idées, mais aussi parce qu'il était toujours pressé de les quitter une fois l'affaire conclue. Mais pour une raison qu'il ne s'expliquait pas, ce besoin n'était pas venu le déranger la veille. Ni même ce matin, d'ailleurs.

Il aurait dû se douter que les choses seraient différentes avec Olivia.

Il ne mélangeait jamais affaires et plaisir. D'ailleurs, chaque fois qu'il se sentait attiré par une femme avec laquelle il travaillait, il se disait simplement de tourner la page et y parvenait sans mal.

Mais il en avait été incapable avec Olivia. Il l'avait dans la peau et il doutait de pouvoir s'en débarrasser si facilement.

Elle avait hésité à s'investir avec lui étant donné leur relation professionnelle mais, avec un peu de chance, ce serait plus qu'une histoire sans lendemain pour lui. Parce qu'il était loin d'être rassasié d'elle.

Merde. Il avait déjà eu bien du mal à être dans la même pièce qu'elle. Et à présent qu'il savait ce que ça faisait d'entendre son nom sur ses lèvres alors qu'elle jouissait, de la sentir dans ses bras, il ignorait même comment survivre à une autre réunion en sachant qu'il ne pourrait pas passer une nuit de plus avec elle. Il n'aurait de cesse de songer à ce qu'il était en train de manquer.

Presque comme si elle avait ressenti le tumulte de ses émotions, elle ouvrit les yeux en levant la tête. Elle était si belle qu'il fut incapable de se retenir de se pencher pour l'embrasser.

– Je veux qu'on se revoie, dit-il en s'écartant.

– On a rendez-vous avec Prism vendredi, répondit-elle.

Elle parlait du gérant actuel du *Manoir* et il grogna. *Je vous en prie, faites qu'elle se moque de moi.* Un sourire renversant traversa alors ses lèvres et elle lui mit une claque sur une fesse.

– Je suis libre ce soir.

– Ah, je préfère.

Un poids dont il n'avait même pas eu conscience le quitta soudain. Il se pencha pour l'embrasser à nouveau lorsqu'il vit son regard se perdre sur quelque chose dans son dos et ses yeux s'écarquiller.

– Oh, dit-elle en bondissant hors du lit.

Curieux, il se tourna pour voir l'horloge. Il ignorait s'il fallait qu'il éclate de rire ou qu'il soit offensé.

– Je suis désolée, dit-elle en prenant un chemisier. Normalement je serais déjà en route pour le travail à cette heure.

C'était autre chose qu'il adorait chez elle. Comme lui, elle était née dans l'argent, mais elle n'utilisait pourtant jamais cela comme une excuse pour ne pas travailler.

Elle se pencha pour ouvrir un tiroir et il oublia soudain comment penser en regardant ces fesses parfaitement bombées. Elle saisit un soutien-gorge et une culotte et il s'efforça de se reprendre. Il était chez elle et il allait encore devoir la conduire au bureau, où ils avaient laissé sa voiture.

Il se tira du lit à la recherche de ses vêtements mais, dans un coin de sa tête, il comptait déjà les heures jusqu'à ce qu'il puisse la débarrasser de cette culotte qu'elle venait de prendre.

* * *

– Ça te dérange si on évite de s'afficher ensemble au bureau ? lui demanda-t-elle alors qu'ils étaient couchés ensemble ce soir là.

Ils avaient eu l'intention d'aller dîner, mais il avait tout oublié de ses projets lorsqu'elle avait pénétré dans son appartement et l'avait embrassé.

– Pourquoi ? Tu as honte de moi ? la taquina t-il.

– Bien sûr que non, mais ça ne ferait pas très bon genre. Je n'ai aucun mal à imaginer ce que je ressentirais si l'un de nos employés couchait avec un client. Je me fiche que ça se sache, mais je ne veux pas que les gens avec lesquels on travaille se fassent des idées ou aient peur de nous critiquer, l'un ou l'autre.

– Bien sûr, je comprends. Alors pas de pelotage ou de baisers volés dans le couloir, c'est ça ?

Il ne serait pas non plus ravi que l'un de ses employés sorte avec l'un de ses associés.

Un sourire traversa les lèvres d'Olivia.

– Ouais.

– Bon, alors il va falloir qu'on rattrape le temps perdu, hein ? dit-il avant de l'embrasser.

Ses lèvres douces cédèrent face aux siennes et il approfondit le baiser, explorant sa bouche tout en s'enivrant de sa douceur sucrée.

Un instant plus tard, elle posa la main sur son torse pour le repousser.

– Attends. Il y a autre chose que je voulais te demander.

Il haussa les sourcils et elle grogna.

– J'arrive pas à penser avec ton torse là sous mes yeux.

Il sourit en sachant qu'il l'avait troublée. C'était si bon de savoir que ses sentiments étaient partagés.

Elle se mit à lui caresser le torse et, dans un soupir, il se redressa. Malheureusement pour lui, elle tira le drap pour couvrir ses seins.

– Et si on ouvrait un spa *Dannier* au Manoir ? Ils n'en ont qu'une poignée mais…

Il avait encore le regard braqué sur ce fichu drap qui lui couvrait la poitrine, si bien qu'il lui fallut un instant pour comprendre ce qu'elle venait de dire. Mais sa bonne humeur se dissipa à l'instant même où ses mots parvinrent à son cerveau.

– Hors de question, l'interrompit-il.

Elle se tut avant de reprendre, hésitante :

– Ce n'est pas comme si on offrait un traitement de faveur à *Dannier*. Ils ont beau être nouveaux dans l'industrie, leurs profits ne cessent d'augmenter. Et puis avec leur réputation…

– Je m'en foutrais même s'ils étaient numéro un dans le monde entier. On ne les intégrera pas au *Manoir*.

Le fait de faire ouvrir un spa *Dannier* dans l'hôtel gâcherait ses projets de se pavaner devant ses parents avec sa victoire.

Comment Olivia pouvait-elle même lui demander une telle chose ?

Il savait ce qu'il ressentait pour ses parents. Sachant combien elle était proche de sa famille, il plissa les yeux.

– Tu essaies de me réconcilier avec mes parents ?

Elle sembla vouloir nier avant de soupirer.

– Un peu, je crois. Je pense vraiment qu'un partenariat avec *Dannier* nous serait profitable, mais je crois aussi qu'il serait plus simple pour vous de vous réconcilier si vous aviez d'abord une relation professionnelle.

Il grogna en se passant une main sur le visage.

Il aurait dû se douter qu'elle essaierait d' « aider ». Mais il serait impossible d'arranger les choses avec ses parents. Cette option n'existait plus depuis longtemps déjà. Et bien qu'il soit légèrement frustré qu'elle mette le nez dans ses affaires, une part de lui appréciait qu'elle s'intéresse suffisamment à lui pour au moins essayer. Mais il fallait qu'il lui fasse comprendre quelles limites ne pas franchir.

– Mettons les choses au clair, dit-il en se redressant. Si on continue à se voir, je refuse que tu essaies de réparer ma relation inexistante avec mes parents.

– Je comprends. Je ne recommencerai pas, dit-elle solennellement.

Il détestait l'idée qu'elle puisse avoir une mauvaise opinion de lui. Il savait combien la famille était importante pour elle, mais ses parents à lui étaient horribles, voilà tout.

– Mes parents ne sont pas des gens bien, dit-il. Ils m'ont utilisé pour faire un sale coup à mon cousin et à ma tante.

Le fait que ce ne soit pas eux qui aient répandu ces rumeurs sur lui ne voulait pas dire qu'ils étaient blancs comme neige pour autant.

Il n'avait jamais raconté toute l'histoire à personne, mais il fallait qu'elle comprenne combien ses parents étaient dangereux.

– Mon grand-père avait prévu de léguer son entreprise à parts égales à ses deux fils, mais il a fini par changer d'avis lorsqu'il a constaté que mon oncle, le frère de mon père, n'était franchement pas doué avec l'argent. Mon oncle était un parieur invétéré et il lui arrivait souvent de tout perdre et de tout regagner le lendemain. Quand il est mort, mes parents ont dit à mon grand-père qu'ils donneraient à ma tante Hélène et à mon cousin Louie leur part des profits s'il acceptait de tout léguer à mon père.

La gorge d'Adam se serra tandis qu'il revoyait son

grand-père lui demander de tenir cette promesse ; de prendre soin de sa tante et de son cousin une fois qu'il serait à la tête de *Dannier*. Adam avait ignoré ce que ses parents avaient derrière la tête alors, et il avait pensé que c'était comme ça que son grand-père soulignait à quel point la famille comptait à ses yeux. Il avait accepté sans broncher.

– Mon grand-père était convaincu que je finirais pas reprendre la tête de *Dannier*. J'étais son premier petit-fils, alors j'étais un peu spécial à ses yeux, d'autant plus quand j'ai commencé à m'intéresser à son affaire. Mais ensuite il est mort et mes parents ont arrêté les virements pour augmenter le salaire de mon père.

Il avait encore honte d'admettre qu'il ne s'était douté de rien. Lui, son frère et sa sœur n'avaient découvert le pot aux roses qu'après que Martha ait invité tante Hélène et son fils à sa fête d'anniversaire. Martha avait été surprise d'apprendre que leur tante pourtant si amicale habituellement ne voulait rien avoir à faire avec eux. Désireuse d'obtenir des réponses, Martha avait interrogé tante Hélène jusqu'à ce qu'elle lui explique la cause de sa colère.

Il avait fallu un moment à la fratrie pour convaincre leur tante qu'ils n'avaient rien su des projets de leurs parents, mais elle avait fini par leur pardonner.

Il détestait l'idée qu'il ait aidé ses parents à dépouiller sa tante et son cousin de ce qui leur revenait de droit, même malgré lui. Bien que leur grand-père ait ouvert un compte en banque pour Louie, la somme qui s'y trouvait n'était qu'un grain de sable comparée à tout ce qui aurait dû lui appartenir.

– Ta pauvre tante !

– J'ai bien essayé de l'aider après avoir lancé mon affaire, mais elle était trop fière pour accepter.

Il se demandait parfois s'il aurait pu faire quoi que ce soit pour arrêter ses parents. En passant plus de temps à la maison, il aurait peut-être découvert ce qu'ils projetaient. Au lieu de ça, il avait choisi de passer autant de temps que possible à l'usine pour éviter les disputes perpétuelles de ses parents.

Il aurait sans doute dû s'estimer heureux qu'ils se bouffent le nez, pourtant. Le simple fait de penser à ce qu'ils pouvaient faire lorsqu'ils s'associaient lui glaçait le sang.

Il se tourna vers Olivia.

– Je t'en prie, dis-moi que tu as quelqu'un d'autre en tête pour le spa.

Elle avait semblé si enthousiaste lorsqu'elle avait suggéré *Dannier*. Il détestait l'idée de la décevoir.

– J'ai bien pensé à *Summerville* avant *Dannier*, mais je me suis dit que *Dannier* serait plus intéressé par notre offre étant donné qu'ils se lancent tout juste. Enfin, je contacterai *Summerville* la semaine prochaine.

Réalisant soudain qu'elle était justement le genre de femme que ses parents voudraient qu'il épouse, il l'avertit :

– Si mes parents te contactent un jour, tu as ma permission de leur dire d'aller se faire foutre.

Il n'aurait après tout pas été insensé d'imaginer qu'ils puissent se servir d'Olivia pour l'atteindre.

Elle rit.

– J'espère qu'on n'en arrivera pas là.

Adam ne pouvait s'empêcher de se demander ce qu'elle pouvait bien penser de lui. Elle était si proche de sa propre famille, au point même de travailler avec elle, alors qu'il ne voulait même pas voir une partie de la sienne. Il l'embrassa en espérant lui faire oublier leurs différences, puis il lui donna une fessée espiègle.

– On ferait mieux d'y aller.

Ils avaient dépassé l'heure de leur réservation depuis longtemps déjà, mais il savait que le restaurant leur trouverait une table quoi qu'il en soit.

CHAPITRE QUATORZE

Olivia poussa un soupir extatique en repensant à son rendez-vous galant de la veille avec Adam. Il lui avait fait faire une visite privée du zoo, où ils avaient même eu la chance de caresser les animaux.

Elle sourit en se rappelant la façon dont il avait nourri les ours. Il avait bien tenté de le lui cacher, mais il avait été loin d'être à l'aise, et elle avait dû se faire violence pour ne pas éclater de rire. Il s'était bien mieux débrouillé avec les pandas roux.

– Olivia ?

– Mmmh ?

– Olivia, tu veux bien me passer le beurre ?

Il lui fallut un instant pour comprendre les mots de sa mère, après quoi elle grimaça. Elle prit le beurre qu'elle lui tendit.

– Pardon.

Sa famille se retrouvait pour un déjeuner au club chaque dimanche, mais elle avait la tête ailleurs aujourd'hui.

Sa mère lui lança un sourire complice.

– Alors, quand est-ce que tu amènes Adam à la maison ?

Elle n'aurait sans doute pas dû être surprise que sa mère soit au courant pour Adam et elle, pourtant elle l'était. Bien qu'ils ne se soient pas évertués à garder leur relation secrète, ils ne l'avaient pas annoncée non plus.

Elle devinait que cela voulait dire que son père savait aussi.

Elle fut brièvement tentée de s'excuser de fréquenter un client, avant de faire taire cette idée. Il avait voulu lui arranger le coup avec Adam dès le départ, si bien qu'elle doutait qu'il la gronde à présent. Sans parler du fait qu'il devait vouloir qu'elle finisse par s'installer, elle aussi.

Mais elle ne fréquentait Adam que depuis un mois. Il était loin d'être prêt à rencontrer ses parents, quoique les choses soient peut-être différentes étant donné qu'il avait déjà rencontré son père mais… non. Il serait injuste qu'il se sente obligé de venir déjeuner chez elle sous prétexte qu'ils travaillaient ensemble. S'il rencontrait ses proches, elle voulait que ce soit parce qu'il en avait envie, et non parce qu'il y était forcé. Sa famille méritait mieux que ça.

– Je ne suis pas encore prête à le présenter à la famille, admit-elle. C'est encore un peu frais.

Elle n'avait aucun mal à imaginer sa mère demander à Adam quelles étaient ses intentions envers elle, et il était hors de question qu'elle lui fasse subir une telle chose.

D'autant qu'au fond, elle avait peur de découvrir sa réponse. Bien qu'elle ne cherche pas à s'installer, elle avait fini par s'attacher à lui et elle ne voulait pas le faire fuir.

– Je comprends, mais n'attends pas trop, ma belle. Tamara Blake m'a déjà parlé de lui. Elle vous a vus tous les deux chez Monsieur Augustin.

– Oh. Je ne l'ai pas vue.

Dans le cas contraire, elle aurait appelé sa mère afin qu'elle n'apprenne pas la nouvelle par quelqu'un d'autre.

Une vague de culpabilité la traversa en se demandant ce que sa mère avait pu se dire lorsqu'elle avait reçu cet appel. Elles avaient toujours été si proches, mais après avoir constaté combien elle avait été excitée lorsqu'elle lui avait dit qu'elle avait dîné avec Adam la première fois, elle s'était efforcée de ne rien lui dire de plus lorsqu'elle et lui avaient commencé à se fréquenter.

Elle n'avait pas voulu qu'elle se fasse des idées, d'autant qu'elle s'était doutée qu'elle voudrait le rencontrer. Étant donné sa relation avec ses propres parents, elle doutait qu'Adam veuille rencontrer les siens.

– Désolée que tu l'aies appris comme ça.

– Je te pardonne, tant qu'Adam aime les enfants.

– Maman !

Son frère ricana et elle se fit violence pour ravaler son envie de lui faire une grimace.

– Ton père et moi n'allons pas en rajeunissant, tu sais.

– Maman a raison, intervint son père. J'ai discuté avec Dan Laraby l'autre jour, et il se plaignait d'avoir mal aux articulations chaque fois qu'il joue à la balle avec son petit-fils. Tu ne voudrais pas que ça nous arrive à nous aussi, quand même ? Ta mère et moi voulons faire tout un tas de choses avec nos petits-enfants. Les emmener à la foire, à la fête foraine et à des matchs. On n'a pas envie d'être comme ces vieux qui sentent la crème pour l'arthrose et qui crient aux gamins de la fermer.

– Je ne fréquente Adam que depuis un mois. On n'en est pas franchement à parler enfants.

– Mais il en veut, hein ? demanda sa mère. Qui ne voudrait pas d'enfants ?

– Des tas de gens. Robbie, par exemple, dit-elle en ravalant un sourire.

Ce que la vengeance était délectable.

– Olivia… ! l'avertit son frère.

Mais il était trop tard. Leurs parents se tournèrent vers lui comme un seul homme.

– Comment ça, tu ne veux pas d'enfants ? hurla presque sa mère.

Même si ses parents les taquinaient, ils n'avaient pas tort. Elle comptait effectivement s'installer un jour, se marier et avoir une famille. Mais elle avait du mal à se voir faire ça avec Adam. Il n'y avait pas de mal à s'amuser un peu, mais il ne fallait pas qu'elle oublie de ne pas s'attacher. Ils étaient bien trop différents pour que les choses fonctionnent entre eux sur le long terme.

* * *

– *Shoes Emporium* et *Rebecca's* ont décidé de repousser leur ouverture aussi, dit Javier.

Il avait appelé Adam pour son rapport quotidien ce vendredi matin-là et il soupira. Avec tout ça, presque six boutiques ne seraient pas prêtes pour la grande ouverture. Ce n'était pas assez pour justifier qu'elle soit repoussée, mais ce n'était pas idéal pour autant.

– Qu'est-ce qui s'est passé ?

Javier soupira.

– C'est la tempête. Elle a ravagé l'entrepôt de *Shoes Emporium* et a retardé les livraisons de *Rebecca's*.

Il était logique que les deux magasins ne veuillent pas ouvrir avec une sélection limitée. Ils tenaient à marquer le coup. Heureusement, le cinéma ouvrirait à temps, sans quoi ils auraient eu un sérieux problème sur les bras. Adam pariait sur les films les plus attendus de l'été pour attirer les foules dans son nouveau centre commercial.

– Ils devraient être prêts d'ici juillet, continua Javier.

– Je serai là demain, décida Adam.

Il avait déjà prévu de s'y rendre la semaine prochaine, mais il serait plus sage d'avancer sa visite pour aller voir lui-même comment les choses progressaient. Il n'avait pas besoin d'autres mauvaises surprises.

Une vague de regret le traversa en réalisant qu'il allait être forcé d'annuler son projet d'aller voir un spectacle avec Olivia. Il n'avait jamais été très fan de Broadway, mais il aimait passer du temps avec elle.

Elle avait été si heureuse lorsqu'il avait accepté son invitation. L'idée de la décevoir lui serrait le cœur, mais ses affaires étaient bien plus importantes qu'un spectacle qu'ils pourraient regarder n'importe quand. Sans parler du fait qu'elle avait semblé plus intéressée par l'architecture du théâtre que par le spectacle en lui-même.

– J'avais prévu une réunion avec Steven demain matin. Je la repousse ? demanda Javier.

Il parlait de l'entreprise de construction qui travaillait sur le centre commercial.

– Non, mais merci pour la proposition.

Le problème était lié aux boutiques et non à la construction en elle-même, mais il ne manquerait pas de leur rendre visite lorsqu'il reviendrait pour l'ouverture du centre le mois prochain.

Ils discutèrent pendant quelques minutes encore de leurs progrès, après quoi Adam raccrocha. Il appela ensuite son assistante pour organiser son voyage du lendemain.

Une fois cela fait, il s'enfonça dans son siège et appela Olivia. Avec un peu de chance, elle accepterait de reporter leur rendez-vous galant.

– Coucou Adam, le salua-t-elle de sa voix joyeuse, ajoutant à sa culpabilité.

– Salut Olivia. Écoute, je suis désolé mais je vais devoir annuler pour demain. J'ai des problèmes au *Plex* et je veux être sûr que tout va bien avant l'ouverture le mois prochain.

– Ce n'est rien, je comprends.

Elle était toujours si putain de patiente, et au lieu d'en être reconnaissant, il détestait ça. Combien de fois avait-il été en retard à un rendez-vous à cause d'une réunion qui avait duré plus longtemps que prévu ?

Il avait souvent eu ces problèmes avec des femmes par le passé, mais cela ne le dérangeait pas franchement alors et il se contentait de s'excuser et de leur apporter un petit cadeau pour apaiser leur colère. Mais les choses étaient différentes avec Olivia. Il voulait faire mieux.

Il trouvait cette idée complètement folle. Il ne s'était jamais autant investi dans aucune relation : à prévoir des rendez-vous, à se demander ce qui lui plairait, à tenter de l'impressionner… Franchement, il aurait même été logique qu'il se lasse des semaines plus tôt. Au lieu de ça, il se surprenait à avoir hâte d'être au prochain rendez-vous.

Il songea à son voyage d'affaires à venir, en se demandant s'il y avait une solution.

Il n'avait aucune envie de le reporter, mais il ne voulait pas non plus manquer l'opportunité de passer du temps avec Olivia.

– Tu viens avec moi ? demanda t-il dès que cette idée lui eut traversé l'esprit.

Comme une sorte de rendez-vous galant allongé. Avec en plus l'avantage de pouvoir lui montrer le *Plex*. Même s'il aimait partager son travail avec elle, une autre part de lui voulait l'impressionner. Il avait ressenti la même chose en lui montrant cette maquette au bureau. Il ignorait pourquoi, mais il voulait qu'elle le voie comme un homme d'affaires accompli.

Il se mit à s'inquiéter lorsqu'elle ne répondit pas, si bien qu'il ajouta :

– On devrait être rentrés vers neuf ou dix heures. Si tu n'es pas trop occupée, bien sûr.

Elle consacrait normalement ses dimanches à sa famille, si bien qu'il savait qu'elle voudrait être rentrée avant ça.

Un bref silence, puis elle répondit :

– Bien sûr, j'adorerais venir.

Il sourit. Il ignorait pourquoi il était si heureux qu'elle

l'accompagne au Texas. C'était si simple, mais pourtant si important à ses yeux.

– Super. Je passerai te récupérer.

Puis ils décidèrent d'aller assister au spectacle le samedi suivant et il ne put s'empêcher de se dire que sa journée était déjà bien plus belle.

CHAPITRE QUINZE

– Et tu utilises le même design pour tous tes centres commerciaux ? demanda Olivia.

Ils étaient en train de visiter le *Plex* et Adam ravala un sourire. Olivia semblait non seulement intéressée par le projet, mais elle était aussi absolument adorable avec son casque.

Il aurait voulu lui voler quelques baisers, mais il savait qu'elle n'aimait pas s'afficher en public, hormis pour se tenir la main. Et bien qu'il adore la voir rougir, il ne voulait pas la gêner. Peut être lui volerait-il un baiser plus tard, lorsqu'ils retourneraient aux camping-cars dans lesquels les bureaux de l'entreprise de construction avaient été installés.

– Pas exactement, non.

Certaines entreprises utilisaient le même format pour tout ce qu'elles construisaient afin d'économiser du temps et de l'argent. Elles achetaient des terrains de même taille et construisaient le même bâtiment, encore et encore.

Il ajouta :

– Mais on utilise souvent les mêmes décorations et couleurs pour rappeler notre marque. Le *Plex* est une véritable innovation, par contre. Il est un peu plus luxueux que mes anciens projets, alors je voulais aborder les choses un peu différemment.

Olivia sourit.

– Je connais un type qui fait peindre tous les toits de ses bâtiments jaune vif pour avoir une meilleure vue d'ensemble de tout ce qu'il possède quand il survole les environs.

Adam rit.

– Ça me dit quelque chose. Et *Montgomery*, alors ? Je sais que les designs changent beaucoup d'hôtel en hôtel, mais est-ce que vos bâtiments ont un point commun ?

– Je ne crois pas. Mais c'est un peu compliqué pour nous étant donné qu'on rénove de vieux hôtels. On ne les construit pas nous-mêmes. Cela dit, on essaie de donner à chacun sa propre personnalité, et on s'inspire souvent de l'histoire locale. On n'utilise même pas le logo *Montgomery* dans tous nos hôtels. Parfois, on préfère garder le nom original d'un endroit qui a une certaine valeur historique ou qui a déjà une certaine réputation comme le *Biltmore*.

La stratégie de *Montgomery* n'avait rien à voir avec celle de *Stone House*, dont la façon de faire était bien plus rigoureuse et orientée sur l'uniformité, si bien que leurs hôtels étaient pratiquement indissociables. Les hôtels *Stone House* n'étaient pas reconnus pour leur service luxueux, mais leurs chambres étaient confortables et propres.

– J'imagine que notre marque de fabrique, c'est notre service client, poursuivit Olivia. On sait que nos clients économisent pendant des semaines pour une nuit dans notre hôtel, alors on fait toujours de notre mieux pour qu'ils passent un bon moment.

Cette idée le surprenait mais était logique. Lorsque quelqu'un vous confiait son argent si durement gagné, il était naturel de se dépasser pour satisfaire cette personne.

Olivia retroussa le nez.

– J'aimerais juste que les gens arrêtent de poster des revues aussi détaillées en ligne. On adore surprendre nos clients avec de petits cadeaux, d'autant plus lorsqu'ils fêtent quelque chose de particulier. Mais on en est presque arrivé à un point où il est impossible de faire la moindre surprise.

– C'est l'intention qui compte.

Ce n'était pas leur faute si leurs clients étaient incapables de garder le secret.

– Je sais, mais quand même !

Il rit en réalisant qu'il était agréable qu'une personne aussi passionnée par l'hôtellerie et le service client travaille sur le *Manoir*. Et il était encore plus reconnaissant que sa passion l'ait menée à lui.

Il lui sourit.

– Tu veux aller chez *Stanton* pour le déjeuner ? Les mecs n'arrêtent pas de m'en dire du bien, apparemment ils servent de la cuisine fusion.

Il pouvait se détendre à présent qu'il avait terminé son inspection préliminaire sans découvrir de problème majeur. La cuisine fusion ne l'intéressait pas franchement, mais il voulait lui faire plaisir pour se rattraper d'avoir manqué le spectacle et la remercier de l'avoir accompagné. Il aurait aimé l'emmener dans un endroit amusant comme le centre spatial, mais ils n'en auraient pas le temps s'ils voulaient rentrer à Manhattan ce soir. Il s'était renseigné et, de ce qu'on lui avait dit, le *Stanton* était un incontournable dans les environs.

– Je ne sais pas trop. Je n'ai pas franchement faim avec tous ces beignets que j'ai mangés.

Adam rit. L'un de ses locataires, propriétaire d'un café, avait justement choisi cette journée pour apprendre à ses employés comment préparer de délicieux donuts, et ils en avaient fait assez pour toute l'équipe. Olivia et lui avaient peut-être un peu abusé, il ne pouvait le nier.

– On verra plus tard dans ce cas, dit-il avant de reprendre la visite. Quand ce sera terminé, on aura un petit train pour les enfants et leurs parents qui traversent tout le centre.

– Ah oui, j'ai déjà vu ça. Quand j'étais jeune, il n'y avait que des carrousels dans les centres commerciaux. J'avais même un éléphant préféré que je prenais toujours. Je n'arrive toujours pas à décider si ces manèges étaient censés attirer les familles ou calmer les enfants qui devaient suivre leurs parents toute la journée.

Il fut surpris que ses parents l'aient laissée faire du carrousel et aller au centre commercial. Sa propre mère avait toujours détesté se mêler au « petit peuple ». Au lieu d'aller en magasin, elle se faisait envoyer tout ce dont elle avait besoin. Il se demandait comment elle réagirait s'il lui disait que l'une des familles qu'elle s'efforçait tant d'émuler fréquentait les centres commerciaux.

Il était sur le point de l'inviter à revenir voir le centre une fois les travaux terminés lorsqu'il se ravisa. L'ouverture était prévue dans plus de sept mois. Il doutait qu'ils seraient encore ensemble alors. Il n'avait jamais fréquenté personne pendant aussi longtemps. Olivia avait même battu tous les records.

Il ne s'attachait jamais aux femmes avec lesquelles il sortait et, pourtant, l'idée d'être séparé d'Olivia lorsque le *Plex* ouvrirait enfin lui brisait le cœur. Il ravala cette idée en répondant :

– Un peu les deux, j'imagine.

Il était inutile de penser à l'impossible. Il n'avait jamais été du genre à s'investir avec une femme. Mais il devait reconnaître que si quelqu'un pouvait le changer, c'était Olivia. Sa personnalité et son ambition s'accordaient si bien avec les siennes !

– Et on va mettre une deuxième cour là, dit-il en pointant du doigt l'espace entre deux grands magasins.

Elle sourit.

– J'imagine déjà un grand sapin de Noël ici, dit-elle en se tournant. C'est là que vous allez le mettre, hein ?

Son cœur se serra en se demandant qui lui tiendrait chaud lors de ces froides nuits d'hiver, avant qu'il ne fasse taire cette idée. *Arrête ces conneries.*

– Oui, et on y organisera des cours de yoga le matin et des concerts en soirée.

– C'est vous qui gérerez tout, ou tu as prévu d'engager quelqu'un ?

– Un studio de danse local a déjà accepté de louer l'espace.

– Et comme ça, vous récupérez des clients potentiels à la fin du cours. Malin.

Son compliment le rendit fier. L'opinion des femmes avec lesquelles il sortait ne lui importait généralement pas, mais avec Olivia il se demandait à chaque instant ce qu'elle pensait. Il se figea en réalisant que cette relation était en train de devenir bien plus sérieuse qu'il ne l'avait imaginé. Lorsqu'ils n'étaient pas ensemble, il passait tout son temps à penser à elle et, lorsqu'ils étaient ensemble, il voulait tout partager avec elle, même s'il s'agissait d'idées qu'il gardait généralement pour lui.

Tout cela était lié à leur relation professionnelle d'une certaine façon, il le savait. Il avait toujours adoré son travail et il trouvait naturel d'être attiré par des femmes qui s'y intéressaient, mais il commençait à se dire que ses sentiments allaient un peu trop loin. Il allait falloir qu'il trace une ligne et sépare les affaires du plaisir. À partir de maintenant, il s'assurerait que leurs discussions professionnelles se concentrent uniquement sur le *Manoir* et il éviterait donc de mentionner ses autres projets.

– Tous les magasins ne seront pas ouverts à la fin des cours, mais je dois admettre qu'on a pris ça en considération.

Les gens pourraient au moins acheter un smoothie ou un sandwich en sortant.

– Allez viens, dit-il. On continue.

* * *

Ils étaient couchés au lit un samedi matin lorsqu'Olivia se tourna vers Adam.

– Ça te dirait de rencontrer ma famille pour le déjeuner ?

Elle n'avait pas vraiment voulu l'inviter, mais sa mère ne cessait pas d'insister et elle ne voulait pas que ses parents aient l'impression qu'il les évitait.

– Pourquoi pas ?

– Ça ne te dérange pas ? demanda-t-elle.

Elle était surprise qu'il accepte si facilement.

– Je dois admettre que je ne suis pas du genre à rencontrer les parents, d'habitude. D'ailleurs, aucun d'entre nous n'a jamais ramené personne à la maison, sauf quand ma sœur a voulu se débarrasser de son copain.

– Et ça a marché ?

Adam rit.

– Oh oui. Le pauvre type a rompu avec Martha la semaine suivante. Elle nous en avait parlé à Doug et moi dès le départ, alors on l'a bien travaillé. Mais nos parents l'ont traumatisé sans même le savoir.

– Ils sont si terribles que ça, tes parents ?

– Disons qu'ils font gaffe quand il y a du monde, mais j'imagine qu'ils ont dû se dire que le copain de Martha ne leur arrivait pas à la cheville.

– C'est terrible !

– Ouais, mais ça a été plutôt positif pour Martha. Hé ! Si on faisait un échange de bons procédés ? Moi je déjeune avec tes parents et toi tu viens à la fête d'anniversaire de ma filleule le mois prochain.

Olivia haussa un sourcil.

– T'es parrain ?

Il sourit.

– Ouais, d'une adorable petite fille. Pourquoi t'as l'air aussi surprise ?

– Je sais pas. Ça m'a l'air un peu plan-plan pour toi.

Adam ne lui semblait pas être très famille. S'était-elle trompée ? Elle demeurait interdite, tandis qu'une flamme d'espoir s'embrasait dans son cœur.

– Normalement j'aurais refusé, mais je suis proche des parents.

– Des deux ? C'est toi qui leur a arrangé le coup, peut-être ? demanda-t-elle, intriguée.

Peut-être croyait-il au mariage après tout.

– J'aimerais que ce soit le cas, mais non. Ce n'est pas grâce à moi s'ils se sont mis ensemble. Je suis allé à la fac avec un type qui s'appelait Jason Collins et on est resté en contact au fil du temps. Il a fini par lancer un fond d'investissement avec une de ses connaissances, Luke Darren. Et…

– Attends. T'es le parrain du bébé de Luke et Samantha ? demanda Olivia, surprise.

– Ouais. Tu les connais ?

– Pas personnellement, mais je me rappelle que leur mariage a fait la une.

Luke avait épousé la veuve de Jason même pas un an après sa mort. Olivia se rappelait avoir trouvé triste de tourner la page si rapidement.

Peut-être était-ce naïf de sa part, mais elle aimait l'idée que l'amour puisse durer la vie entière. Stacy, de son côté, avait eu une réaction complètement différente et avait trouvé ce retournement de situation profondément romantique. Elle avait choisi de croire les rumeurs qui disaient que Luke avait toujours aimé Samantha et l'avait soutenue lors de cette période difficile.

Adam grimaça.

– Ouais. La presse n'a pas été très tendre avec eux. Mais tu verras quand tu les auras rencontrés. Ils n'ont rien à voir avec la façon dont les journaux les décrivent.

Olivia s'en rappelait. Lorsqu'ils n'étaient pas occupés à dépeindre Samantha comme une horrible croqueuse de diamants, ils décrivaient Luke comme un genre de requin des affaires qui n'avait épousé Samantha que pour mettre la main sur la société de son ex.

– Alors, c'est d'accord ? demanda Adam.

– Oui. J'adorerais venir, répondit-elle.

Elle était heureuse qu'il veuille lui faire rencontrer ses amis. Ça devait vouloir dire quelque chose, non ?

– Bon, et toi alors ? Tu veux des enfants ? demanda Adam.

– Oui, mais pas tout de suite, admit-elle. Je voudrais être un peu plus installée d'un point de vue professionnel avant de fonder une famille.

Elle y penserait peut-être une fois qu'elle aurait ouvert un hôtel ou deux.

– Et toi ?

– Moi c'est non.

Il hésita avant d'ajouter :

– Je n'ai rien contre les enfants, mais j'avoue que je ne crois pas franchement au mariage.

– Oh, dit-elle.

Une vague de déception la traversa. Elle s'en était doutée, mais le fait d'en avoir la confirmation n'était pas franchement agréable.

Elle se maudit en silence en songeant à ses parents et à ces petits-enfants qu'ils attendaient avec impatience. Elle ne voulait pas leur donner de faux espoirs en leur ramenant Adam, mais elle ne pouvait pas non plus annuler son invitation, surtout étant donné l'insistance de sa mère.

Ignorant quoi faire, elle pria pour qu'il ne plaise pas trop à ses parents.

CHAPITRE SEIZE

– Merci encore d'être venu, dit Olivia en traversant la réception du country club.

C'était déjà la troisième fois qu'elle le remerciait et Adam commençait à trouver cela étrange. Peut être sa famille n'était-elle pas aussi parfaite qu'elle le prétendait.

– Ce n'est rien. Et puis, c'est peut être le meilleur moyen d'être dans les bonnes grâces de ton père.

Il ne serait pas franchement bon que les choses tournent au vinaigre avant même qu'ils n'entament la rénovation. Il savait qu'il devrait être anxieux à l'idée de mettre en danger un partenariat professionnel pour une femme, d'autant plus qu'il s'agissait du *Manoir*, mais il aimait trop être avec Olivia pour s'en inquiéter.

– Je sais, mais mon père va compter sur ma mère pour te poser des questions légèrement personnelles.

– Pour m'interroger, tu veux dire ?

Elle acquiesça.

– Elle est bien plus redoutable qu'elle n'en a l'air.

Il ignorait pourquoi, mais il trouvait l'inquiétude d'Olivia attachante.

– Je tracerai la lettre A sur ta paume si j'ai besoin d'aide.

Il doutait qu'il en aurait besoin, mais il n'y avait pas de mal à se préparer.

– D'accord, mais on devrait quand même trouver une alternative au cas où ma mère nous séparerait.

Ils discutèrent des signaux possibles, Adam balayant du regard le club que ses parents s'étaient donné tant de mal à rejoindre sans jamais y parvenir. Il était surpris de le trouver aussi chaleureux et accueillant.

Il aurait plutôt imaginé quelque chose dans le genre du club sur lequel ils s'étaient rabattus faute de mieux : chandeliers, marbre, serveurs au costume parfaitement lisse. Mais cet endroit était tout le contraire. En plus des rires des enfants qui emplissaient l'air, le lambris du club et la cheminée qui crépitait dans la réception donnaient à l'espace une atmosphère chaleureuse. Cela alors que les enfants n'avaient même pas le droit de mettre le pied au club de ses parents, sauf autorisation spéciale.

Peut-être cela était-il dû au fait que le club de ses parents était surtout réservé aux nouveaux riches, qui semblaient convaincus de devoir faire leurs preuves en permanence. Ils le bourraient d'œuvres d'art hors de prix et créaient un environnement hostile aux familles avec jeunes enfants. Mais peut-être cela était-il intentionnel, après tout. Chacun de ces deux clubs favorisait les discussions professionnelles, mais peut-être que celui-ci se concentrait d'abord sur la famille et la communauté, puis ensuite les affaires. Les riches de longue date avaient le luxe de choisir avec qui travailler, alors que ceux qui venaient tout juste d'accéder à ce statut ne pouvaient pas faire les difficiles.

– Notre table est au fond du restaurant, en terrasse. Comme tout le monde dans la famille préfère les buffets, mon père s'est arrangé pour que le restaurant nous en serve un, dit Olivia.

Ils passèrent une rotonde et sortirent du bâtiment principal. Une fois sur la terrasse, il aperçut la famille assise à une table rectangulaire. Ils devaient être une dizaine. Il avait passé la soirée de la veille à lire tous les articles qu'il avait pu trouver au sujet de la famille d'Olivia, et cela lui permit de reconnaître les proches parents de sa belle, ainsi que son oncle, sa tante et ses cousins. Il n'avait pas franchement été inquiet lorsqu'elle lui avait dit qu'ils seraient tous là, mais il réalisait à présent combien il était étrange qu'ils se retrouvent si souvent.

Barbara Montgomery, la mère d'Olivia, releva la tête et leur lança un sourire resplendissant en les apercevant.

– Olivia ! dit-elle.

Elle se leva pour aller enlacer sa fille.

– Salut Maman.

Barbara lâcha Olivia avant de se tourner vers lui pour lui donner une embrassade chaleureuse.

– Et vous devez être Adam. Ravie d'enfin vous rencontrer. Je suis Barbara Montgomery, la mère de Livie.

– Bonjour, Barbara. Je suis ravi de vous rencontrer, moi aussi. Merci de m'avoir invité.

– Et merci à vous d'être venu. Je sais que vous êtes très occupé.

Elle lui prit le bras fermement pour l'attirer vers la table du buffet.

– Servez-vous et je vous présenterai à tout le monde.

L'heure qui suivit passa à toute vitesse, sa famille discutant de tout et de rien, des amis s'arrêtant parfois à leur table pour la saluer. Il avait l'impression d'être à l'un de ces dîners de Thanksgiving qu'il voyait parfois dans les films, les disputes en moins. Pour l'instant, tout du moins.

Il y avait bien eu quelques joutes verbales, mais Olivia et sa mère avaient su les apaiser avant qu'elles ne s'enveniment. Visiblement, on pouvait tout à fait parler politique à un repas de famille, tant qu'on avait un bon arbitre sous la main.

De façon générale, il était surpris que tous s'entendent aussi bien. Adam s'était attendu à voir au moins quelques friction, étant donné sa propre expérience.

La famille Montgomery possédait deux entreprises, chacune gérée par l'un des deux frères. Et bien que leurs hôtels soient célèbres, ce business n'avait rien à voir avec celui de leur banque, si bien que les profits de chacun étaient loin d'être égaux. Adam ignorait comment les choses s'organisaient, mais à en juger par l'attitude cordiale des deux frères, cet arrangement semblait convenir à chacun. Merde. Même Olivia et son frère avaient semblé proches de leurs cousins, et Adam avait bien l'impression qu'ils étaient tous très liés.

– Au fait, pour ce poste de manager en chef ? dit Victor en entamant son dessert.

Sa femme l'interrompit aussitôt en lui donnant une tape sur l'épaule.

– On ne parle pas affaires à table, dit-elle avant de sourire à Adam. Pardon. Ces hôtels, c'est toute la vie de Victor.

Adam jeta un œil à Victor en s'attendant à le trouver agacé par l'interruption de sa femme, et il fut surpris de le voir sourire avant de lui lancer un regard désolé en haussant les épaules.

Le couple n'avait eu de cesse de partager de tendres attentions depuis son arrivée, et Adam se demandait à quel point cela était réel. Ses parents étaient doué pour jouer au beau petit couple aimant devant les autres eux aussi, mais c'était une toute autre histoire à la maison, où ils s'ignoraient ou passaient leur temps à se hurler dessus.

– Alors, depuis quand est-ce que vous fréquentez Olivia ? demanda Barbara. Non mais vous imaginez que j'ai appris la nouvelle de Tamara Blake, qui vous a vus en ville ?

Elle lança un regard désapprobateur à sa fille et Adam ne put retenir un sourire.

C'était quelque chose, la mère d'Olivia. Son attitude chaleureuse et amicale dissimulaient une sacrée détermination et force de caractère. Il avait bien remarqué la façon dont elle s'était arrangée pour qu'il s'asseye à côté d'elle en le laissant s'installer avant de poser les vraies questions.

– Quelques mois. Nous avons décidé d'être discrets, étant donné notre relation professionnelle.

– Des mois, et Olivia n'a rien dit ! Et moi qui pensais que Tammy s'était trompée parce que Victor ne parle de rien d'autre que du *Manoir*. Moi je me disais que vous vous étiez retrouvés pour un dîner d'affaires alors que Tammy m'assurait que c'était un rendez-vous galant.

– Barbara ! intervint Victor.

Son épouse lui sourit.

– Je suis encore trop bavarde hein, c'est ça ?

Victor acquiesça et elle rit en se tournant vers Adam.

– Désolée. Allez, parlez-moi de vous.

* * *

Olivia était en route pour le bureau le lendemain matin lorsque Stacy l'appela.

– Coucou Stacy ! Comment ça va ?

– Alors… comment ça s'est passé ?

Sachant que son amie lui demandait des nouvelles du déjeuner de la veille, elle soupira.

– Je crois que ça dépend du point de vue.

Stacy savait combien elle avait été inquiète à l'idée qu'Adam rencontre ses parents.

Non pas qu'elle aurait voulu qu'ils le détestent. Mais elle avait espéré qu'Adam leur serait indifférent. Au lieu de ça, sa mère l'avait tellement apprécié qu'il avait dit à Olivia qu'elle serait ravie qu'elle l'invite à nouveau à l'un de leurs repas de famille.

– Donc tes parents ont bien aimé Adam, dit Stacy.

– Oui.

– Je ne vois pas pourquoi ça te surprend. Ton père a fini par apprécier William avec le temps après tout, non ? dit-elle.

Elle parlait du copain de lycée d'Olivia.

– Non pas qu'il aurait eu des raisons de détester William, mais ton père le traitait toujours de bon à rien.

Olivia sourit.

– Oui, enfin on s'en fichait pas mal au lycée. Papa voulait que tout le monde travaille. Alors maintenant que William a un job, il remplit tous les critères du gendre potentiel.

Stacy rit.

– Ça, c'est l'appel des petits-enfants. Une fois que tu vois tes amis en avoir, tu commences à vouloir les tiens.

– Oui, hé ben moi ça commence à m'agacer. C'est vrai quoi : ce n'est pas en nous en parlant à longueur de temps qu'on va s'installer plus vite. Ils n'ont pas demandé à Adam s'il voulait des enfants, mais j'ai bien vu dans les yeux de maman qu'elle avait été tentée.

Olivia avait l'impression d'avoir passé la moitié de son temps à fixer sa mère afin de s'assurer qu'elle ne pose aucune question embarrassante.

– C'est fou. J'ai l'impression d'être une maman célibataire qui a peur que ses gamins s'attachent à son nouveau copain.

C'était la première fois qu'elle fréquentait quelqu'un qui ne croyait pas au mariage et elle se sentait perdue.

D'autant qu'elle ne pouvait pas franchement rompre avec Adam. Elle ne voulait pas risquer de mettre en danger le *Manoir* à nouveau. Ils venaient tout juste de trouver leur rythme de travail et une rupture ne ferait que détruire tous les progrès qu'ils avaient réalisés jusque-là. Sans parler du fait qu'elle commençait à s'attacher à lui.

– Tes parents sont adultes. Ils savent que toutes les relations ne durent pas.

Olivia s'était bien doutée que Stacy lui dirait quelque
chose du genre et elle ne put s'empêcher de se demander si
c'était justement pour ça qu'elle s'était confiée à elle l'autre
soir : pour avoir la confirmation qu'elle avait le droit d'être
avec Adam..

– T'as raison. Je dois me faire du souci pour rien, dit-elle
en faisant signe à l'employé de parking lorsqu'elle y entra.

– Mais oui. Ne t'inquiète pas, tout ira bien.

Olivia réalisa soudain qu'elle n'avait plus vu Stacy
depuis qu'elle l'avait invitée au déjeuner familial le mois
dernier et elle se maudit en silence d'être une aussi piètre
amie. Elle ne voulait pas être ce genre de femme qui ignore
ses amis à la minute même où elle se mettait à fréquenter
quelqu'un, mais il était si difficile de résister à Adam.

– T'es libre pour dîner mercredi ?

– Disons plutôt jeudi. J'ai un rendez-vous mercredi.

– Ça marche.

– Super. J'ai trouvé un super resto libanais dans le coin.
Ils servent du poulet du feu de dieu.

Olivia rit en se garant sur sa place de parking.

– Tu n'aimes même pas le poulet.

– Je sais ! Mais il y avait une super odeur, du coup j'ai
demandé au serveur ce que c'était. Il m'a dit que c'était du
poulet et je n'ai pas pu résister. J'ai hâte que tu l'essaies.

Si Stacy chantait les louanges de ce restaurant, sa cuisine
devait être sacrément bonne. Son amie avait bon goût.

– Je t'envoie l'adresse par SMS.

Une fois qu'elle eut raccroché, Olivia prit sa mallette et

se dirigea vers les ascenseurs. Elle venait de passer la sécurité et attendait pour monter lorsque son téléphone sonna.

Elle fronça les sourcils en voyant le nom de Kevin Mayer apparaître à l'écran. Kevin était l'un de leurs gérants, propriétaires du *Crown Jewel*, un hôtel *Montgomery* à la Nouvelle Orléans. Il avait l'habitude de prendre rendez-vous avec elle lorsqu'il avait besoin de discuter.

– Bonjour Kevin, dit-elle en décrochant.

Elle se préparait déjà à recevoir la mauvaise nouvelle. À moins qu'ils n'aient remporté un prix, les gérants la contactaient rarement sans prévenir.

– Je suis désolé Olivia, vraiment, mais je viens de vendre l'hôtel à *Tierpoint Properties*. Il me fallait de l'argent pour remplumer mes restaurants.

Son cœur manqua un battement alors que les portes de l'ascenseur s'ouvraient et elle s'éloigna pour trouver un coin tranquille dans lequel terminer cette conversation. Elle savait que Kevin avait des problèmes d'argent depuis un moment déjà.

Il n'avait pas hésité à lui dire qu'il avait dû arrêter l'extension prévue de sa chaîne de restaurants de poulet frit et en faire fermer d'autres à cause de la concurrence. Elle s'était donc efforcée de réduire les rénovations autant que possible pour ne pas dépasser son budget, mais cela avait de toute évidence été inutile. Quelques milliers de dollars d'économie ne valaient pas grand-chose quand on avait besoin d'un million.

– Ce n'est rien, dit-elle en s'efforçant de dissimuler sa peine.

Le fait que l'hôtel fasse des profits importait peu si le

propriétaire était à sec. Au bout du compte, les gérants devaient faire ce qu'il y avait de mieux pour eux.

Montgomery n'était pas prioritaire pour le rachat du *Crown Jewel*, mais elle était tout de même blessée qu'il ne les ait pas contactés avant de prendre sa décision. Cela étant dit, c'était sans doute *Tierpoint* qui avait fait le premier pas. Ils ne cessaient de racheter des hôtels pour les ajouter à leur portfolio, étant plus que prêts à faire une offre au-dessus du prix afin de décrocher la vente.

– Je sais que les temps sont durs, murmura-t-elle.

Tierpoint étant l'une des plus grandes franchises de *Silver Stream*, elle doutait qu'ils continueraient à travailler avec *Montgomery*, mais elle appellerait malgré tout les nouveaux propriétaires dès le lendemain, pour savoir ce qui pouvait être fait.

– Merci d'être si compréhensive. Je suis vraiment reconnaissant de tous les efforts que vous et *Montgomery* avez faits ces dernières années. Je vais vous envoyer une lettre officielle avec tous les détails de la vente dans la journée. J'espère que nous pourrons à nouveau travailler ensemble à l'avenir.

Olivia secoua la tête, dépouillée de tous ses mots tandis qu'elle raccrochait. Elle avait du mal à y croire. Elle avait consacré tellement d'heures de travail à cet hôtel, des rénovations au recrutement des managers et, au bout du compte, tous ses efforts allaient profiter à l'un de leurs concurrents.

Elle savait que ce qui s'était passé était hors de son contrôle. Cet hôtel avait été un hobby pour Kevin, comme certains achetaient des chevaux ou des yachts, mais ses restaurants étaient sa passion et ce qui avait fait sa fortune. Il était donc logique qu'il fasse d'eux sa priorité. Sa peine restait pourtant inchangée et elle se dit qu'une telle chose ne se serait jamais produite si elle avait eu sa propre gamme d'hôtels.

Elle ne serait alors plus forcée de gérer les sautes d'humeur des gérants, ou les difficultés de leurs hôtels. Parfois, on pouvait redoubler d'efforts sans jamais réussir à redresser la barre, et elle n'avait aucune envie de subir son travail pour le restant de ses jours. Il était hors de question qu'elle abandonne son hôtel du Yosemite. Pas alors qu'elle avait enfin trouvé un projet qui plaisait à son père. Elle n'échouerait pas.

CHAPITRE DIX-SEPT

Adam déglutit en regardant Olivia lécher le fromage à la crème qui s'était perdu sur son doigt et il se fit violence pour ne pas imaginer ces lèvres et cette langue sur lui. Il s'efforça de se concentrer sur son petit déjeuner alors qu'elle mordait dans son bagel.

— Je me disais qu'on pourrait aller à la plage, dit-il en entamant son omelette.

C'était samedi matin et, bien qu'il eût adoré passer la matinée au lit avec elle, il ne voulait pas qu'elle croie qu'il ne s'intéressait qu'au sexe.

— On pourrait faire du kayak, du paddle ou se balader sur la côte...

Martha avait une maison dans les Hamptons où elle gardait tout un tas d'équipements sportifs. Si sa sœur travaillait dur, elle savait aussi comment s'amuser.

— Pardon, j'ai oublié de te le dire hier soir mais je travaille aujourd'hui. J'ai pris du retard sur mes projets courants à cause du Manoir.

Merde. Il avait eu tellement hâte de passer la journée avec elle, mais il comprenait. Avec le gérant du *Manoir* qui les avait pressés comme un citron pour obtenir autant d'argent qu'il le pouvait de la vente et les locataires actuels qui rechignaient à partir, il y avait eu tant de choses à faire. Ils avaient même été forcés d'organiser deux réunions par semaine pour arriver à passer en revue tout ce qui se passait.

Ses obligations liées au *Manoir* s'ajoutaient à sa charge de travail actuelle et il se demandait pourquoi Victor n'avait pas délégué ses autres responsabilités. S'attendait-il à ce qu'elle échoue, ou cela était-il une sorte de test qu'il fallait qu'elle réussisse avant qu'il accepte de lui faire confiance sur un autre projet ? Adam devina qu'il devait s'agir de la deuxième option, étant donné qu'Olivia était plus que qualifiée. Perfectionniste même parfois, mais cela était une qualité dans cette industrie.

– Tu peux travailler ici, se surprit-il à dire.

Il voulait être avec elle, même si elle était occupée et ne pouvait se consacrer à lui.

– Tu sais qu'on n'est jamais très efficaces quand on travaille l'un chez l'autre. Tu me distrais trop.

– Moi, je te distrais ? C'est toi qui te balades à moitié nue quand j'essaie de répondre à mes e-mails.

Non pas que cela le dérangeât. Il adorait la voir porter ses chemises.

– Hé ! C'est toi qui te déshabilles à la minute où t'arrives. Et moi au moins je ne me balade pas torse nu.

Il sourit. Il fallait admettre qu'il aimait la taquiner, d'autant plus lorsqu'elle peinait à garder ses mains pour elle.

Mais elle avait du travail et lui aussi, d'ailleurs. Bien que son équipe soit très douée, il aurait déjà dû partir en repérage pour son nouveau projet.

Mais il ne s'était pas franchement donné beaucoup de mal depuis qu'il fréquentait Olivia. Il pouvait prétendre que cela était dû au fait que son argent était lié au *Plex*, ainsi qu'au *Manoir*, et qu'il ne voulait pas prendre davantage de risques en empruntant encore. Mais en vérité, il préférait tout simplement passer son temps libre avec Olivia plutôt que de se lancer à la recherche de nouveaux projets.

Cet aveu aurait dû le terrifier. Au lieu de ça, il se demandait pourquoi il avait toujours été aussi exigeant avec lui-même. Il méritait franchement ce moment de répit avec Olivia et il décida qu'il préférait passer du temps avec elle et qu'il s'occuperait plus tard de l'expansion de son affaire.

— Bon, et si tu travaillais dans mon bureau pour la journée, porte verrouillée pendant que moi je travaille au salon ? Je te promets de ne pas te déranger jusqu'à ce que tu aies terminé.

Il aurait du mal à ne pas l'approcher, mais il le ferait.

Elle haussa un sourcil.

— Tu vas travailler, toi aussi ?

Étant donné qu'il avait longtemps eu l'habitude de consacrer tout son temps libre au travail avant de la rencontrer, il trouvait son air suspicieux ironique. Elle devait le prendre pour un play-boy et, même si une telle description n'aurait pas été fausse par le passé, il avait beaucoup gagné en maturité au fil du temps.

— Ouais, murmura t-il. J'ai une offre à examiner et d'autres trucs encore.

– Bon, dit-elle.

Aussitôt, une vague de soulagement le traversa. *Elle restait.*

* * *

Adam était en train d'étudier les projets publicitaires pour le *Plex* lorsqu'Olivia pénétra dans le salon.

– C'est presque l'heure du dîner, dit-elle. Tu veux que je commande quelque chose ?

– Pourquoi pas. T'as envie de quoi ?

– Méditerranéen ? demanda-t-elle.

Elle prit place sur ses genoux en glissant les bras autour de son cou et il lui donna un rapide baiser.

– Parfait. Tu as réussi à faire tout ce que tu voulais ?

Elle était restée enfermée dans son bureau toute la journée, même à l'heure du déjeuner.

– Presque, oui. Mais bon, j'ai toujours tendance à surestimer la masse de travail que je peux abattre. Et toi alors ?

– J'ai bien avancé.

Il était ravi d'avoir pu rattraper un peu de son retard, bien qu'elle lui ait beaucoup manqué aujourd'hui.

Le gérant de l'une de ses propriétés lui avait envoyé un e-mail pour lui parler de l'un de ses locataires, qui n'arrivait plus à payer le loyer. Ce petit contretemps s'était retrouvé enterré sous un tas d'affaires plus urgentes et il ne l'aurait sans doute pas vu à temps si Olivia n'avait pas décidé de rester aujourd'hui. *Le Pressing de Nick* était l'un de ses locataires les plus anciens, si bien qu'il avait immédiatement appelé son manager. Il leur avait offert une réduction de loyer temporaire, une solution qu'il devrait réévaluer si leurs problèmes persistaient.

Son père l'aurait traité d'idiot.

Il proposait déjà à ses anciens locataires des réductions en or sur leur loyer, et voilà qu'il l'offrait presque à l'un d'entre eux. Mais c'était un luxe qu'il pouvait se permettre. *AC Developments* étant son affaire à lui seul : il n'avait aucun compte à rendre à des investisseurs.

Olivia baissa la tête et elle remarqua qu'il portait des lunettes de repos. Gêné, il les retira.

— Pourquoi est-ce que je ne t'ai jamais vu avec des lunettes avant ?

Parce qu'il évitait de les porter devant elle. Il n'avait jamais eu peur que ses lunettes ne lui aillent pas, mais il était nerveux avec elle. C'était idiot, mais il ne pouvait s'en empêcher.

— Je les mets uniquement devant l'ordinateur, expliqua t-il.

Il lui arrivait parfois de se perdre dans ses recherches au point d'en avoir mal aux yeux.

— C'est bien que tu ne les mettes jamais aux réunions. Je n'arriverais à rien autrement.

— Ah ?

Elle acquiesça.

— Tu me déconcentres déjà bien assez comme ça. Te voir avec des lunettes, ça me remue l'esprit.

Elle devait se moquer de lui. Ces lunettes n'avaient rien de sexy. Enfin, il ne trouvait pas non plus ses bras exceptionnels, pourtant il l'avait plus d'une fois surprise à les mater. Il prit ses lunettes qu'il remit.

– Alors je suis irrésistible quand je les porte, c'est bien ça ?

– Mmmh mmh, dit-elle en effleurant sa nuque. Elles ne te tirent pas sur les yeux si tu n'es pas devant l'ordi, si ?

Ses caresses affolèrent son cœur et il dut se concentrer pour lui répondre :

– Non. Elles sont juste censées filtrer la lumière bleue.

Un sourire sensuel traversa ses lèvres.

– Parfait, murmura-t-elle.

Elle se pencha pour lui voler un baiser, son arôme se répandant sur sa langue. Elle lui mordilla la lèvre doucement et il grogna. Il se leva en gardant ses jambes jointes autour de sa taille. *Au lit.* Il avait besoin d'un lit pour lui faire tout ce dont il rêvait.

Les mains affolées d'Olivia arpentèrent son dos alors qu'elle approfondissait le baiser. Il courut presque à sa chambre. Il alluma les lumières en entrant et l'allongea sur le lit. Il la débarrassa rapidement de son chemisier et fut récompensé par une vue imprenable sur ses seins. Un grognement aux lèvres, il prit l'un de ses tétons dans sa bouche en pinçant l'autre du bout des doigts.

Elle murmura son nom en enfouissant les ongles dans son dos. Puis il lui lâcha le téton et déposa une volée de baisers le long de son ventre, tout en la caressant. Il dégrafa son pantalon et le lui retira en même temps que sa culotte en dentelle noire.

Une vague de désir le traversa lorsqu'il écarta ses jambes et aperçut son antre trempée. Elle était déjà prête pour lui. Il y déposa les lèvres et elle trembla sous lui tandis qu'il la dévorait. Un sourire aux lèvres, il prit son temps pour la lécher et la mordiller en se délectant de ses gémissements.

Elle hurla son nom en jouissant. Agrippé à ses hanches, il continua ses tortures et ne la lâcha que quand elle jouit à nouveau. Il ralentit tandis qu'elle redescendait sur terre, puis il s'arrêta pour lever la tête.

Un regard noir de désir lui répondit et il sourit.

– T'es pas contente d'avoir décidé de rester ?

– Je ne suis pas encore bien convaincue, le taquina-t-elle.

– Il va falloir passer à la vitesse supérieure alors.

Il se leva et elle rit.

Il se déshabilla rapidement, adorant la façon dont elle le regardait à travers ses longs cils épais. Il aimait la voir aussi fascinée par son corps qu'il l'était par le sien. Il retourna au lit et rampa entre ses bras ouverts avant de l'embrasser. Puis il la pénétra, ses profondeurs chaudes s'étirant autour de lui, et il grogna. Bon sang. Il ne se rassasierait jamais d'elle.

Une vague de plaisir le traversa tandis qu'ils se mouvaient à l'unisson. Elle glissa les jambes autour de lui et il manqua presque de jouir aussitôt. Les dents serrées, il continua ses coups de boutoir. Mais le plaisir fut bientôt irrésistible, et lorsqu'il la sentit jouir en se resserrant autour de lui, un gémissement sur les lèvres… Il la suivit, s'enfonçant en elle jusqu'à ce qu'il soit à bout de souffle.

Une satisfaction profonde l'emplit tandis qu'il s'écroulait à côté d'elle. Il la prit dans ses bras, un sourire aux lèvres. La vie était belle. La seule chose qui pourrait le rendre encore plus heureux serait qu'elle ne le quitte jamais.

Il était sur le point de lui demander de s'installer avec lui lorsqu'il ravala ces mots.

Qu'est-ce qui lui prenait, bon sang ?

Oui, leurs relations sexuelles étaient toujours époustouflantes et il fallait avouer qu'il adorait passer du temps avec elle, mais de là à s'installer ensemble ? Il n'avait aucune envie d'agir ainsi.

Il aurait aimé pouvoir se convaincre que le sentiment de bien-être de cette journée lui avait fait tourner la tête, mais il savait que cela serait un mensonge. Plus il restait avec elle, plus il en voulait. Dire qu'il avait à peine prévu de passer quelques nuits avec elle au départ. Et voilà que, bien des mois plus tard, il voulait aussi passer toutes ses journées à ses côtés. Il se souvenait encore combien il avait été déçu lorsqu'elle lui avait dit qu'elle voulait travailler chez elle ce matin. Puis de ce soulagement qu'il avait ressenti lorsqu'elle avait changé d'avis.

Sans qu'il ne sache trop comment, son bonheur s'était mis à dépendre d'elle avec le temps et cela le terrifiait.

Était-ce cela que ses parents avaient ressenti au départ ?

Il n'avait jamais réussi à comprendre pourquoi ils se laissaient blesser par l'autre, mais si les bons moments étaient aussi magiques que celui-ci, alors peut être les périodes difficiles valaient-elles la peine. Mais il n'avait aucune envie de laisser quiconque avoir un tel pouvoir sur lui. Il était donc bien décidé à prendre ses distances avec Olivia avant qu'elle ne compte trop pour lui.

Parce qu'il était absolument hors de question qu'il finisse comme ses parents.

CHAPITRE DIX-HUIT

— *Strength Fitness* m'ont contactée pour savoir si on voudrait s'associer à eux. J'ai inclus les plans de leur salle au dossier, dit Olivia.

Tous étaient assis autour de la table de la salle de réunion près de deux semaines plus tard. Elle avait prévu d'attendre la fin de la réunion pour aborder ce sujet, mais Ricky venait tout juste de suggérer l'ajout d'un restaurant au dernier étage de l'hôtel, qui réduirait l'espace qu'ils avaient prévu de consacrer à la salle commune. Elle n'était pas franchement emballée par une salle de sport en plein air, mais cela leur permettrait de créer ce restaurant sans compromettre l'espace de rencontre. D'autant qu'elle avait l'obligation de transmettre ce genre de proposition à ses associés.

— Ils ont prévu d'ouvrir juste au bout de la rue, poursuivit-elle. Ils n'auront pas d'accès direct à l'hôtel, mais ça nous permettrait de bénéficier un peu de leurs profits et, comme ça, nos clients auront accès à leur piscine.

– Et vous travaillez avec des représentants sportifs dans vos autres hôtels ? demanda Adam en relevant la tête.

Elle le fixa pour la centième fois de la journée en s'efforçant de découvrir si quelque chose avait changé chez lui. Ils ne s'étaient pas beaucoup vus ces deux dernières semaines tant il était « occupé » et elle ne pouvait s'empêcher de se demander s'il ne se cherchait pas juste des excuses pour l'éviter.

Ne remarquant rien d'anormal, elle répondit :

– Uniquement à San Francisco, mais la *Razor Gym* a été construite à l'intérieur de l'hôtel pour que ce soit plus pratique.

Peut-être ne l'intéressait-elle plus. Cela expliquerait pourquoi il ne voulait plus passer de temps avec elle. Il semblait se lasser d'elle alors que, de son côté, elle s'attachait de plus en plus.

– Et selon vous, le fait de devoir sortir de l'hôtel agacera les clients ? dit Adam.

Elle acquiesça.

– Oui. Ils devront sortir en tenue de sport ou apporter un change avec eux. Mais la piscine est intéressante, il faut l'avouer.

Elle savait que certains clients choisissaient leur lieu de séjour sur ce simple critère, mais il n'y avait tout simplement pas assez de place pour en installer une au *Manoir*. Avec un peu de chance, ils parviendraient à trouver un terrain d'entente avec *Strength* qui permettrait à leurs clients d'utiliser leur piscine.

– Bon. Voyez ce qu'ils en pensent.

Elle hocha la tête avant de se tourner vers Ricky.

– Et je vais contacter Seth pour voir ce qu'il peut nous proposer pour ce restaurant.

Ils se mirent ensuite à passer en revue une liste de tâches de maintenance.

Une fois la réunion terminée, elle se tourna pour parler à Adam, mais il était déjà occupé avec Ricky. Ignorant combien de temps allait durer leur conversation ou s'ils désiraient qu'on les laisse seuls, elle prit la direction de son bureau.

Elle devait se faire des idées. Bien sûr, elle ne l'avait pas beaucoup vu ces derniers temps, mais il n'en avait pas moins été très attentif les rares fois où ils avaient eu un moment ensemble. Elle soupira. Elle avait l'impression de passer tout son temps à penser à lui en ce moment. Peut-être serait-il plus sage de l'imiter et de se reconcentrer sur le travail.

Elle venait d'allumer son ordinateur lorsque la voix d'Adam l'interrompit.

– On se voit plus tard ?

Son cœur manqua un battement lorsqu'elle releva la tête et le vit à sa porte. La chaleur de son sourire la traversa, apaisant ses craintes. *Il est juste occupé, rien de plus.*

– Avec plaisir.

– Lasagnes et poulet, ça te va ?

Elle rit.

– Il faudra bien, Cynthia est sûrement déjà en cuisine, dit-elle en parlant de sa cheffe. Et puis, tout ce qu'elle prépare est absolument délicieux.

– Je lui transmettrai le compliment, dit-il, une étincelle au fond du regard.

Aussitôt, elle voulut l'embrasser. Elle regrettait souvent leur accord de garder leurs distances au bureau, d'autant plus dans des moments tels que celui-ci. *Pourquoi faut-il qu'il soit aussi beau en costume ?*

– Je devrais y aller, dit-il en se redressant. Ricky m'attend.

– À ce soir alors.

– Ne t'embête pas à te changer. J'ai des projets pour cette robe.

Cet ordre la surpris mais, avant même qu'elle ne puisse répondre, il sourit et s'éclipsa.

Une vague de satisfaction traversa Adam lorsqu'il lut le rapport de Javier sur le *Plex*. Ils avaient ouvert le cinéma et quelques boutiques avant l'inauguration officielle et, malgré quelques petits problèmes à régler ici et ça, les affaires marchaient déjà si bien que l'un de leurs parkings était presque toujours plein. Il aurait été trop tôt pour affirmer que son projet était un succès, mais les choses commençaient bien, c'était indéniable.

Son équipe avait su relever le défi, encore plus étant donné tous les problèmes et délais qu'ils avaient dû gérer en cours de route, et il n'eût pu être plus fier. La majorité de ses employés étaient avec lui depuis ses débuts, et les voir progresser à ses côtés était profondément enrichissant.

Il songea à sa première assistante, Sylvia Lee, réceptionniste efficace pourtant aussi timide qu'une souris lorsqu'il l'avait engagée. Avec le temps, elle avait gagné en confiance et était à présent à la tête de son équipe publicitaire. Javier avait lui-même commencé comme stagiaire avant de prendre la direction des projets en cours, et beaucoup d'autres avaient une histoire semblable à raconter.

Adam accordait souvent un bonus annuel à ses employés pour Noël, mais il voulait en faire davantage pour récompenser ceux qui étaient avec lui depuis long-temps. Il se souvenait vaguement que son comptable avait évoqué un partage des profits quelques temps plus tôt, et il décida de s'y intéresser après l'ouverture officielle du centre.

Il sourit en se rappelant son dernier séjour à Houston. Il avait dû se rendre au Texas une centaine de fois, mais la présence d'Olivia à ses côtés lors de ce voyage l'avait rendu inoubliable. Des baisers volés à la visite du centre, chaque instant lui avait semblé mémorable et il réalisa soudain combien il voulait qu'elle assiste à l'ouverture officielle. D'autant qu'il serait à Houston pendant les deux prochaines semaines. Il n'avait franchement aucune envie de se priver d'elle aussi longtemps.

Il savait qu'elle aurait sans doute du mal à prendre une semaine de congé, mais l'idée de faire le voyage aller-retour plus d'une fois ne le dérangeait pas si cela la convainquait de venir. Il ne l'avait pas beaucoup vue ces deux dernières semaines, bien qu'il doive avouer que cela était sa faute. Il avait eu peur de trop s'attacher à elle et il avait choisi de prendre ses distances.

Mais au bout du compte, cela n'avait servi à rien. Tout ce temps passé à se languir d'elle, il aurait pu le passer avec elle. Il prit son téléphone, bien décidé à l'inviter.

– Salut Adam, le salua la voix joyeuse d'Olivia.

– Coucou Olivia. Dis-moi, ça te plairait de retourner à Houston avec moi dans deux semaines pour l'ouverture du centre commercial ?

Un silence puis :

– Je ne peux pas, désolée. J'ai du travail en retard à rattraper.

Une vague de déception le traversa, mais il comprenait. Elle ne pouvait pas mettre sa vie en suspens pour lui. Et même s'il admirait son dévouement, il ne pouvait s'empêcher d'être jaloux de la place occupée par son travail. Il avait pourtant rêvé de lui montrer son centre commercial une fois qu'il serait rempli de gens.

Il secoua la tête. Il n'avait pourtant jamais été du genre à frimer. Olivia lui faisait vraiment perdre la tête.

– Ce soir, dans ce cas ? demanda t-il. Tu veux aller au *Il Tarzano* ?

– J'adorerais mais j'ai vraiment trop de travail. Demain, peut être ?

– Bien sûr. Je passerai te prendre à six heures.

Il fronça les sourcils en raccrochant un instant plus tard. Bien qu'il ait choisi de prendre ses distances avec elle au cours des dernières semaines, Olivia ne lui avait jamais fait le moindre reproche et il réalisait tout juste combien cela le dérangeait. Une petite part de lui avait sans doute espéré qu'elle lui en demanderait davantage pour qu'il fasse de leur relation une priorité. Au lieu de ça, elle s'était contentée de lui assurer qu'elle comprenait et qu'elle avait elle-même du travail, après tout.

Bien qu'il sache que cela était vrai, son instinct lui disait qu'il y avait autre chose, quelque chose sur lequel il n'arrivait pas à mettre le doigt. Était-il possible qu'elle se fiche bien de le voir, en fin de compte ?

Son cœur manqua un battement à cette pensée. Cela expliquerait pourquoi elle ne se plaignait jamais de ses horaires de travail ou de ses absences. Après avoir passé toutes leurs nuits ensemble au début de leur relation, ils ne se voyaient plus qu'une ou deux fois par semaine aujourd'hui. Pourtant, elle ne lui avait jamais fait le moindre reproche.

Le fait qu'elle ne partage pas ses sentiments le blessait. Bien sûr, il avait toujours su que leur relation ne serait pas éternelle, mais il n'était pas encore prêt à y renoncer. Il avait l'impression qu'elle venait tout juste de commencer et il avait parfois l'étrange sentiment qu'il ne se lasserait jamais d'elle. Bon sang ! Il espérait qu'il se trompait et qu'elle était tout simplement occupée. Parce qu'il ignorait ce qu'il ferait si elle finissait par rompre avec lui.

CHAPITRE DIX-NEUF

Olivia fronça les sourcils en regardant ses calculs. Elle avait ressorti les vieux bilans financiers des quelques hôtels que *Montgomery* avait rachetés pour voir si cela avait suffi à relancer les affaires.

Elle avait espéré utiliser ces chiffres pour estimer les revenus potentiels du *Manoir* une fois les rénovations terminées. Il était évident que chaque hôtel avait connu une relance après son rachat, étant donné le taux d'occupation et les revenus nets, mais autrement leurs chiffres étaient trop éloignés pour dessiner une tendance exacte. Le taux d'occupation avait augmenté entre deux et treize pour cent et la disparité des revenus de ces hôtels était encore plus grande.

Comment diable allait-elle pouvoir décider quels chiffres utiliser pour les estimations du *Manoir* ? Elle refit ses calculs, craignant d'avoir commis une erreur.

Elle avait une réunion avec les comptables de *Montgomery* le lendemain pour passer en revue les résultats qu'elle ne comprenait pas et elle voulait profiter intelligemment de cette opportunité. Seth n'aurait terminé ses dessins que dans quelques semaines, après quoi son père attendrait une proposition de budget et une estimation des profits à venir, mais la finance n'ayant jamais été son fort, il fallait qu'elle se prépare dès maintenant.

Parce que c'était elle qui devrait répondre à toute question éventuelle en tant que responsable de projet. Cette idée lui donna la migraine. Elle avait déjà bien du mal à estimer le taux d'occupation. Elle n'avait aucune envie d'imaginer le casse-tête des flux d'argent.

Sa sonnette retentit. Convaincue qu'il devait s'agir d'Adam, elle sourit avant de se rappeler qu'elle lui avait dit qu'elle devait travailler ce soir. Les sourcils froncés, elle vérifia son téléphone et vit William Yates à sa porte.

– J'arrive, dit-elle à son ex par le biais de l'appli reliée à la caméra de sa sonnette.

Elle se leva pour aller à la porte en se demandant ce qu'il pouvait bien vouloir. Elle lui ouvrit et le surprit en train de s'agiter sur place, comme s'il craignait la façon dont elle allait le recevoir.

Désireuse de l'apaiser, elle sourit.

– Salut William. Ça faisait longtemps.

Ils avaient été amis avant de se fréquenter et, bien que leur rupture ait été difficile, elle espérait que le temps aurait apaisé leurs vielles rancœurs.

– Coucou Olivia. Tu es superbe, dit-il.

– Merci, toi aussi.

Il y eut un bref silence gêné avant qu'il ne hoche la tête.

– Je peux entrer ?

La curiosité d'Olivia était piquée. Hormis la fois où il avait insisté pour qu'ils se voient et quelques rencontres fortuites, ils n'avaient plus rien partagé d'autre qu'un « Joyeux Noël » ou « Joyeux anniversaire » par messages depuis qu'ils avaient rompu, près de cinq ans plus tôt.

– Bien sûr. Je te sers quelque chose à boire ?

– Non merci, dit-il en entrant. Je ne sais pas comment te le dire alors je ne vais pas tourner autour du pot. Je suis fiancé.

Son annonce la surprit. William avait été un sacré fêtard à la fac, si bien qu'elle s'était plutôt attendue à être la première à s'installer. Au lieu de ça, elle fréquentait un homme qui ne croyait même pas au mariage. Ravalant cette pensée désagréable, elle enlaça William.

– Félicitations ! Qui est l'heureuse élue ?

– Pénélope Hunter.

– Elle est de la famille de Charlie Hunter ? demanda-t-elle, parlant de leur ancien camarade de classe.

– C'est sa sœur. Ça va bientôt être publié, mais je pensais qu'il fallait que tu le saches.

Cette nouvelle ne la blessait pas, mais elle appréciait son attention.

– Merci de me l'avoir dit.

Il se laissa tomber sur son canapé, les sourcils froncés.

– Tu sais, j'ai toujours pensé qu'on finirait par se marier.

Elle aussi, des années plus tôt. Comme la majorité des adolescents avec leur premier amour. À l'époque, elle avait été convaincue qu'ils seraient ensemble pour toujours.

Elle prit place à coté de lui.

– On était si jeunes quand on a commencé à sortir

ensemble. C'était naturel de se dire qu'on ne se quitterait jamais.

Ils n'avaient cependant pas été fichus de survivre à leur deuxième année de fac.

Elle se rappelait encore combien elle avait été soulagée qu'il rompe avec elle. Il avait semblé être un fardeau à l'époque, une autre responsabilité à gérer en plus de toutes ses révisions. Il la tannait pour sortir faire la fête presque tous les soirs alors qu'elle peinait à terminer ses devoirs. Ils étaient incapables de se comprendre et ne cessaient donc de se disputer. Rien à voir avec Adam, qui la laissait utiliser son bureau pour travailler.

– Je regrette encore la façon dont ça s'est terminé entre nous, dit William.

– C'était un mal pour un bien. Tu vas te marier et moi j'ai un super copain.

– Tu vois quelqu'un ?

Elle acquiesça en souriant.

– Oui. Je…

– Olivia ! Ouvre-moi tout de suite !

La voix d'Adam se fit entendre au dehors, accompagnée de trois coups frappés à la porte.

* * *

Une brume rouge assombrissait le regard d'Adam alors qu'il tambourinait à sa porte. Il l'imagina avec l'homme qu'il avait vu entrer un instant plus tôt et hurla :

– Ouvre-moi tout de suite !

Sa relation avec Olivia n'avait aucun avenir, mais il était

hors de question qu'il la laisse coucher avec un autre sous son nez !

Pas étonnant qu'elle ne lui ait jamais reproché de trop travailler. Elle lui avait déjà trouvé un remplaçant. Il aurait été tenté de croire qu'il était paranoïaque lorsqu'il s'était garé au bout de sa rue plus tôt. Bête de ne pas la croire. Mais il avait été convaincu que quelque chose ne tournait pas rond et il avait décidé de la surveiller un moment. Il n'était arrivé que depuis une demi-heure lorsque ce type s'était pointé.

Il s'apprêtait à frapper de nouveau à sa porte lorsqu'elle s'ouvrit.

— Adam, est-ce que tout va bien ? demanda Olivia, comme si de rien n'était.

— Est-ce que tout va bien ? Non mais t'es sérieuse, là ? Tu m'envoies balader pour être avec lui ? demanda t-il en pointant l'homme derrière elle.

Dire qu'il l'avait crue lorsqu'elle lui avait dit qu'il avait du travail.

Elle fronça les sourcils.

— William était juste passé discuter.

Ouais, et c'était pour ça qu'elle avait semblé si ravie de le voir. Il la revoyait encore l'enlacer pour le saluer, et son ventre se noua.

— Euh... bonjour, dit l'homme en question.

Il tendit la main à Adam qui l'ignora en pénétrant à l'intérieur. Il était hors de question qu'il serre la main du connard avec lequel elle le trompait.

— Je suis William Yates, dit-il. J'étais passé annoncer une nouvelle personnelle à Olivia.

– Il va se marier, dit Olivia.

William lui lança un regard appuyé et elle haussa les épaules en disant :

– Bah quoi ? T'as bien dit que ça allait bientôt être publié, non ? Ce n'est pas comme si Adam allait crier ça sur tous les doigts.

Il la fixa en silence et elle soupira en se tournant vers Adam.

– Bon, n'en parle à personne, c'est compris ? La nouvelle n'est pas encore officielle.

Adam était trop furieux pour répondre. Il peinait à croire qu'Olivia invente de telles excuses au lieu d'admettre la vérité. Pensait-elle pouvoir continuer à les voir tous deux ?

– Ça te dérange si j'invite tes parents ? demanda William, visiblement déterminé à rester dans son rôle.

Olivia sourit.

– Maman sera ravie.

Puis il pencha la tête dans la direction d'Adam et en lui lançant un regard interrogateur, comme s'il voulait savoir s'il pouvait la laisser avec lui, et sa colère grandit encore davantage. Adam n'avait jamais été violent, mais à cet instant il aurait rêvé de tabasser William.

Olivia hocha la tête.

– Encore une fois, merci de m'avoir prévenue. C'est vraiment adorable.

– De rien. Bon allez, à plus tard.

Les sourcils froncés, il jeta un dernier regard à Adam avant de s'éclipser.

Olivia verrouilla la porte, puis elle se tourna vers Adam.

– Tu penses que je te trompe, c'est ça ?

– Tu comptes nier ?

Elle se pinça les lèvres. Elle semblait être sur le point de dire quelque chose lorsqu'elle se ravisa. Puis elle ouvrit la porte à nouveau :

– Je crois qu'il vaut mieux que tu partes aussi.

– Pour que William puisse revenir ? Non mais tu crois que je suis con ou quoi ?

Il passerait la nuit ici s'il le fallait. Bien qu'il soit idiot de vouloir se mettre entre elle et son amant, l'idée qu'Olivia fréquente un autre homme lui nouait le ventre. Elle et lui avaient partagé quelque chose de spécial, tout du moins il l'avait pensé, et ces sentiments ne pouvaient disparaître tout à coup, sous prétexte qu'il avait appris qu'elle voyait quelqu'un dans son dos.

– J'imagine, oui. Parce qu'il faudrait vraiment être con pour croire que je te trompe.

Elle ferma la porte en secouant la tête.

– Je n'ai jamais trompé personne de ma vie. Et puis pourquoi est-ce que tu penses ça, au juste ? Je ne t'ai jamais donné de raison de douter de moi. Je ne… Attends, on t'a déjà trompé, c'est ça ?

– Je n'ai…

Il se tut en réalisant qu'il était sur le point de lui dire qu'il n'avait jamais fréquenté une femme assez longtemps pour qu'elle le trompe. Il aurait l'air d'un idiot s'il lui avouait qu'avant elle, il n'avait jamais été avec quiconque plus longtemps qu'un week-end.

– On ne m'a jamais trompé, se corrigea t-il d'une voix ferme.

Elle haussa les sourcils.

– Et pourtant tu penses que je te trompe. J'imagine que ça veut dire que c'est toi qui me trompes, étant donné que l'accusateur est souvent le plus coupable. C'est pour ça que t'étais si « occupé » ces derniers temps, dit-elle en faisant les guillemets avec ses doigts.

– J'ai vraiment été occupé par le travail, se défendit-il, bien qu'il sache qu'il aurait pu trouver le temps de la voir.

Il avait eu peur de ce qu'il ressentait pour elle et il avait choisi de prendre ses distances. Il avait eu raison d'ailleurs, même si ses motivations n'étaient pas forcément les bonnes. Il secoua la tête pour lui-même. Depuis combien de temps le trompait-elle ? Comment était-il possible qu'il n'ait rien remarqué ?

– Et ne retourne pas les choses, continua t-il. C'est toi qui as dit que t'étais occupée alors que tu voyais quelqu'un d'autre.

– Je te l'ai dit, William est passé sans prévenir pour me dire qu'il allait se marier.

– Et pourquoi est-ce qu'il ne t'a pas envoyé de message ou appelée ? Pourquoi est-ce qu'il fallait qu'il le fasse en personne ?

– Parce qu'on est sortis ensemble et qu'il ne voulait pas que je l'apprenne par quelqu'un d'autre.

La mâchoire d'Adam se serra en se rappelant la façon dont William l'avait regardée. Il était clair qu'il était encore attaché.

– Vous êtes restés ensemble longtemps ?

Elle croisa les bras.

– Presque quatre ans, du lycée à la fac.

– Et il était venu pour quoi ? Pour que vous vous remettiez ensemble ?

Après tout, pourquoi ce type s'était-il senti obligé de venir lui dire qu'il se mariait ? Adam se maudit en silence. Pourquoi croyait-il à ses mensonges ?

Olivia avait réussi à l'ensorceler au point qu'il voulait la croire. Craignant trop de la perdre, il était prêt à se contenter de n'importe quelle excuse pour continuer à la voir. Mais quel idiot.

Elle plissa les yeux.

– Non. Mais tu sais comme c'est, avec les premiers amours. Il y aura toujours un lien, une affection même s'il n'y a plus d'amour.

Il détestait l'idée qu'elle puisse avoir un quelconque lien avec William.

– Tu m'as dit que tu devais travailler ce soir.

– Et c'est ce que je faisais avant que vous ne débouliez tous les deux !

Elle pointa du doigt sa table à manger sur laquelle trônait une pile de dossiers et un ordinateur ouvert.

– Pourquoi t'es là, au fait ?

Un silence, puis :

– Attends, tu surveillais ma maison ? Tu me surveillais, moi ? J'arrive pas à y croire ! Non mais qu'est-ce que j'ai bien pu faire pour que tu ailles penser que je te trompe ?

Il était sur le point de nier avant de réaliser que cela était inutile. Il n'avait aucune raison de se sentir coupable étant donné qu'il avait trouvé un homme chez elle. Il avait eu raison d'avoir des doutes.

– Tu m'évites.

– Et du coup toi tu… elle secoua la tête. C'est bon, j'en ai assez entendu. Pars.

La mâchoire d'Adam se contracta. Elle voulait qu'il parte ? Très bien. Il refusait de rester pour écouter ses mensonges en priant pour que ce soit la vérité. Ainsi, sans un mot de plus, il tourna les talons et partit.

C'était fini.

* * *

Olivia ferma la porte en criant sa frustration. Rah ! Elle n'arrivait pas à croire le cran de cet idiot ! Il l'accusait de le tromper sous prétexte qu'elle avait choisi de travailler davantage ?

Elle s'était contentée de suivre le mouvement, bon sang ! Il avait été très occupé par le travail ces dernières semaines et elle avait voulu en profiter pour rattraper son propre retard. Parce que malgré ces quelques mois d'extase, la vie d'Olivia ne tournait pas autour de lui. Le simple fait qu'il ait soudain du temps libre ne voulait pas dire qu'il fallait qu'elle lâche tout pour lui. Elle comprenait qu'il soit déçu, mais de là à l'espionner et à croire qu'elle le trompait ?

Comment quelqu'un qui comptait tant à ses yeux pouvait-il avoir une telle opinion d'elle ?

C'était terminé pour de bon, cette fois. Même s'il s'excusait, elle doutait de pouvoir fréquenter quelqu'un qui ne lui faisait pas confiance. Son cœur se serra à cette idée.

Au fond, elle avait toujours su que leur relation était condamnée dès le départ : il ne croyait ni au mariage ni aux enfants, alors que c'était tout ce dont elle rêvait. Mais elle avait ignoré ces signaux d'alarme tant elle voulait être avec lui, et voilà que la dure réalité la rattrapait. Elle ne pouvait s'en prendre qu'à elle-même.

Elle tenta en vain de ravaler les larmes qui lui piquaient les yeux. Elle aurait dû être contente de se débarrasser d'Adam, étant donné la façon dont il l'avait traitée. Mais elle ne l'était pas. Elle voulait qu'il revienne lui dire que tout ça n'était qu'un terrible malentendu, qu'il n'aurait jamais pu croire qu'elle le tromperait. Elle se mit à sangloter, sachant que cela était impossible.

Lorsque ses pleurs cessèrent enfin, elle alla se laver le visage. Elle songea à leur rupture en se séchant avec une serviette. Étant donné la façon dont Adam l'avait regardée, elle doutait qu'il la laisserait sur le projet du *Manoir* et malheureusement la décision lui reviendrait, étant donné qu'il était majoritaire.

Elle pourrait sauver l'honneur en démissionnant. Ce serait toujours mieux que d'être renvoyée mais, bon sang, elle refusait d'abandonner l'hôtel de son grand-père. Non. Si Adam voulait qu'elle parte, il devrait la renvoyer lui-même.

Elle espérait juste qu'il garderait ses accusations pour lui. Elle était certaine que son père prendrait son parti si Adam l'accusait de l'avoir trompé, et il risquait alors d'annuler complètement le projet. Et elle ne voulait pas que son père perde un autre hôtel de Manhattan à cause d'elle, d'autant plus qu'il s'agissait du *Manoir*.

Elle grogna. Elle avait eu tort de sortir avec Adam.

____

CHAPITRE VINGT

____

Adam était encore furieux tandis qu'il se défoulait sur son tapis de course le lendemain matin. Bien sûr, il avait toujours su que sa relation avec Olivia finirait par se terminer, mais il n'aurait jamais imaginé qu'elle le trompe. Elle qui n'avait de cesse de lui répéter que la famille et la loyauté comptaient plus que tout à ses yeux, alors qu'elle s'en tapait un autre dans son dos !

Il s'était trompé sur elle et il n'avait plus rien d'autre à faire que de l'oublier, à présent.

C'était plus facile à dire qu'à faire.

Le fait qu'elle l'ait trompé n'avait pas franchement d'importance. Tout ce à quoi il pouvait songer à présent était combien elle lui manquait. Il s'efforça de se dire qu'elle n'était qu'une femme parmi tant d'autres, mais il savait qu'il se mentait à lui-même.

Si elle était effectivement comme toutes les autres, elle ne l'empêcherait pas de dormir ou de travailler. Pourtant, sa trahison l'avait tenu éveillé la nuit entière, traversé par une foule d'émotions qui lui avaient donné envie de jurer autant que de lui faire l'amour. Dégoûté par lui-même, il avait fini par se rendre à la salle de sport dans l'espoir d'y éliminer sa colère.

Mais il en était incapable. Il venait d'achever son sixième kilomètre et il était encore furieux.

Il était médusé qu'elle l'ait manipulé de la sorte. Même ses parents ne faisaient jamais ça. Non, eux préféraient frapper là où ça faisait mal, sans cacher leurs intentions. Mais Olivia avait même refusé de l'admettre.

Il fronça les sourcils à cette idée.

Étant donné les événements de la veille, il devinait qu'elle n'avait pas voulu qu'il découvre l'existence de William. Si elle n'avait pas voulu le blesser en le trompant, pourquoi alors l'avait-elle trompé en premier lieu ?

Était-il possible que cela ait quelque chose à voir avec le *Manoir* ?

Pire encore : n'avait-elle été avec lui que pour cet hôtel ? Cette idée lui noua le ventre. Il n'avait jamais rien ressenti de tel pour quiconque auparavant et s'il découvrait qu'elle s'était effectivement uniquement intéressée à lui pour les affaires… Non. Il était hors de question qu'il pense à tout ça.

Et si elle t'avait dit la vérité ?

Il fit taire cette maudite pensée qui n'avait cessé de le harceler depuis la veille. Le simple fait qu'il veuille croire à ses mensonges ne voulait pas dire qu'ils étaient vrais pour autant. Cela ne faisait même que prouver qu'il était complètement obsédé par elle. Il aurait voulu pouvoir poursuivre cette étrange relation parce que l'idée de ne plus jamais pouvoir la prendre dans ses bras lui était insupportable.

Ce qui était ridicule. Il aurait dû s'estimer heureux d'avoir découvert quel genre de personne elle était vraiment avant de s'attacher davantage, pourtant il ne pouvait penser à rien d'autre qu'à elle et à combien elle lui manquait.

Je n'ai jamais trompé personne de ma vie.

Ses mots retentirent dans son esprit et, étrangement, il réalisa qu'il la croyait. Il ralentit sa course en repensant à ce qu'il avait vu.

Elle avait ouvert la porte et enlacé William sans hésiter. Il était trop loin pour voir s'ils s'étaient embrassés, mais son rouge à lèvres lui avait semblé intact lorsqu'elle était venue lui ouvrir, et leurs vêtements n'avaient ni été défaits, ni froissés...

Était-il possible qu'ils se soient contentés de parler ?

Peut-être, mais à en juger par la façon dont William la regardait, il était évident qu'il la désirait encore. Heureusement, Olivia ne lui avait pas rendu ses attentions. Leur proximité agaçait encore Adam, mais il était hors de question qu'il prenne peur à cause d'un ex.

Son cœur s'allégea lorsqu'il décida de la reconquérir. Étant donné son comportement, il serait logique qu'Olivia refuse de le reprendre, mais il fallait qu'il essaie. Et puis, à en juger par ce qu'elle lui avait dit, il saurait bientôt si William était vraiment fiancé ou pas.

✳ ✳ ✳

Le ventre d'Olivia se noua en apercevant Adam sur le porche de son pavillon ce jour-là. Il ne l'avait pas prévenue de sa visite mais, à présent qu'il était là, elle ignorait à quoi s'attendre. Allait-il lui demander pardon de l'avoir traitée ainsi, ou bien au contraire la renvoyer du projet ?

Il leva la tête comme s'il l'avait sentie approcher.

– Olivia.

Elle se rappela d'être cordiale. Adam n'était pas uniquement un ex, c'était aussi un partenaire de travail.

– Salut Adam. T'attends depuis longtemps ?

– Pas trop, non. Je n'étais pas sûr que tu voudrais me voir.

– Difficile de refuser étant donné que t'es assis sur mon paillasson, dit-elle en montant les escaliers.

Dans un soupir, elle ouvrit la porte et l'invita à entrer.

Une fois à l'intérieur, il lui dit :

– Je suis désolé pour tout. T'as été très occupée ces derniers temps et en te voyant avec William… il haussa les épaules. Ça m'a rappelé mes parents et leurs liaisons, et j'ai pété un câble.

Il haussa les épaules en détournant le regard.

Même si elle aurait dû être soulagée qu'il assume son erreur, Olivia était furieuse. Elle ne méritait pas d'être traitée de la sorte, elle n'avait rien fait de mal.

Mais même s'il lui avait déjà raconté les horreurs que ses parents avaient pu faire, c'était la première fois qu'il lui parlait de leur mariage. Soudain, elle comprenait son comportement lors de ce déjeuner avec sa famille. Il avait été aussi charmant qu'à l'habitude mais il n'avait aussi eu de cesse de scruter ses parents, comme s'il s'était attendu à ce que quelque chose se produise.

Étant donné que les parents d'Adam avaient eu de multiples liaisons, il était logique que leur foyer soit déchiré par la discorde et elle réalisait à présent qu'Adam avait sans doute été à la recherche d'un signe de tension. Peut-être même s'était-il attendu à une dispute.

– Je suis désolée pour tes parents, dit-elle, honnête. Je n'imagine pas combien ça a dû être difficile tout ça, étant enfant. Mais le simple fait qu'ils ne soient pas fidèles ne veut pas forcément dire que c'est le cas de tout le monde.

– Je sais. Je suis désolé.

– Hé bien c'est gentil d'être venu t'excuser.

Malheureusement, c'était trop tard.

Il hésita avant de répondre :

– Alors c'est fini ?

Sa gorge se serra et elle acquiesça.

– Je ne peux pas fréquenter quelqu'un qui ne me fait pas confiance. Tu as non seulement déboulé chez moi comme un fou en pensant que je te trompais, mais en plus tu m'as espionnée.

Elle avait toujours pensé qu'il serait romantique qu'un homme soit jaloux à cause d'elle, mais elle trouvait en fait cette réalité profondément déprimante. Ce n'était pas une quelconque forme d'amour qui avait motivé sa jalousie, mais sa possessivité et ses craintes.

– Je comprends ce que tu ressens, mais je peux t'assurer que je te fais confiance. C'est juste que je perds la tête quand je suis avec toi. Je…

Il se tut en soupirant.

– On peut rester amis ?

Elle fronça les sourcils.

– Tu veux qu'on soit amis ?

– J'aimerais plus que ça, mais je m'en contenterai s'il le faut.

– Je ne pense pas en être capable. Je ne pense pas pouvoir te résister.

D'autant plus lorsqu'il faisait ce genre de chose.

– Et si on y allait en douceur ? On pourrait aller à l'anniversaire de ma filleule ensemble ce samedi et on avisera à partir de là.

Elle ne répondit pas, si bien qu'il ajouta :

– Tu m'as dit que tu viendrais.

Il serait plus sage de refuser. Elle était incapable de lui résister et elle n'avait aucune envie d'être blessée à nouveau. Mais effectivement, ils *avaient* un accord. Il serait déplacé de revenir sur sa parole maintenant, d'autant plus qu'elle voulait qu'il sache qu'elle était honnête.

Et puis, inutile de se trouver des excuses. Elle avait envie d'y aller. C'était aussi simple que ça.

– Bon, je t'accompagne à l'anniversaire de ta filleule mais je ne te promets rien, en tant qu'amie ou autre.

Elle espérait juste ne pas être en train de faire une grossière erreur.

Il sourit de ce sourire qu'elle aimait tant et elle sut aussitôt qu'elle était dans de beaux draps.

– Parfait. Je te récupère à dix heures.

* * *

La culpabilité serrait le cœur d'Adam alors qu'il se rendait au bureau de William Yates le lendemain. Olivia serait furieuse si elle découvrait qu'il était allé rendre visite à son ex, mais il ne pouvait pas prendre le moindre risque.

Elle avait peut être pardonné son comportement à Adam la veille, mais elle avait refusé de le reprendre. Et même si Adam avait bien essayé de la faire changer d'avis, la dernière chose dont il avait besoin était qu'un ex réapparaisse dans sa vie et le pousse vers la sortie.

Adam n'avait pas manqué de remarquer la façon dont William avait regardé Olivia et il savait que, malgré ce qu'elle lui avait assuré, les choses étaient loin d'être terminées de son côté. Pourquoi sinon serait-il passé lui dire qu'il allait se marier ? Un homme ne ferait ça qu'avec une femme qui l'intéressait encore. Olivia était simplement trop innocente pour le voir.

Sachant qu'il fallait éclaircir les choses, Adam avait appelé Edward dès qu'il était rentré la veille, demandant à son détective privé de voir ce qu'il pourrait trouver sur William. Edward l'avait rappelé à peine une demi-heure après. Visiblement, William était le fils d'un grand entrepreneur, si bien que les recherches avaient été relativement aisées.

Adam ignora les regards curieux qu'on lui lança tandis qu'il traversait les bureaux jusqu'à trouver la porte au nom de William. Il entra sans prendre la peine de frapper et vit que celui-ci était au téléphone. Il écarquilla les yeux en murmurant à son interlocuteur qu'il le rappellerait, puis il raccrocha.

– T'approche plus d'Olivia, dit Adam.

– Non mais comment t'es rentré ici ? demanda William.

Puis il rit, incrédule.

– Tu sais que je suis fiancé au moins, non ? À Pénélope Hunter. De *Hunter Broadcasting Company*.

– Je me fous que tu sois fiancé ou pas, tu n'approches pas Olivia.

Étant donné les yeux doux avec lesquels il avait regardé Olivia, il romprait sans doute ses fiançailles sans hésiter s'il pensait avoir la moindre chance avec elle.

William releva le menton.

– Sinon quoi ?

– Sinon je dirai à ta fiancée que tu es allé lui rendre visite.

– Pénélope sait que j'ai invité Olivia au mariage, répondit William, l'air méprisant.

– Oui, mais est-ce qu'elle sait que tu veux te remettre avec elle ?

Les joues de William rougirent de colère.

– Elle te l'a dit ?

Les lèvres d'Adam tremblèrent. Olivia n'avait rien dit, mais il s'en était douté. Et à en juger par la réaction de William, elle l'avait repoussé, ce qui voulait dire qu'elle ne l'avait pas trompé. Il se sentit soulagé à cette idée. C'est ce qu'il avait espéré, mais il n'en avait pas été certain.

– Et pour le mariage ? demanda William. Olivia attend une invitation.

Adam haussa les épaules.

– Ça se perd, le courrier.

– Et les invitations de son frère et de ses parents aussi ?

– Disons que votre organisateur de mariage n'est pas franchement très appliqué.

Ce n'était pas son problème. Il haussa un sourcil en concluant :

– J'espère que c'est la dernière fois que je te vois, dans ton intérêt.

Puis il tourna les talons et partit, ravi d'avoir eu la confirmation qu'Olivia ne l'avait pas trompé avec William. Cela suffisait à rentabiliser cette visite.

Et de voir William écarquiller les yeux de peur… ç'avait été la cerise sur le gâteau.

CHAPITRE VINGT-ET-UN

– Adam ! Merci beaucoup d'être venu, dit Samantha Darren en approchant.

Elle tenait Suzie, sa fille, dans les bras. Bien qu'il n'ait jamais cru au mariage, il était évident que cela allait bien à Sam. Elle avait semblé si maigre et si triste à la mort de Jason. Mais elle resplendissait aujourd'hui.

– Mais de rien. Comment aurais-je pu manquer l'anniversaire de Suzie ? répondit Adam.

Il chatouilla le ventre du bébé qui éclata de rire, et il sourit.

– Et voici Olivia Montgomery, dit-il en profitant de cette opportunité pour glisser un bras autour de sa taille.

Le voyage jusqu'ici avait été relativement tendu, comme si elle avait soudain érigé des murs autour d'elle, et il détestait ça. Leur relation espiègle lui manquait et il espérait que ce genre de caresses fugaces suffirait à l'apaiser.

– Bonjour, ravie de vous rencontrer, dit Sam en serrant la main d'Olivia.

– Moi de même, votre maison est très belle.

Copiant sa mère, Suzie tendit la main à Olivia. Elle sourit en la serrant.

– Ravie de te rencontrer aussi !

Suzie rit en lui tendant les bras, comme si elle venait de réussir une sorte de test. Sam se tourna vers elle.

– Ça vous dérange ?

– Non, pas du tout.

Sam lui tendit Suzie.

– Ohhh, elle est adorable, dit Olivia alors que le bébé lui souriait.

Adam ne put s'empêcher de remarquer la façon dont son regard s'était adouci. Il avait toujours su qu'elle voulait des enfants, mais ce rappel n'était pas agréable pour autant.

Bien qu'il soit possible qu'il change d'avis au sujet du mariage, son horreur de la parentalité était quant à elle bien réelle. Il n'avait aucune envie de faire subir le même cauchemar de son enfance à un petit être innocent. Et bien qu'il aime à croire qu'il pourrait être un meilleur père que le sien, il ne pouvait en être certain. Merde, il suffisait de voir la façon dont il avait réagi en pensant qu'Olivia le trompait. Il n'avait pourtant jamais été du genre jaloux, mais elle lui faisait perdre la tête et il n'avait aucun mal à s'imaginer faire tout et n'importe quoi pour qu'elle reste avec lui, comme avoir des enfants dont il ne voulait pas.

– Oui, on est d'accord, dit Sam.

Il fut soulagé qu'elle le tire de ses pensées. Il n'avait jamais réussi à comprendre les parents qui étaient dingues de leurs enfants, mais sa rencontre avec Olivia était en train de changer les choses.

– Venez à l'ombre.

Adam jeta un œil aux décorations et aux divers plats posés là alors qu'ils approchaient de la tonnelle.

– On dirait que vous avez prévu une sacrée fête.

Sam rit.

– On va à peine être une vingtaine. Mais Luke s'est un peu laissé emporter, comme c'est le premier anniversaire de la petite. Il a même engagé une mascotte de L-A-P-I-N de son dessin animé préféré pour lui faire la surprise.

Ils étaient sur le point de s'asseoir lorsque Sam dit :

– Pardon, mes parents viennent d'arriver. Servez-vous, n'hésitez pas. Luke devrait être bientôt là.

Olivia rendit Suzie à Sam qui se dirigea vers un couple de personnes âgées.

– Elle est bien plus sympa que je ne le pensais, dit Olivia une fois que Sam fut assez loin pour ne pas l'entendre.

Adam rit.

– Je t'ai dit que la presse avait exagéré les choses.

– Ouais, j'aurais dû m'en douter, mais ça avait l'air si crédible. Maintenant je me sens coupable d'avoir écouté les ragots. Luke doit être aussi sympa que Sam.

Elle se tourna vers lui.

– Tu veux peut-être aller le retrouver, non ?

Il en aurait normalement été tenté, mais il était à présent hors de question qu'il s'éloigne d'Olivia. Il avait rêvé de passer du temps avec elle pendant des jours.

– Il finira par venir nous rejoindre. Allez viens, on va jeter un œil à ce qu'il y a à manger.

* * *

– Vous avez pris du gâteau, Olivia ? demanda Samantha en se laissant tomber à côté d'elle près de deux heures plus tard.

Elle acquiesça.

– J'en ai déjà pris deux parts.

Elle n'avait eu l'intention d'en manger qu'une seule, mais il était tellement délicieux qu'elle avait été incapable de résister lorsque le serveur lui en avait proposé une autre.

Samantha sourit.

– C'est ma deuxième aussi, dit-elle avant de manger une bouchée.

– Alors, Adam m'a dit que vous aviez lancé votre propre fond d'investissement ? demanda Olivia après un moment.

Samantha acquiesça.

– C'est surtout pour les amis de mes parents et mes proches. Certains ne comprenaient pas les risques et étaient prêts à investir avec Luke. J'imagine que vous savez de quoi je parle, dit-elle en agitant la main.

Bien que *Montgomery Bank* gère divers fonds d'investissement, personne n'avait jamais demandé à Olivia comment investir avec eux. Sans doute parce que la plupart de ses proches connaissaient déjà son frère ou son oncle et que chacun était bien mieux calé qu'elle sur ce sujet. Mais elle n'avait aucun mal à comprendre les motivations de Samantha ; d'autant plus si les amis de ses parents ne connaissaient personne d'autre dans le domaine de la finance.

– J'ai bien essayé de les pousser vers un fond d'investissement indexé, poursuivit Sam. Mais ils préfèrent confier leur argent à quelqu'un qu'ils connaissent. Et vous, alors ? Luke m'a dit que vous travailliez chez *Montgomery Hotels* ?

— Oui. Je suis chargée de communication avec nos gérants. Je travaille justement avec Adam sur le *Manoir* en ce moment.

— Oh, j'adore son salon de thé ! Mon amie Nina m'y a emmenée l'année dernière. On avait l'impression d'être de la royauté.

Olivia sourit.

— C'était justement le but de mon grand-père quand il a fait construire l'hôtel. Il s'est inspiré de châteaux européens pour faire rêver ses clients.

Il avait rassemblé ce qu'il préférait chez chacun pour obtenir, selon ses mots, « la crème de la crème ».

— Je ne veux pas me mêler de ce qui ne me regarde pas, mais est-ce que vous vous êtes arrangée pour gérer l'hôtel avec Adam après le lui avoir vendu ?

— Oh, non. Mon grand-père a vendu le *Manoir* dans les années 80 pour sauver la banque familiale pendant la crise.

Il avait d'abord voulu l'hypothéquer, mais le marché avait été trop tendu pour que cette seule solution soit fût viable.

— Je vous demande ça parce que j'ai fait quelques recherches sur *Key Hotels* ces derniers temps, et j'ai vu qu'il n'était pas rare qu'ils vendent un hôtel mais continuent de le gérer.

— Je ne sais pas grand-chose sur *Key Hotels*, mais c'est courant dans l'industrie.

D'ailleurs, la majorité des entreprises spécialisées dans

l'hôtellerie préféraient se concentrer sur la gérance de lieux plutôt que sur l'achat de leurs propres hôtels.

Elle expliqua :

— Comme ça on peut se débarrasser plus facilement des endroits qui marchent le moins bien, et puis on se fait plus d'argent en gérant un endroit qu'en le possédant. Mais dans le cas de *Key Hotels*, je crois qu'ils essaient juste différentes approches pour voir ce qui marche le mieux.

Proposer des chambres propres et un lit confortable ne suffisait généralement pas. Les chaînes d'hôtels, notamment les plus abordables, devaient se réinventer en permanence pour se démarquer de la compétition.

— À mon avis, ils ont fait rénover l'hôtel avec une idée bien spécifique en tête et, comme ça ne marchait pas aussi bien qu'ils le pensaient, ils ont fini par le revendre. Comme ça, ils n'ont pas l'air d'avoir échoué et ils continuent à faire rentrer de l'argent en tant que gérants, sourit-elle. Ce genre d'approche est une véritable mine d'or pour les propriétés déjà existantes.

L'entreprise était peu risquée et l'hôtel correspondait déjà à leurs standards.

— C'est pour ça que certaines marques préfèrent se concentrer sur les franchises, acheva-t-elle.

Olivia hocha la tête.

— Et vous avez entendu parler de ces assistants robots qu'ils testaient ? demanda-t-elle.

Elle parlait de l'essai raté de *Key*, qui avaient voulu utiliser des robots pour faire parvenir de petits objets aux chambres. Elle savait que *Montgomery* ne ferait jamais une chose pareille, mais elle trouvait cette idée fascinante malgré tout.

– Oui ! J'étais super intéressée quand j'ai lu ça. Je sais que ça n'a pas marché, mais j'espère qu'ils n'abandonneront pas l'idée. Cette technologie a beaucoup de potentiel, je pense.

Puis elles discutèrent des différents moyens dont disposaient les hôtels pour réduire leurs coûts, allant d'un nombre d'agents d'entretien limité aux produits de toilette en passant par la double réservation des chambres. Elle avait parfois du mal à imaginer l'approche des autres marques. *Montgomery* avait une façon si unique de travailler. Si la majorité des marques choisissaient de remplacer leurs bouteilles de shampoing par des distributeurs fixés au mur, *Montgomery* incluait toujours du dentifrice à ses sets de produits de toilette.

C'était dans des moments tels que celui-ci qu'elle était heureuse que sa famille ait gardé l'entreprise dans le domaine privé. Cela leur permettait de ne pas avoir à s'inquiéter de toujours faire plus de profits pour contenter les actionnaires, et ils pouvaient ainsi se concentrer davantage sur la satisfaction de leurs clients.

Elles entendirent un bébé pleurer au loin et Samantha murmura :

– Il vaut mieux que j'aille voir.

– N'hésitez pas à m'appeler si vous avez d'autres questions sur l'industrie. J'adore parler du travail, dit-elle en lui tendant sa carte de visite.

– Ça marche. Ravie de vous avoir rencontrée. Il faut que

vous veniez dîner un de ces jours, Adam et vous. Ça me ferait du bien de ne pas être la seule femme, pour une fois.

Samantha partit avant qu'Olivia ne puisse lui dire qu'Adam et elle étaient juste amis, et elle alla aider sa mère avec le bébé qui hurlait.

Olivia fronça les sourcils en regardant Samantha la mener à l'intérieur. Où voulait-elle en venir, lorsqu'elle disait qu'elle était normalement la seule femme à dîner ? Adam n'avait-il pas l'habitude d'amener ses copines avec lui lorsqu'il venait ? L'idée qu'elle puisse avoir la moindre importance à ses yeux fit naître une étincelle d'espoir dans son cœur. Peut-être était-ce pour ça qu'il avait été si jaloux de William…

Et voilà qu'elle se remettait à lui trouver des excuses.

Elle soupira. Adam avait été si attentif aujourd'hui qu'il était presque logique qu'elle tombe sous son charme. Cela étant dit, il avait aussi été un petit ami en or. Peut être même trop, songea-t-elle en se rappelant le fait qu'il l'avait espionnée. Il n'avait pas été le premier de ses petits amis à être agacé qu'elle travaille trop, mais personne ne l'avait jamais espionnée ainsi, ni accusée d'infidélité.

Les sourcils froncés, elle tenta de se mettre à sa place. Qu'aurait-elle ressenti en voyant une jolie femme quitter son appartement ? Elle aurait aimé croire qu'elle ne l'aurait pas immédiatement accusé de la tromper, mais elle savait qu'elle aurait été furieuse, d'autant plus si elle découvrait que cette femme était l'une de ses ex.

Cela étant dit, elle ne l'aurait cependant jamais espionné.

Mais il était probablement bien plus aisé pour elle de

faire confiance, étant donné la façon dont il décrivait ses parents. Et cette soirée mise à part, il avait été un petit ami idéal…

Elle soupira en réalisant qu'elle allait lui donner une deuxième chance. Elle finirait sans doute par le regretter, mais une part d'elle était plus inquiète de le regretter que de ne pas le faire.

* * *

– Merci du coup de main, dit Luke alors qu'Adam déposait le dernier cadeau de Suzie dans sa salle de jeu.

– Pas de souci, répondit-il en se redressant.

Il avait offert à son ami de l'aider en le voyant porter une grosse boîte, avant de réaliser que Luke avait sans doute voulu rester un peu à l'écart de la foule. Il n'avait jamais été très sociable.

– Alors, comment ça va en ce moment ? demanda Luke tandis qu'ils retournaient à la fête.

– Bien. Le *Plex* doit ouvrir dans quelques semaines et les choses avancent bien au *Manoir*. Et toi ?

Luke sourit.

– On ne l'a encore annoncé à personne, mais Sam est enceinte.

Adam lui donna une tape dans le dos.

– Félicitations mon pote.

– Merci. J'ai vraiment beaucoup de chance. Tu comprendras quand t'auras des gamins, ajouta-t-il en secouant la tête.

Adam ne prit pas la peine de lui dire qu'il n'avait jamais

été du genre à rêver de week-ends en famille dans un petit pavillon de banlieue. Depuis que Luke avait épousé Sam, il semblait penser qu'il était évident qu'Adam finisse par s'installer, lui aussi. Et bien qu'Adam soit parfois jaloux de leur amour, il savait aussi que ce genre de relation n'était pas pour lui.

Il fut sauvé d'avoir à lui répondre par Olivia qui vint les rejoindre. Il sourit en glissant un bras autour de sa taille.

– Prête à rentrer ?

Elle hocha la tête.

– Bon, dans ce cas je ne vous retiens pas, dit Luke. Mais j'espère vous avoir bientôt à dîner. Tous les deux.

– Bien sûr, merci.

Même si Adam n'avait aucune envie de sortir avec eux, il était heureux qu'Olivia se soit si bien entendue avec ses amis. Il ne s'inquiétait généralement pas de savoir ce que ses amis pensaient des femmes qu'il fréquentait, pourtant il se surprenait à espérer que Luke et Sam apprécient Olivia. Et c'était le cas. Luke étant un véritable introverti, il ne l'aurait jamais invitée à dîner dans le cas contraire.

Mais Adam n'avait pas franchement envie d'aller dîner avec Luke et Sam. Pour être honnête, il n'avait plus envie de les voir depuis qu'ils s'étaient mis à se fréquenter. Parfois, les regards qu'ils se lançaient lui paraissaient tout bonnement contre nature. Il aurait pu jurer voir l'amour dégouliner de leur peau.

C'était drôle ; il n'avait jamais eu ce problème lorsque Samantha était mariée à Jason. Mais de voir Sam et Luke heureux ensemble lui faisait penser à des choses qu'il préférait ne pas envisager.

Cette impression désagréable n'avait fait qu'empirer depuis qu'il avait rencontré Olivia et il n'avait aucun mal à s'imaginer s'installer avec elle s'il avait été un autre homme. Dans la chambre à coucher comme ailleurs, il adorait passer du temps avec elle et il doutait de finir un jour par se lasser d'elle.

Pourtant, en même temps, les sentiments qu'elle éveillait en lui n'étaient pas tous nécessairement positifs. C'était comme si toutes ses émotions étaient décuplées. Il ne se souvenait pas avoir jamais été aussi heureux qu'avec elle, mais elle le rendait aussi complètement fou, comme lorsqu'il avait trouvé William chez elle. Il aurait été plus sage de la laisser partir. Au lieu de ça, il se surprit à la réinviter à l'ouverture du *Plex* :

— Je dois aller à Houston lundi et j'y resterai jusqu'à l'ouverture, dit-il en quittant la maison. Je sais que t'es pas mal occupée, mais j'adorerais que tu sois là.

— L'inauguration est prévue mercredi dans deux semaines, c'est ça ?

— Oui. Si ça t'intéresse, je pourrais faire préparer le jet pour toi.

Il avait espéré qu'elle vienne un ou deux jours plus tôt, mais il s'estimerait déjà heureux qu'elle assiste à l'ouverture.

— Ce n'est pas nécessaire.

— Je sais, mais j'en ai envie.

— Bon, je vais voir ce que je peux faire, dit-elle.

Elle posa la main sur son torse et se pencha pour l'embrasser. Un bref baiser qui embrasa son désir. Il glissa un bras autour d'elle avant de s'emparer de ses lèvres, effleurant sa langue à l'aide de la sienne, redécouvrant son goût. Cela ne faisait que quelques jours qu'ils ne s'étaient plus embrassés, mais il sut alors qu'il mourrait s'il était à nouveau privé d'elle.

Elle s'humecta les lèvres en reculant.

– Allons chez toi.

Il lui fallut un instant pour comprendre le message, mais son cœur s'allégea dès qu'il réalisa où elle venait en venir. Elle lui donnait une autre chance. *Dieu merci.*

CHAPITRE VINGT-DEUX

Olivia fronça les sourcils en examinant les propositions de plans de sol des résidences qu'on lui avait fait parvenir alors qu'Adam et elle rentraient à New York ce mercredi soir-là. Ils lui semblaient légèrement petits pour des appartements de luxe. Même les résidences les plus compactes devaient faire au moins deux mille cinq cents mètres carrés.

Curieuse de déterminer ce qu'ils pourraient y mettre, elle sortit une règle de son sac et se mit à essayer diverses configurations. Elle était en train de se demander s'ils pourraient installer une résidence à deux étages à côté d'une résidence à un seul lorsqu'Adam l'interrompit.

— On arrive bientôt.

Surprise, elle leva la tête et constata qu'il faisait noir dehors.

— Merci de m'avoir prévenue.

Le temps passait à toute vitesse lorsqu'elle travaillait, d'autant plus lorsqu'elle jouait avec les espaces.

– Tu travailles sur quoi ?

Elle lui montra les dessins.

– J'essaie juste de voir si on pourrait agrandir les résidences.

– Je peux ? demanda t-il.

Elle hocha la tête en lui donnant les plans et il regarda chaque document avec soin.

– C'est pas mal.

Elle rougit.

– Merci. Ça m'aide à réfléchir d'organiser les chambres à la main.

– Tu sais, il n'est pas trop tard si tu veux retourner à l'école.

– Je sais, mais je ne vois pas trop comment je pourrais arranger ça avec mes responsabilités chez *Montgomery*.

Ce n'était qu'une question de temps avant que son père approuve l'une de ses propositions du Yosemite, ce qui lui permettrait de lancer une toute nouvelle chaîne d'hôtels.

Cette gamme, destinée aux aventuriers, ne ferait pas la renommée de *Montgomery*, mais elle renforcerait leurs acquis en permettant de faire découvrir leurs services à une toute nouvelle clientèle. Et cette chance de faire grandir l'entreprise qui était devenue si importante pour elle avec le temps était bien trop importante pour s'en priver en reprenant ses études.

–Au moins, tu peux utiliser ce que tu as appris. Merci encore d'être venue, dit Adam en lui rendant les dessins.

Elle les rangea en souriant. Ce devait être la dixième fois qu'il la remerciait aujourd'hui.

– Merci de m'avoir invitée. Je me suis beaucoup amusée.

Elle n'avait pas cessé de se demander si elle avait fait une erreur en se réconciliant avec lui. Son manque de confiance en elle l'avait profondément blessée, et elle avait douté que leur relation puisse se remettre d'une telle épreuve. Mais il s'était efforcé de se rattraper depuis et elle appréciait ses efforts.

Même lorsqu'il était à Houston, il lui avait envoyé des cadeaux presque tous les jours afin qu'elle sache qu'il pensait à elle. Et encore aujourd'hui, alors qu'il devrait être au Texas à travailler, il avait pris le temps de faire l'aller-retour en jet afin de l'accompagner à l'ouverture. Il lui avait dit avoir encore plusieurs choses à faire au bureau, mais elle suspectait qu'il aurait pu s'en occuper à distance.

Et il avait été tout aussi attentif lors de la cérémonie. Elle avait pensé avoir le temps de vérifier ses e-mails et messages dans la journée, mais il ne l'avait pas quittée un seul instant. Lorsqu'il ne lui faisait pas faire le tour des magasins, il la présentait à toutes les personnes qu'ils croisaient.

Elle avait adoré le voir dans son élément. Non seulement parce que son travail le passionnait, mais aussi parce qu'il s'intéressait vraiment aux personnes avec lesquelles il travaillait. Cela était évident, à en juger par la façon dont ses employés interagissaient avec lui. Même lorsqu'ils étaient occupés, ils le traitaient toujours avec un profond respect, voire même souvent avec de l'admiration. Cela n'aurait pas été le cas s'il n'avait pas été un bon patron.

Mais elle devinait qu'inconsciemment, elle avait voulu

que quelque chose cloche dans son comportement, qu'elle ait manqué ce qui expliquerait ses accusations infondées quelques semaines plus tôt. Elle n'avait cependant rien remarqué et, puisque l'opinion qu'elle se faisait des gens était généralement la bonne, elle devinait que sa réaction avait été une simple erreur.

Et elle priait pour qu'il puisse apprendre à lui faire confiance, parce que malgré la souffrance qu'il lui avait causée, elle était encore profondément attachée à lui. D'autant que d'imaginer un avenir dans lequel il n'aurait pas sa place lui était tout bonnement insupportable.

Adam se sentit traversé par un profond sentiment de bonheur tandis qu'Olivia dormait contre son épaule sur le chemin du retour jusque chez elle.

Ces deux dernières semaines passées loin d'elle avaient été un véritable cauchemar. Elle lui avait beaucoup manqué, mais il s'était aussi fait un sang d'encre en craignant qu'elle change d'avis et décide ne pas lui donner de deuxième chance. Mais elle ne lui avait fait part d'aucun doute et avait semblé aimer passer la journée avec lui. Le fait qu'elle se soit endormie sur son épaule n'était que la cerise sur le gâteau de cette journée parfaite.

Il était probable qu'il se fasse des idées, mais il aimait à penser que le fait de s'endormir sur l'épaule de quelqu'un requerrait un certain niveau de confiance et il était heureux qu'une vitre teintée les sépare du chauffeur. Adam n'avait jamais été très pudique, mais il aimait profiter jalousement de ces instants passés seul avec elle.

Un sourire aux lèvres, il se remit à lire les nouvelles sur son téléphone. Il était un peu plus de dix-neuf heures et ils roulaient au ralenti, tant les embouteillages étouffaient la ville. Mais au lieu de s'en trouver agacé, il était simplement heureux qu'Olivia ait enfin un instant pour se reposer. Ils étaient partis à trois heures du matin pour prendre un vol matinal et ne s'étaient pas arrêtés un instant depuis.

Il était en train de lire un article au sujet d'une compagnie de développement qui prévoyait la construction d'un centre commercial écologique lorsqu'Olivia se réveilla. Elle lui lança un sourire adorable en levant la tête.

– Il est quelle heure ? murmura-t-elle.

– Huit heures moins le quart.

– Oh. Tu veux que je commande à dîner ? demanda-t-elle en se redressant.

– Pourquoi pas ?

Il aurait pu le faire lui-même, mais il n'avait pas voulu paraître présomptueux.

– Une pizza de *La Cucina*, ça te tenterait ? demanda-t-elle en prenant son téléphone.

– Parfait.

Adam reprit la lecture de son article tandis qu'elle commandait. Il venait de terminer lorsqu'on l'appela et il était sur le point de mettre le haut-parleur lorsqu'il vit qu'il s'agissait de son père. Il hésita. Il avait tenté de l'appeler plus tôt et Adam avait prévu de le recontacter le lendemain. Mais si quelque chose n'allait pas ?

– C'est mon père, dit-il à Olivia avant de répondre.

Son père parla avant même qu'il ne puisse dire le moindre mot :

– Où est-ce que tu étais passé ? Je suis dans le hall de ton bâtiment depuis près d'une heure, à essayer de te joindre.

Son père était chez lui ?

– Je rentre tout juste de Houston, répondit-il, troublé.

Son père n'était jamais venu chez lui.

– Il faut qu'on parle.

Adam ravala un grognement en jetant un coup d'œil à Olivia. Il avait eu hâte de passer la soirée avec elle, mais il ne pouvait ignorer l'urgence dans la voix de son père.

– Je serai là dans une heure.

– Une heure ! J'attends depuis…

– À toute, l'interrompit Adam.

Il n'avait aucun contrôle sur la circulation, après tout. Il raccrocha en secouant la tête.

– Désolé, Liv. Je vais devoir me contenter de te déposer chez toi. Mon père m'attend à mon appartement.

– Tu veux aller directement chez toi ? Je peux appeler pour demander à ce qu'on soit livré là-bas.

Il considéra sa proposition un instant. Bien qu'il ne veuille pas qu'elle puisse constater combien sa famille était dysfonctionnelle, il avait besoin de son soutien. Et cette idée le surprit. Il se reposait de plus en plus sur elle, et cela lui déplaisait fortement. Il s'était toujours très bien débrouillé seul, mais voilà qu'il fallait qu'elle soit avec lui à chaque instant pour qu'il puisse être heureux. C'était terrifiant. Il ne voulait pas que son bonheur dépende d'elle, et le fait que cela soit déjà le cas le fit douter.

– Merci mais je pense qu'il vaut mieux que je retrouve mon père seul.

Une étincelle de chagrin apparut dans les yeux d'Olivia, lui serrant le cœur. Détestant l'avoir blessée, il ajouta :

– Désolé.

– Ce n'est rien. Appelle-moi si tu veux parler, dit-elle en entrelaçant leurs doigts.

CHAPITRE VINGT-TROIS

Adam sortit de l'ascenseur pour trouver son père assis dans l'un des sièges du hall. Le portier grimaça en le voyant.

– Pardon Mr. Campbell, mais il a beaucoup insisté pour rester.

– Ce n'est rien, je comprends.

Adam savait que Justin aurait appelé s'il ne s'était agi que d'un étranger qui refusait de partir. Mais en plus du fait qu'Adam ressemblait beaucoup à son père, une simple recherche internet aurait suffi à confirmer que Mitch Campbell était bien son père.

Adam se tourna vers lui, qui s'était approché alors qu'il parlait avec Justin, et se figea. Il n'avait jamais vu son père aussi débraillé. Il ne s'était pas rasé, et ses cheveux étaient ébouriffés comme s'il y avait passé la main une centaine de fois.

Ignorant les intentions de son père, il avait prévu de l'emmener dans un café du coin pour discuter, mais il changea aussitôt d'avis en le voyant ainsi. Il pointa l'ascenceur du doigt.

– Suis-moi.

– J'ai besoin d'un prêt, dit son père dès que les portes de l'ascenseur furent fermées.

Il se tourna vers Adam en ajoutant :

– *Dannier* est criblée de dettes. On a des prêts à rembourser et on va être obligés de mettre la clé sous la porte si on ne peut plus payer les échéances.

Adam le fixa, incrédule. Il n'aurait jamais imaginé son père lui dire une telle chose. Il s'était efforcé de ne pas se renseigner au sujet de *Dannier* après avoir coupé les ponts avec ses parents, surtout pour éviter de penser au passé et à la vie qu'il aurait pu avoir dans la firme familiale. Il avait voulu tourner la page, convaincu que l'entreprise allait bien.

– Comment c'est arrivé ? demanda-t-il lorsqu'il retrouva enfin la voix.

Dannier n'était pas gourmande en capital. Connaissant son père, il était même certain que l'entreprise utilisait encore les formules élaborées par son grand-père. Dans quoi avaient-ils donc dépensé tant d'argent, s'ils n'investissaient pas dans la recherche et le développement ?

– La compétition est rude dans l'industrie. J'ai l'impression qu'une nouvelle crème phare sort toutes les semaines. On a dû baisser nos prix rien que pour tenir le coup en bourse, alors que nos coûts n'ont pas arrêté d'augmenter.

Cette affirmation était étrange dans la bouche de son père. Mitch Campbell était plutôt du genre à réduire les coûts et les dépenses pour engranger un maximum de profits. D'ailleurs, aussi loin qu'Adam se souvienne, chaque fois que son père se disputait avec lui ou son grand-père, c'était à cause de sa cupidité, du fait qu'il ne reculait devant rien pour maximiser ses profits.

Mitch gardait un œil aiguisé sur les dépenses de l'entreprise. Lorsqu'il ne refusait pas de nouvelles idées de produits pour éviter les coûts engendrés par la recherche et le développement, il était toujours occupé à faire en sorte d'accélérer la production. Parce que le temps était de l'argent, n'avait-il eu de cesse de répéter à Adam. Il lui paraissait donc tout à fait illogique quil ait accepté de baisser les prix de leurs produits sans rien faire pour minimiser leurs dépenses.

Les portes de l'ascenseur s'ouvrirent et Adam se dirigea vers sa table basse, encore estomaqué. Il y ramassa un carnet de notes et un stylo, puis il demanda des chiffres à son père.

Il secoua la tête une fois qu'il eut obtenu sa réponse. L'entreprise avait besoin d'au moins quarante millions, et cela ne prenait même pas en compte la somme qu'il lui faudrait pour renverser la vapeur et remettre la machine en marche. Une telle tragédie ne se produisait pas en un jour, et il réalisa soudain que c'était pour ça que son père l'avait appelé des semaines plus tôt. Il s'était douté qu'il allait avoir besoin d'aide et il avait voulu commencer à amadouer Adam.

Et bien qu'il soit profondément tenté d'envoyer balader son père, il adorait son grand-père et savait qu'il lui devait tout. *Dannier* avait été son bijou, son héritage. Il avait d'ailleurs souvent entendu son père dire que son grand-père aimait cette entreprise plus que sa famille, et il ne plaisantait pas.

– Je vais y réfléchir, dit-il enfin.

Investir chez *Dannier* ou leur faire un prêt ne ferait peut-être que retarder l'inévitable, mais il ne pouvait les regarder couler sans rien faire. Il ne se le pardonnerait jamais.

Ses grands-parents avaient tant fait pour lui. Il ne pouvait trahir leur gentillesse en se détournant de l'entreprise qu'ils s'étaient donné tant de mal à construire. Dans un coin de sa tête, il réalisa que ce devait être ça, que ressentait Olivia pour le *Manoir*. Il comprenait à présent qu'elle se donne tant de mal pour le préserver.

– Tu as apporté les bilans financiers ?

– Non, répondit son père.

Adam soupira. Il faisait de la rétention d'informations alors même qu'il lui demandait de l'aide.

– Je ne pourrai pas te donner de réponse sans y avoir jeté un œil.

– Bon. Je te les ferai envoyer.

– Et il me faudra tous tes rapports : ventes, paiements, emprunts, tout.

La mâchoire de son père se contracta avant qu'il n'acquiesce :

– J'aurais dû t'écouter et agrandir notre gamme de produits quand on en avait encore la possibilité.

Après avoir passé des heures à tenter de convaincre son père, Adam aurait sans doute dû avoir l'impression d'être vengé par cet aveu. Au lieu de ça, il était sincèrement triste que l'entreprise qui comptait tant à ses yeux soit en train de tomber en ruine.

– C'est comme ça, dit-il en espérant que son père ne sombrerait pas dans le mélodramatique.

Le moment aurait été trop mal choisi pour qu'il puisse croire à sa sincérité. Heureusement, son père sembla deviner sa gêne et s'éclipsa peu après.

Une fois celui-ci parti, Adam soupira. Bien qu'il soit furieux depuis longtemps contre ses parents, il n'avait jamais souhaité les voir échouer. D'une certaine façon, il avait aimé être leur compétiteur, même si cette course n'avait été que le fruit de son imagination.

Il se demanda brièvement s'il aurait pu faire quoi que ce soit pour empêcher *Dannier* de tomber si bas, mais il se ravisa bien vite. Son père étant le seul et unique propriétaire de *Dannier*, Adam n'aurait pas eu le pouvoir de faire quoi que ce soit pour redresser la barre, même s'il était resté.

Il se passa la main dans les cheveux en résistant à l'envie d'appeler Olivia. Il trouvait fou d'avoir autant envie de discuter avec elle, de dépendre d'elle à ce point-là. Pourquoi s'était-il autorisé à s'attacher autant ?

Le fait qu'il n'ait même pas songé à faire étalage de son bonheur devant son père le surprit. Il sortait quand même avec Olivia Montgomery, de la famille Montgomery. Son père l'aurait supplié de la lui présenter. Mais elle comptait trop à ses yeux pour ça. Il ne pouvait pas l'utiliser de cette façon.

Pourtant, il l'avait fait souffrir.

Il prit son téléphone en repensant à l'étincelle peinée qui avait traversé son regard. Il s'excuserait et lui dirait ce qui s'était passé. Elle méritait au moins ça après tout ce qu'elle avait fait pour lui aujourd'hui. Mais il ne pouvait pas non plus ignorer le fait qu'il s'était trop rapproché d'elle, et qu'il allait devoir mettre de la distance entre eux pour pouvoir calmer le jeu. Et *Dannier* serait justement l'opportunité parfaite pour ça.

* * *

Olivia soupira en jetant la nourriture sur la table avant d'aller dans sa chambre. Elle n'avait plus faim, tout à coup.

Adam s'était donné tant de mal pour passer du temps avec elle dernièrement. Elle avait été assez idiote pour croire qu'il se passait quelque chose entre eux, quelque chose de vrai. Mais elle n'était même pas assez importante à ses yeux pour qu'il la présente à son père. Elle se fichait bien qu'il ne s'entende pas avec lui. C'était toujours son père et il comptait encore assez pour Adam pour qu'il accepte de le retrouver sans avoir été prévenu au préalable.

Adam lui envoyait peut-être des cadeaux et la présentait à ses amis, mais il ne cessait de la repousser lorsque cela importait vraiment et elle ne pouvait s'empêcher de se demander s'il accepterait un jour de vraiment la laisser approcher. Probablement pas, étant donné qu'il avait pensé qu'elle le trompait, un signe certain qu'il n'avait pas pris le temps ni fait vraiment l'effort d'apprendre à la connaître, et que leur relation était superficielle à ses yeux.

Mais peut-être était-ce une bonne chose, après tout. Elle n'avait pas franchement besoin de s'engager pour l'instant. Avec un peu de chance, elle entamerait bientôt la construction du premier hôtel d'une toute nouvelle gamme qu'elle prévoyait d'implanter à travers tout le pays. Elle ne voulait pas se lier à quiconque. Oui, elle aurait dû être soulagée qu'Adam ne cherche rien de plus sérieux.

Pourtant, elle ne l'était pas. Bien au contraire, elle avait l'impression que son cœur était en train de tomber en miettes.

Son téléphone sonna et elle vit qu'il s'agissait d'Adam.

— Salut, dit-elle en s'efforçant de ravaler sa peine.

— Coucou. Écoute, je suis désolé de ne pas t'avoir invitée à venir avec moi, mais c'est quelque chose, mon père, tu sais.

— Ce n'est rien, je comprends.

Elle n'insisterait pas s'il ne voulait pas qu'elle insiste.

Il se mit à lui raconter les problèmes de *Dannier* ainsi que ceux de son père, et elle fut surprise d'apprendre que l'entreprise familiale allait si mal. Elle avait toujours pensé que les produits de beauté étaient un marché sûr.

— Tu vas faire quoi ? demanda-t-elle une fois qu'il eut terminé.

Elle aurait aimé pouvoir l'enlacer, mais il ne voulait pas d'elle à ses côtés, et son cœur se serra à cette idée.

— Franchement, je ne sais pas. *Dannier* a de sérieux problèmes, c'est évident.

— Et tu n'étais pas au courant ?

— Non. Je garde mes distances avec mes parents, d'habitude.

Étant donné ce qu'il lui avait raconté à leur sujet, elle comprenait. Il aurait été inutile de remuer le couteau dans la plaie.

— Je suis désolée. Je sais que *Dannier* compte beaucoup à tes yeux.

– Merci. Il faut que j'appelle mon comptable pour savoir ce qu'on peut faire, mais je voulais te tenir au courant.

Ils raccrochèrent bientôt. Olivia savait qu'elle aurait dû s'estimer heureuse qu'il ait pensé à l'appeler. Au lieu de ça, elle restait convaincue que ce n'était que le début de la fin.

CHAPITRE VINGT-QUATRE

Adam fixait Jake Halliday alors qu'il secouait la tête en tournant page après page les rapports financiers de *Dannier*. Étant donné ses connaissances limitées dans le domaine de la finance, Adam avait décidé de demander l'avis d'un expert pour mieux comprendre ce à quoi il avait affaire.

S'il n'avait aucun mal à évaluer des biens immobiliers, il en était cependant incapable avec les entreprises. Il aurait normalement demandé son aide à Luke, mais lui et Samantha étaient partis en voyage d'affaires à San Francisco. A en juger par la réaction de Jake, Adam ne serait pas surpris qu'il lui dise que ces rapports étaient les plus catastrophiques qu'il avait jamais vus.

Un soupir aux lèvres, Adam songea aux appels qu'il avait passés à certains des employés de *Dannier* qu'il avait rencontrés étant enfant. Tous semblaient avoir des explications différentes à fournir quant au déclin de l'entreprise. L'un d'eux avait mis ça sur le compte du manque d'investissement dans la recherche, un autre sur la formule de leur

nouvelle crème, un autre encore sur les salaires trop bas...
Mais peu importait avec qui il discutait : tout le monde était
d'accord pour dire que l'entreprise était très, très mal gérée.

Jake lui rendit les rapports après ce qui sembla être une
éternité.

– Fuis.

– C'est si terrible que ça alors ?

– Ouais. Si c'est le sort des employés qui te préoccupe, je
te conseille d'attendre que l'entreprise dépose le bilan pour
racheter leurs avoirs. Ce sera bien plus simple de tout
recommencer que d'essayer d'éviter le naufrage alors que le
navire est déjà à moitié dans l'eau.

Adam y avait bien pensé, mais il ne voulait pas que l'entreprise de son grand-père ait mauvaise réputation. Sa
mémoire méritait mieux que ça.

– Et selon toi il faudrait combien pour redresser la barre,
en gros ?

– Après le dépôt de bilan ?

– Avant, répondit-il et Jake siffla.

– Avec une bonne équipe et si tout se passe bien,
soixante-dix millions peut être. Mais c'est vraiment une
estimation optimiste. Tu n'y penses quand même pas, si ?
demanda-t-il en fronçant les sourcils.

Adam haussa les épaules.

– C'est l'entreprise de mon grand-père.

– Et tu pourras racheter son nom après le dépôt de bilan.

Mais ce ne serait pas la même chose et il le savait. Il
commençait à comprendre pourquoi Olivia avait tant
insisté pour préserver certains aspects du *Manoir* et il se
sentit soudain coupable d'avoir refusé de faire le moindre

compromis à l'époque. Ça n'avait rien été d'autre que les affaires pour lui, alors qu'Olivia, elle, s'efforçait de préserver son héritage.

— Je réfléchis encore. C'est beaucoup de travail pour lequel je n'ai pas franchement de temps.

Il fallait aussi qu'il s'occupe de ses propres projets et responsabilités, après tout. Il ajouta :

— Mais il y a ce type, Alfred Thompson. C'était le bras droit de mon grand-père dans l'entreprise. Si quelqu'un peut redresser la barre, c'est bien lui.

Même si cela faisait près de quinze ans que son grand-père était décédé et qu'Alfred avait quitté l'entreprise, les bases étaient les mêmes.

— Je ne sais pas s'il sera prêt à revenir, dit-il. Mon père l'a renvoyé presque immédiatement quand il a repris l'entreprise.

— J'imagine que cet Alfred n'aurait pas laissé ton père saigner l'entreprise à blanc.

— Mon père devait se sentir menacé, admit Adam. Alfred aurait reprit l'entreprise s'il n'avait pas été là, donc il devait penser que le fait de le virer lui permettrait d'affirmer sa position.

Mais son père avait fini par ruiner l'entreprise. Adam secoua la tête pour lui-même en songeant à la façon dont il s'était plaint d'avoir dû baisser les prix pour se mesurer à la compétition. La première chose qu'il avait remarquée en recevant les rapports était que *Dannier* finançait l'utilisation de deux jets. Et bien que cela ne puisse justifier toutes leurs pertes, ce mode de vie extravagant ne laissait rien présager de bon quant à la façon dont son père gérait l'entreprise.

Il avait encore du mal à croire que son père, qui avait refusé son idée de créer une gamme de produits pour hommes afin d'éviter les frais de recherche et développement, ait décidé de gâcher l'argent de l'entreprise en autorisant l'achat d'un second jet, mais les chiffres ne mentaient pas.

— Merci beaucoup d'avoir jeté un œil à tout ça. J'apprécie beaucoup.

Il avait espéré de meilleures nouvelles, mais il s'était douté du résultat.

— De rien. J'adore jeter un œil aux rapports financiers d'entreprises privées.

— En parlant de ça, t'as réussi à trouver un acheteur pour *Gerard* ? demanda-t-il.

Il se référait à la conversation qu'ils avaient eue quelques mois plus tôt au sujet du chocolatier. Mais dans un coin de sa tête, il était déjà en train de se demander comment il allait réussir à trouver l'argent qu'il lui fallait pour sauver *Dannier*.

C'était de la folie, il le savait, mais il ne pouvait nier que de retourner à ses racines avait un certain charme. Être à la tête de l'entreprise familiale avait été son rêve d'enfant et, bien qu'il se soit efforcé d'éviter de se renseigner au sujet d'elle ces dernières années, l'affaire comptait encore beaucoup à ses yeux.

Jake soupira.

— On a décidé de la retirer du marché jusqu'à ce que l'économie se remette un peu. Les offres qu'on nous a faites étaient franchement scandaleuses, du coup on a estimé qu'il valait mieux la garder.

– Et ça se passe comment ?

– Bien. Le président actuel prévoit de prendre sa retraite d'ici un an ou deux.

Ils discutèrent brièvement des avantages et inconvénients du fait d'engager un successeur qui travaillerait déjà dans l'entreprise ou de confier le poste à un étranger, après quoi Adam remercia une dernière fois Jake pour son temps.

Il appela son assistante en quittant le bureau, afin de prévoir une réunion avec son équipe. Il voulait savoir quoi faire pour éviter que *Dannier* ne mette la clé sous la porte et découvrir s'il pouvait se permettre de prendre un autre prêt ou pas.

Le lendemain, Adam fronça les sourcils en suivant les indications de son GPS jusqu'à la maison d'Alfred Thompson. Chaque quartier qu'il dépassait lui paraissait pire que le précédent, tellement qu'il commençait à se demander s'il n'y avait pas d'erreur.

Le GPS le mena à un petit pavillon à un étage dont la peinture blanche s'écaillait. Son bois était en train de pourrir et il était évident que la maison avait vu de meilleurs jours. Une vague de culpabilité le submergea en sachant que c'était son père qui avait mis Alfred dans cette position et il se demanda s'il n'aurait rien pu faire pour arranger les choses. Bien sûr, il n'était encore qu'au lycée mais, à l'époque, il était toujours le fils préféré de son père et la raison pour laquelle ce dernier avait un contrôle total sur *Dannier*. Sachant qu'il ne pouvait changer le passé, il fit taire ces pensées et prit le dossier posé sur le siège passager.

En approchant de la maison d'Alfred, il constata que même si sa peinture n'était plus de première jeunesse, elle était malgré tout bien entretenue. Le portail n'était pas cassé comme celui de certaines propriétés qui bordaient la rue, la pelouse était tondue. Il y avait même un petit potager. Peut-être l'épouse d'Alfred s'en occupait-elle. Il se souvenait vaguement l'avoir vue à des fêtes.

Adam sonna mais n'entendit pas le moindre bruit à l'intérieur. Il attendit un instant au cas où, après quoi il toqua à la porte.

– J'y vais ! cria une voix suivie par des bruits de pas.

Elle se glissa derrière la porte puis il l'entendit affirmer :

– Je ne vous connais pas.

– Bonjour, je cherche Alfred Thompson. Je suis Adam Campbell, le petit-fils de Richard.

La porte s'ouvrit, révélant un Alfred plus vieux que dans ses souvenirs. Il avait à peine eu la quarantaine la dernière fois qu'il l'avait vu, et la cinquantaine bien tassée aujourd'hui.

Adam sourit au visage familier.

– Bonjour, Alfred. Ça fait longtemps.

– T'es le petit Adam ?

Un sourire traversa les lèvres d'Alfred alors qu'il ouvrait davantage la porte et sortait lui donner une accolade.

– Comment ça va ? J'ai entendu dire que t'étais devenu un sacré promoteur immobilier.

– Ça va, je me débrouille.

Alfred rit en lui donnant une tape dans le dos.

– Et ta sœur, alors ? Je ne vous ai plus vus depuis...

Il fronça les sourcils et Adam devina qu'il devait être en train de penser à la façon dont son père l'avait renvoyé.

Désireux de ne pas lui rappeler ces mauvais souvenirs, il dit :

– Martha va bien. Je me demandais si je pouvais vous parler de *Dannier*.

Alfred haussa les sourcils.

– C'était il y a une éternité tout ça, tu sais.

– Je peux entrer ? insista Adam.

Alfred acquiesça et il entra.

– Je ne sais pas si vous êtes au courant, mais *Dannier* va mal.

– Comme je l'ai dit, c'était il y a une éternité tout ça.

Un rire féminin attira son attention. Adam releva la tête et vit la femme d'Alfred entrer dans la pièce.

– Une éternité, c'est ça. Il n'arrête pas de dire qu'il aurait fait ceci et cela s'il était resté. Rien que la semaine dernière, il m'a dit que *Dannier* aurait dû faire des produits pour les cheveux.

Adam sourit.

– Ce n'est pas une mauvaise idée. J'ai entendu dire que certaines personnes mélangent de la crème hydratante à leur après-shampoing.

Il lui tendit la main.

– Je suis Adam Campbell, le petit-fils de Richard.

– Denise Thompson, dit-elle en la lui serrant.

Alfred s'éclaircit la gorge en regardant le dossier que tenait Adam.

– C'est pour moi, ça ?

– Oui.

Alfred prit le dossier, puis il s'assit pour le lire.

– Je peux vous servir quelque chose à boire ? demanda Denise.

Adam secoua la tête en s'asseyant à son tour.

– Non merci.

– Je vous laisse, dans ce cas.

Une fois seuls, Adam expliqua :

– Ils sont sur le point de mettre la clé sous la porte, mais je suis tenté d'intervenir. Est-ce que vous seriez prêt à donner un coup de main si je le faisais ?

Alfred se figea.

– Vous voulez que je travaille pour vous en tant que conseiller ?

– Non. Je veux que vous gériez l'entreprise.

Alfred ferma le dossier et dit :

– Je suis un vieillard. Ce n'est plus de mon âge, tout ça.

– Vous m'avez l'air très en forme et je ne vois pas meilleure personne pour ce poste.

– Et que dit ton père de tout ça ? Tu sais qu'il m'a renvoyé, non ?

– Oui, et je sais aussi que mon grand-père n'aurait jamais voulu ça.

Au contraire, s'il avait pu, son grand-père aurait laissé son poste de vice-président à Alfred aussi longtemps que celui-ci l'aurait souhaité. Bien qu'il ait été fier des prouesses de son père dans le monde des affaires, son grand-père s'était toujours mieux entendu avec Alfred, tous deux partageant la même éthique professionnelle.

Ils avaient toujours fait passer leurs produits avant tout

et avaient choisi de mener leur expansion prudemment en s'implantant dans un pays à la fois, afin de pouvoir étudier le marché local avec soin avant de s'y lancer.

Ils n'auraient jamais adopté l'approche agressive de son père en s'installant dans plusieurs pays simultanément. Son père avait vu les choses en grand pour maximiser leurs profits, de la production à la publicité. Cela avait marché au départ et ils n'avaient eu aucun mal à se faire une place dans le marché sud-américain, mais il s'était complètement planté en Europe.

Même si l'Europe foisonnait de produits compétiteurs, Adam ne pouvait s'empêcher de se demander si *Dannier* n'y aurait pas rencontré le succès en adoptant une approche plus conservatrice. La méthodologie de son père donnait de très bons résultats lorsqu'elle marchait, mais elle ne laissait aucune place à l'échec.

— Et puis, on se fiche de ce que mon père pense. Je compte bien récupérer ses droits sur l'entreprise quand je lui ferai mon offre.

Il était hors de question qu'il laisse son père gérer l'entreprise de quelque façon que ce soit.

Alfred hésita avant de lui rendre le dossier.

— J'apprécie ton offre, mais je ne suis pas faiseur de miracles.

Bon, au moins il savait que la tâche ne serait pas aisée.

— Je ne vous demande pas de faire de miracles, Alfred. Juste de votre mieux.

Il sourit puis ajouta :

— Nous pourrions même donner vie à ces produits que vous avez imaginés.

Le fait qu'Alfred pense encore à ces choses ne faisait que confirmer la décision d'Adam. Oui, il serait parfait pour ce poste. *Dannier* avait besoin d'une personne passionnée par le travail, et Alfred l'était.

Il rit.

— Je t'ai toujours bien aimé.

— Alors, c'est un oui ?

— J'ai quitté l'industrie depuis longtemps, dit Alfred après un moment de silence.

Adam acquiesça.

— Je sais.

Son enquête avait permis à Adam de découvrir que le dernier travail d'Alfred avait été un poste de comptable dans une casse. Et il savait lire entre les lignes. Son père avait renvoyé Alfred sans recommandation, si bien qu'il n'avait jamais réussi à retrouver un travail aussi prestigieux.

— Mais je sais aussi que l'industrie n'a pas beaucoup changé, poursuivit Adam. Beaucoup de nos clients ont été rachetés par les grandes marques, bien sûr, mais les bases et les produits sont toujours les mêmes.

Alfred semblait réfléchir lorsque la voix de Denise intervint :

— Je vais te mettre une claque si tu ne dis pas oui.

Alfred rit, puis il répondit :

— Bon, dans ce cas c'est oui.

Adam sourit en lui serrant la main.

— Vous ne le regretterez pas.

CHAPITRE VINGT-CINQ

— Je suis désolé Adam, mais nous ne pouvons pas vous proposer un prêt pour *Dannier*, dit Barry Kline à l'autre bout du fil.

Adam soupira. Il savait qu'il serait difficile de décrocher un prêt au nom de l'entreprise étant donné ses difficultés financières, mais il avait voulu tenter le coup quoi qu'il en soit.

— Et si vous preniez un prêt sur *AC Developments* ? demanda le banquier. On pourrait vous proposer le même taux que la dernière fois.

— J'apprécie votre offre, mais je ne peux pas.

Il avait déjà beaucoup hésité avant de prendre un prêt pour racheter le *Manoir*, mais cette opportunité avait été trop belle pour s'en priver. Cela étant dit, il ne voulait pas être aussi tête brûlée que son père avec *Dannier*. Bien sûr, *AC Developments* se portait très bien pour l'instant, mais on n'avait aucune garantie dans le domaine des affaires, surtout étant donné la sensibilité du marché immobilier et des centres commerciaux.

– Je comprends. Alors, comment ça se passe avec le *Manoir* ?

– Bien. Nous n'avons pas encore terminé nos ébauches, mais nos estimations préliminaires correspondent à notre budget.

– Fantastique, dit Barry.

Puis il se mit à lui parler de l'état du marché.

Une fois qu'ils eurent raccroché, Adam se mit à faire la liste de ses investissements ainsi que de leur valeur estimée. Avec en tête d'affiche le *Manoir* et le *Plex*. La vente de l'un d'eux suffirait à couvrir les dépenses de *Dannier* pendant au moins deux ans mais, comme la dernière fois qu'il y avait songé, il n'avait toujours aucune envie de vendre. Il avait assisté à la construction du *Plex* et il savait que le *Manoir* serait un franc succès une fois qu'ils auraient achevé les rénovations.

Il y avait ses investissements avec Luke ainsi que ses propriétés plus petites en bas, et il fit quelques calculs. Il pourrait vendre le *Star* ainsi que deux autres centres commerciaux… Mais le *Star* était le premier complexe qu'il avait jamais construit. La majorité des locataires étaient avec lui depuis le départ et il avait l'impression d'avoir une certaine responsabilité envers eux. Il aurait le sentiment de leur tourner le dos en vendant.

Beaucoup de leurs locataires étaient de petites boutiques et tous ne survivraient pas si le nouveau propriétaire décidait d'augmenter le loyer. Il savait qu'il était sans doute trop sensible, mais il ne pouvait pas oublier la façon dont ils lui avaient fait confiance alors qu'il partait de rien.

Il *pourrait* toujours inclure une clause de gel des loyers dans le contrat de vente, mais il devrait alors accepter d'être racheté moins cher. Il se passa la main dans les cheveux tandis que ses pensées se tournaient vers le *Manoir*. Il l'avait surtout voulu pour se venger de ses parents, au départ. Mais le fait de reprendre la tête de *Dannier* ne serait-il pas plus délectable encore ?

Cette idée ne le réjouissait pourtant pas. Au lieu de ça, il se demandait pourquoi il avait eu tant besoin de se venger et il regrettait que son père ne soit pas venu le trouver plus tôt pour lui parler des problèmes de *Dannier*. S'il l'avait fait, leurs pertes auraient sans doute pu être amorties, au moins assez pour qu'il ne soit pas forcé de vendre. Mais son père était trop fier pour ça et il avait préféré préserver les apparences aussi longtemps que possible.

Adam fronça les sourcils. Il allait être forcé de vendre le *Manoir*. Cela lui permettrait de protéger ses locataires et employés, tout en sachant que l'hôtel était entre de bonnes mains avec *Montgomery*. Le fait qu'il lui serait sans doute possible de vendre rapidement et à bon prix ne faisait que rendre cette option encore plus intéressante.

D'autant que cela ferait plaisir à Olivia. Elle serait ravie que sa famille se réapproprie complètement l'hôtel. Il regretterait de ne plus travailler avec elle, mais peut-être était-ce pour le mieux. Il s'était un peu trop attaché à elle, à toujours vouloir l'appeler ou la voir. Merde, il était même incapable de ne pas penser à elle le temps d'une heure.

Avec un peu de chance, la vente de ses parts de l'hôtel

lui permettrait de prendre un peu ses distances et de tracer la ligne entre leur relation professionnelle et leur relation privée. Il n'était simplement pas certain d'en avoir envie.

* * *

Olivia se dirigeait vers la salle de réunion lorsque son téléphone sonna. Elle sourit en voyant le nom d'Adam s'afficher à l'écran. Il avait été si occupé avec *Dannier* qu'ils s'étaient à peine parlé ces derniers jours.

— Coucou Adam, dit-elle en décrochant.

— Salut, Olivia. Je voulais juste que tu saches que j'ai prévu de revendre mes parts du *Manoir* à ton père tout à l'heure.

Son ventre se noua en réalisant qu'il ne l'avait pas appelée pour des raisons personnelles, jusqu'à ce qu'elle comprenne ce qu'il venait de lui dire.

— Attends, tu revends tes parts ?

Il avait pourtant refusé de le faire lorsqu'il s'était associé à *Montgomery* sur ce projet.

— Ouais. J'ai besoin d'argent rapidement si je veux investir dans *Dannier*.

— Mais je croyais que ton ami t'avait dit que ce serait jeter l'argent par les fenêtres.

Elle savait qu'il voulait sauver l'entreprise, mais elle était surprise qur pour ça il soit prêt à abandonner un projet dont la réussite était presque assurée.

Aussitôt, elle repensa à Kevin Mayer et à ses restaurants de poulet frit. Les affaires n'étaient peut-être plus aussi bonnes qu'à l'époque, mais il était passionné.

– C'est vrai mais bon, je ne pourrais pas en être sûr à moins d'essayer.

Et *Montgomery* récupérerait le *Manoir*. Elle aurait dû bondir de joie. Elle en rêvait depuis si longtemps. Au lieu de ça, tout ce à quoi elle pouvait penser était la façon dont cette vente allait affecter leur relation.

– Je suis sûre que ton grand-père serait fier de ce que tu fais. Et merci de m'avoir prévenue, c'est gentil.

Elle ne tomberait au moins pas des nues lorsque son père lui annoncerait la nouvelle. Le fait qu'Adam ait pris la peine de la prévenir la réconfortait.

– Tu vas dire à mon père pourquoi tu vends ?

Elle ne voulait pas faire de gaffe.

– Je ne pense pas, mais tu peux le lui dire s'il te pose la question.

Un silence, puis :

– Tu m'as manqué.

Elle sourit.

– Toi aussi.

– Je ne sais pas à quelle heure je vais finir ce soir. Mon équipe travaille sur une proposition pour *Dannier*, mais on peut dîner ensemble demain.

Une vague de soulagement la traversa en réalisant que leur relation ne prendrait pas fin uniquement parce qu'ils allaient arrêter de travailler ensemble. Avant de raccrocher, ils décidèrent qu'il viendrait la chercher au travail, puis elle rejoint la salle de réunion.

* * *

Il était presque quatre heures de l'après-midi lorsque son père la fit venir dans son bureau.

— Adam vient de m'appeler pour me dire qu'il veut nous revendre ses parts du *Manoir*, dit-il lorsqu'elle entra. Tout va bien entre vous ?

— Oui, mais il veut racheter *Dannier*.

Il rit.

— J'ai pourtant entendu dire qu'Adam et son père ne s'entendaient pas très bien.

Olivia sourit, devinant que son père avait dû se renseigner sur Adam avant de s'associer à lui. Le caractère était important à ses yeux, tellement qu'il en savait sans doute plus long sur la vie personnelle d'Adam que sur leur partenariat.

— C'est vrai, mais c'est l'entreprise de son grand-père.

Une étincelle traversa le regard de son père.

— J'espère que mes petits-enfants feront la même chose si *Montgomery* a des problèmes un jour.

Il était comme un chien avec son os lorsqu'il s'agissait de petits-enfants et son attitude n'avait fait qu'empirer depuis qu'elle s'était mise à vfréquenter Adam.

— Je préférerais plutôt qu'on évite de se retrouver dans cette situation une nouvelle fois, dit-elle.

Après tout, son grand-père avait vendu le *Manoir* pour sauver la banque familiale. Ça n'avait pas été facile, mais il l'avait fait pour sa famille.

— Je sais que tu penses que ton grand-père a eu tort de ventre le *Manoir*, mais je doute que nous existerions encore aujourd'hui s'il ne l'avait pas fait. Il aurait su se contenter d'un seul hôtel, mais après avoir réussi à remettre la banque à flot grâce aux profits de la vente, il a décidé que la fortune de la famille ne pouvait pas uniquement dépendre d'une industrie. Il est revenu en force quand les choses sont rentrées dans l'ordre et il a ouvert trois hôtels en cinq ans. Le début d'une belle histoire.

Ce n'était pas ce que grand-père en disait.

Bien sûr, elle avait toujours su qu'il avait ouvert ces trois autres hôtels, mais il ne lui avait jamais dit pourquoi il l'avait fait, ni pourquoi il avait voulu diversifier leurs investissements. Toutes les histoires qu'il lui avait racontées étaient liées au *Manoir* ; de la façon dont il avait fait importer le marbre le plus beau pour les sols ou de comment il profitait de chaque pause déjeuner pour aller s'assurer que tout se passait bien là-bas.

Cela étant dit, elle n'avait encore été qu'une enfant à l'époque et elle aurait donc eu bien du mal à le comprendre s'il lui avait parlé affaires.

Son père rit.

– Ton grand-père était un sacré homme d'affaires, mais il s'est adoucit en vieillissant et il est devenu plus sentimental. Ce bâtiment était dans la famille depuis des années, et même s'il a eu raison de le vendre, il détestait l'avoir perdu.

– Et voilà qu'on le récupère. Enfin, si l'offre d'Adam nous convient, bien sûr, se corrigea-t-elle en réalisant que cette vente n'était pas une évidence.

Son père acquiesça et elle poussa un soupir de soulagement.

– Il faut fêter ça, dit-il. Et si on allait dîner au *Manoir* ?

Elle ne put retenir un sourire en se rappelant toutes ces fois où il lui avait interdit d'y aller.

– Ça marche. J'appelle Robbie.

* * *

Olivia était en train de répondre à l'e-mail de l'un de leurs gérants qui voulait ouvrir un autre hôtel lorsqu'on toqua à la porte de son bureau. Convaincue qu'Adam devait être sorti du travail plus tôt, elle sourit en levant la tête.

– Cou…

Elle se tut en voyant qu'il s'agissait de William.

Son ex sourit en pointant la porte du doigt.

– J'avais rendez-vous avec mon avocat en bas alors je me suis dit que j'allais passer te dire bonjour.

– Contrat prénuptial ? devina-t-elle.

Elle ne doutait pas que William était très doué dans son travail, mais il était peu probable qu'il se charge de l'aspect légal de ses contrats. Il n'avait jamais été très patient lorsqu'il s'agissait de ce genre de détails.

– Mon père a insisté, dit-il.

Elle dut se faire violence pour ne pas secouer la tête. Comme toujours, William laissait son père diriger sa vie et elle se demanda s'il avait même grandi. Il avait quand même presque trente ans ! Il aurait dû pouvoir prendre seul ces décisions importantes.

Bien que les situations fussent différentes, elle ne put s'empêcher de le comparer à Adam, qui s'était libéré des griffes de ses parents alors qu'il avait à peine dix-huit ans.

– Tu n'approuves pas, dit William.

Elle haussa les épaules. Elle n'avait pas à le juger, après tout. Les contrats prénuptiaux ne lui avaient jamais vraiment plu, de par leur nature impitoyable. Se préparer à la fin d'un mariage avant même qu'il ne commence était tellement cynique. Mais elle ne pouvait nier que ces contrats étaient parfois nécessaires afin de protéger la fortune et les avoirs d'un individu.

– Je sais que pour toi l'amour est censé durer toujours, continua-t-il. Mais tu sais comment sont les choses.

– Je sais, murmura-t-elle.

Elle ne prit pas la peine de lui expliquer pourquoi elle désapprouvait ses actions. S'il voulait un contrat prénuptial, qu'il assume ; pourquoi remettre la faute sur son père ? Et s'il n'en voulait pas, qu'il se batte pour ce en quoi il croyait : c'était aussi simple que ça.

– Et puis c'est pas comme avec toi, tu sais. Je fréquente Pénélope depuis à peine plus d'un an, dit-il, son regard s'adoucissant.

Une alarme se mit à hurler dans son esprit avant qu'elle ne souvienne qu'elle était en train de discuter avec William. Il était improbable qu'il cherche vraiment à la séduire. Il devait probablement angoisser pour le mariage, voilà tout. Cela, en plus du manque de confiance chronique en lui-même. Venant d'une famille de travailleurs acharnés, il n'était pas étonnant que William soit si peu sûr de lui, étant donné qu'il passait son temps à se comparer à eux. Elle avait oublié qu'il était comme ça et combien cela pouvait être déstabilisant.

– Ce n'était pas si sérieux que ça entre nous, dit-elle. Tu sais qu'on aurait dû rompre bien plus tôt. On s'est contenté d'une amitié agréable plutôt que d'une histoire d'amour passionnée. Je crois même avoir entendu dire que tu faisais la fête comme un fou après notre rupture.

Il rougit furieusement et elle sourit.

– Tu ne l'aurais pas fait si tu avais encore eu des sentiments pour moi.

Et elle ne se serait pas sentie si soulagée qu'il lui reproche constamment de ne pas passer assez de temps avec lui. Bien sûr, sa fierté avait été blessée d'apprendre combien sa vie de célibataire lui plaisait, mais ça n'avait rien été de plus que ça : une question de fierté. Son cœur était quant à lui resté parfaitement intact.

– J'étais jeune…

– Mais réaliste, l'interrompit-elle. On se rendait fous à la fin, il faut l'admettre.

Il se tut et elle parvint presque à le voir revivre leurs disputes.

– William, reprends-toi, dit-elle. Tu as quand même demandé Pénélope en mariage, non ? Tu ne l'aurais pas fait si…

Elle se figea lorsqu'Adam apparut à la porte.

– Encore toi ? dit-il en entrant.

Il murmura un « bonjour » à Olivia avant de l'embrasser, puis il s'assit à côté de William, les jambes croisées.

– Je me demande ce que dirait ta fiancée si elle apprenait que tu étais là.

– Laisse Pénélope en dehors de ça ! dit William, et Adam haussa un sourcil.

– T'approche pas de ma copine, dans ce cas.

Sa voix était si froide qu'Olivia se sentit forcée d'intervenir.

– Ça suffit, tous les deux.

Puis elle se tourna vers William.

– Je pense qu'il vaut mieux qu'on ne se voie plus pendant un moment.

Il écarquilla les yeux.

– T'es pas sérieuse.

– Si. Je ne pense pas qu'on puisse être amis avant que tu comprennes qu'il est hors de question qu'on se remette ensemble.

– C'est à cause de lui, c'est ça ? grogna William en se tournant vers Adam.

Elle était sur le point de nier lorsqu'il poursuivit :

– Tu sais, c'est pas la première fois qu'il me menace. Il est passé à mon bureau pour me dire qu'il irait raconter à Pénélope que je veux qu'on se remette ensemble si je ne te laissais pas tranquille.

Elle haussa les sourcils, médusée qu'il invente un tel mensonge. William était beaucoup de choses, mais il n'avait rien d'un menteur. Après un instant, elle réalisa qu'Adam ne niait pas, et son ventre se noua. Il aurait nié si ça n'avait pas été vrai.

Sachant qu'elle ne pouvait gérer qu'un problème à la fois, elle se concentra sur William.

– Je crois qu'il vaut mieux que tu partes.

– Très bien, dit-il en se redressant. Appelle-moi quand tu te seras lassée de lui.

Sur ces mots, il quitta la pièce d'un pas furieux.

– Désolé, dit Adam une fois qu'ils furent seuls. Mais tu sais que j'avais raison. Il te veut.

Olivia ravala ses larmes. Il ne comprenait donc rien.

— Tu ne me fais pas confiance, dit-elle en rencontrant son regard.

Il jura en se passant une main dans les cheveux.

— C'est bien toi qui me l'as dit, non ? Vous avez un lien tous les deux et il est évident qu'il veut te récupérer. Tu voulais que je fasse quoi ? Que je laisse faire ?

— Oui ! C'est exactement ce que tu aurais dû faire.

Réalisant qu'elle avait haussé le ton, elle se leva pour fermer la porte. Heureusement, la majorité des employés étaient déjà partis pour la journée. Elle n'avait pas besoin d'un public.

— Je n'avais aucune intention de te quitter pour lui ou de te tromper, dit-elle en se tournant vers lui.

Elle n'était pas comme ça.

— Je le sais. Je te fais confiance, mais je n'ai pas pu m'en empêcher, d'accord ?

— Non mais tu imagines comment ce sera quand il faudra que je parte en voyage d'affaires ? Qu'est-ce que tu vas aller croire ? Que je passe mon temps avec d'autres mecs ?

Son cœur se serra tant ses mots sonnaient vrai et elle sut alors que leur relation ne résisterait pas à l'avancée de sa carrière. Pas alors qu'elle serait parfois partie pendant des semaines.

— Ce n'est pas vrai, dit-il en se levant. Je ne…

— Je ne peux pas être avec quelqu'un qui s'attend toujours au pire.

Ils ne faisaient que repousser l'inévitable. Si elle laissait faire, il la ferait souffrir à nouveau et elle méritait franchement mieux que ça. Il valait mieux tout arrêter maintenant, avant qu'elle ne tombe encore plus amoureuse de lui.

Parce que oui, elle l'aimait, réalisa-t-elle soudain. Autrement, elle n'aurait pas eu l'impression que son cœur était en train de se briser en mille morceaux.

Ce qu'elle avait été bête. Dès le départ, elle avait su leur relation condamnée. Il ne voulait pas d'enfants. Merde, il ne croyait même pas au mariage. Mais elle avait choisi d'ignorer tout ça pour profiter de l'instant présent et sa décision était à présent en train de se retourner contre elle.

La mâchoire d'Adam se contracta.

– Alors c'est tout ? C'est fini, comme ça ?

Elle acquiesça, la gorge serrée. Il n'y avait pas d'autre solution possible.

– Bon. Je te souhaite une belle vie.

Il lui cracha presque ces derniers mots avant de partir.

Aussitôt, elle alla verrouiller sa porte pour céder aux larmes qu'elle s'était efforcée de retenir.

CHAPITRE VINGT-SIX

Adam fit mine d'être parfaitement impassible alors qu'il vérifiait ses e-mails sur son téléphone, tandis que son père examinait son offre pour sauver *Dannier*. Il s'était attendu à ce que ce dernier vienne accompagné d'avocats et de conseillers, mais il l'avait finalement rejoint seul à son bureau. Adam avait lui aussi choisi de ne pas être accompagné. C'était logique, dans un sens. C'était une affaire de famille, qui ne regardait personne d'autre qu'eux.

Son père tourna une page en jurant.

— T'es vraiment un sacré connard, tu le sais au moins ?

Adam rit en le regardant.

— Je te laisse garder quinze pour cents de l'entreprise. Je pense que c'est juste étant donné sa valeur actuelle.

— Mais tu me fous aussi dehors par la même occasion.

— Effectivement. Tu as déjà ruiné l'entreprise, je ne vois pas pourquoi je te laisserais recommencer avec mon argent.

Son père était sans doute agacé par la perspective de ne plus pouvoir utiliser la carte de crédit de l'entreprise. Ses parents avaient après tout toujours aimé profiter de l'argent de l'entreprise, mais ils allaient devoir s'en priver à présent.

– Et tu nous reverseras combien ?

Oh oui, Adam avait vu juste sur ce point. Tout ce qui intéressait son père était l'argent.

– Rien, tout du moins pas avant que l'entreprise commence à faire des profits, et même ensuite il est possible que je choisisse de réinjecter ces dits profits dans l'affaire.

Il serait ravi de rendre la monnaie de leur pièce à ses parents, étant donné la façon dont ils avaient traité sa tante et son cousin.

Les joues de son père s'embrasèrent et Adam rit. Son père ne serait pas resté si l'offre qu'il lui faisait était aussi terrible qu'il le prétendait. Il se doutait que ce dernier ne se serait contenté de rien de moins que du contrôle total de l'entreprise, mais personne n'aurait été assez fou pour se plier à de telles exigences après tout ce qu'il avait fait.

L'offre d'Adam était tout à fait raisonnable, étant donné qu'il n'était même pas sûr de récupérer son argent au bout du compte. Mais il fallait qu'il essaie. Olivia l'aurait fait, à sa place. Son cœur se serra en songeant à elle. Pour ce qui semblait être la centième fois de la journée, il se demanda où elle était et ce qu'elle faisait. Il détestait ne pas savoir, de ne pas avoir le droit de savoir. Il détestait s'être planté ainsi, et même s'il comprenait tout à fait pourquoi elle avait rompu avec lui, il avait l'impression qu'une part de lui manquait et qu'elle était la seule à pouvoir le compléter à nouveau.

Il avait si souvent pris le téléphone cette semaine pour l'appeler, sans jamais aller jusqu'au bout. Le fait qu'il soit prêt à la supplier de lui donner une autre chance le terri-fiait. Il n'avait jamais voulu laisser personne avoir un tel pouvoir sur lui, pourtant ç'avait été presque naturel avec Olivia. Il l'avait blessée et il avait toujours su qu'il finirait par la blesser à nouveau si elle lui pardonnait. Il n'était pas fait pour être en couple, voilà tout. Il ne l'avait jamais été.

– Et à qui vas-tu confier la direction ? Je le connais ?

La voix de son père lui rappela la façon qu'avaient ses parents de se disputer et il sut alors qu'Olivia avait raison.

Il souffrait bien sûr, mais il savait que ça aurait été pire encore s'ils avaient attendu davantage pour se séparer. Bien qu'elle ne l'ait pas trompé, tous deux voulaient des choses différentes dans la vie. Avec le temps, elle aurait sans doute fini par le mépriser et, même s'il rêvait d'être avec elle, cette idée le tuait.

– Alfred Thompson, dit-il et son père manqua de s'étouffer.

– Ce vieillard ? Tu me remplaces par lui ?

Sachant qu'il n'avait aucune raison de se justifier, Adam acquiesça en pointant du doigt l'accord devant son père.

– Cette offre est à durée limitée, tu sais.

Sa vie personnelle était peut-être un véritable champ de bataille, mais il n'en était pas moins un redoutable homme d'affaires.

* * *

Olivia soupira en se dirigeant vers le bureau de son père, son dossier pour l'hôtel du Yosemite sous le bras. Il l'avait appelée plus tôt pour lui dire qu'il voulait discuter de sa proposition. Cette avancée l'aurait normalement ravie, mais l'impression de vide qui l'habitait depuis sa rupture avec Adam était trop forte pour ça.

Mais peu importait combien elle regrettait sa décision, elle savait qu'elle avait eu raison. Outre leurs différences de points de vue sur la famille, elle ne pouvait être avec quelqu'un qui ne lui faisait pas confiance. Après tout, comment vivre sans confiance ?

Elle détestait l'idée que leur relation ait été uniquement charnelle à ses yeux, pourtant elle avait la désagréable impression que c'était bien le cas. Sachant que les *et si* et les *pourquoi* importaient peu étant donné que tout était terminé, elle se força à sourire en pénétrant dans le bureau de son père. Il était hors de question qu'elle laisse sa vie personnelle interférer avec son travail.

– Coucou papa.

– Salut mon cœur. Assieds-toi.

Elle le fit, sans manquer de remarquer l'étincelle qui illuminait son regard.

– On vient de racheter *The Old Lodge* et la parcelle de terrain juste à côté, dit-il.

Il parlait de l'hôtel abandonné du Yosemite qu'elle avait suggéré d'acheter dans sa proposition.

– Attends, ça veut dire que tu approuves mon projet ? demanda-t-elle, surprise.

Elle avait pensé qu'il l'avait appelée pour lui parler des éléments qu'il voudrait qu'elle change avant d'envisager un rachat, pas qu'il accepterait comme ça, sans prévenir.

– Oui. Je ne t'en ai pas parlé pour éviter que tu sois déçue si notre offre d'achat était rejetée.

– Merci ! Elle se leva d'un bond pour l'enlacer. Attends, elle fait combien la parcelle de terrain que t'as achetée ?

La propriété elle-même était déjà relativement spacieuse pour y installer les chemins de randonnée et les sentiers réservés aux cavaliers qu'elle avait imaginés.

– Un peu moins de six cents âcres.

Elle fixa son père, médusée. Était-il devenu fou ? Qu'allaient-ils pouvoir faire de six cents âcres ? Y construire un centre de convention ?

– J'ai quelques projets, dont un terrain de golf.

Elle rit. Elle aurait dû s'y attendre. Il avait commencé le golf pour se remettre de sa crise cardiaque et n'avait jamais arrêté depuis. Soudain, elle fut intimidée par toutes les implications de ce projet, pourtant elle était aussi ravie que les choses avancent enfin, afin de peut-être lancer la gamme d'hôtels dont elle rêvait.

– Tu penses qu'on pourra utiliser l'un de mes designs ?

Elle avait inclus quelques croquis à sa proposition, détaillant comment elle imaginait les bâtiments et leur intérieur. Elle devrait cependant les réviser, étant donné qu'elle disposait à présent d'un espace plus grand. Ils allaient avoir besoin de davantage de chambres, ainsi que d'un autre restaurant, voire même d'une autre salle de réunion.

Son père acquiesça.

– Oh oui. J'adore ton approche rustique. C'est un peu différent de notre image actuelle, mais ça correspond bien à la région.

Il sourit en lui tapotant le bras :

– Je vais demander à Mc Allister de te donner un coup

de main avec la mise en place du projet. Et Donovan prendra ta place sur le *Manoir*.

Elle hocha la tête, sans voix.

– Merci de croire en moi et en ce projet, vraiment. Ça compte beaucoup à mes yeux. Je sais que j'ai merdé quand on a découvert que *Gen Capital* conspirait pour détourner de l'argent, mais je te promets de faire mieux cette fois.

– Mais de quoi tu parles ? Je ne sais pas ce que j'aurais fait sans toi. Tu t'es assurée que tout roule pendant que je récupérais.

– Mais on a perdu l'un de nos hôtels les plus importants à cause de moi. Je n'aurais pas dû les laisser changer les gérants eux-mêmes.

– J'en aurais fait autant si j'avais été là. Et puis, si on les avait traînés en justice, on aurait sans doute été coincés avec ces cons comme associés. Je ne vais pas dire que ça ne m'a pas pincé le cœur de perdre le Whitcombe, mais sa vente nous a permis d'éviter un sacré paquet d'ennuis. Tu ne pensais tout de même pas que c'était ta faute depuis tout ce temps, si ?

– Bien sûr que si. Tu n'as jamais été du genre à baisser les bras. Tu te serais battu bec et ongles si tu avais été là.

– Je déteste qu'on se moque de moi, bien sûr, mais ça ne valait pas le coup. On ne s'est jamais très bien entendus avec *Gen Capital*. À l'époque, les ventes stagnaient et l'hôtel avait besoin d'un sacré ravalement de façade. Ils n'arrêtaient pas de repousser les rénovations à cause des coûts, et j'ai fini par comprendre que ce n'était pas comme ça que je voulais gérer l'entreprise. Le fait que Mehti doive encore se battre avec eux près de deux ans plus tard ne fait que confirmer qu'on a pris la bonne décision, dit-il.

Il parlait de l'autre opérateur d'hôtel, auquel *Gen Capital* avait réservé le même traitement.

– Mais je suis désolé de ne t'en avoir jamais vraiment parlé. J'aurais dit quelque chose si j'avais su que tu te sentais coupable. À l'époque, j'étais juste furieux que quelqu'un se soit payé ma tête.

Ses mots apaisèrent une partie de sa culpabilité, bien qu'une part d'elle ne puisse s'empêcher de penser que tout ça s'était passé sous son nez sans qu'elle ne remarque rien, si bien qu'elle avait sa part de responsabilité dans cette affaire, elle aussi. Le fait qu'il ait choisi de lui faire à nouveau confiance la touchait et elle se jura en silence de ne pas le décevoir.

Adam regarda Alfred et sa femme se mêler aux autres employés de *Dannier*. Ils devaient annoncer son arrivée aujourd'hui et ses parents avaient organisé une petite fête pour sauver les apparences, comme si ce remplacement était dû au départ à la retraite de son père plutôt qu'à sa faillite pitoyable.

Il aurait préféré une annonce plus simple, mais il avait laissé faire ses parents. Bien qu'il y eût des rumeurs sur les difficultés que rencontraient l'entreprise, elles étaient restées relativement discrètes jusqu'ici et il ne voulait pas alimenter les flammes.

– Tu peux être sûr que nous allons te retirer de notre testament, dit sa mère en se glissant à côté de lui.

Il ravala un sourire. Il était prêt à parier que cela faisait déjà des années qu'il n'y était plus.

– Compris.

La main de sa mère se serra autour de la coupe de champagne qu'elle tenait.

– Tu as toujours été un vrai petit con. Pourquoi ne peux-tu pas être comme ton frère ?

– Si j'étais comme lui, on assisterait à une fête de liquidation aujourd'hui, et pas de départ en retraite.

– Tu trouves ça drôle de ruiner ton père comme ça ? demanda-t-elle en se tournant vers lui.

– Je ne le ruine pas. C'est lui qui s'est ruiné en mettant l'entreprise à genoux.

En vérité, il avait fait à ses parents une bien meilleure offre qu'ils n'auraient pu en avoir ailleurs. Mais ces gens là ne se satisfaisaient jamais de ce qu'ils avaient.

– Oui et toi tu es un vrai saint, droit et juste. Bon sang, ce que j'ai hâte de te voir tomber de ton beau piédestal.

Elle lui siffla ces mots avant de tourner les talons pour se diriger vers un groupe de personnes qu'il ne reconnaissait pas.

Adam secoua la tête en balayant la pièce du regard et il aperçut Denise en train de discuter avec Alfred, seuls dans un coin.

Il se dirigea vers eux et il les vit se tenir la main en approchant. Adorable.

– Nerveux ? demanda t-il à Alfred.

Il regarda autour de lui.

– Ouais. C'est un peu bizarre de voir combien les choses ont changé tout en restant les mêmes. Mais je suis content de revoir ces visages. J'ai de la chance d'avoir Denise à mes côtés, dit-il en se tournant vers elle, un sourire aux lèvres.

Denise rougit en tapotant l'épaule de son mari.

– Arrête tes bêtises.

– Non, c'est vrai.

Il se tourna vers Adam en ajoutant :

– La vie n'a plus jamais été la même après que ton père m'ait renvoyé, mais… Elle est restée avec moi, dans les bons moments comme dans les mauvais. Je ne sais pas ce que j'aurais fait sans elle, dit-il, la voix serrée par l'émotion.

Il lança un regard adorateur à sa femme et Adam se dit que c'était ainsi que le père d'Olivia regardait sa mère et que Luke regardait Samantha.

Son père tapota sur le micro pour attirer l'attention de la foule. Adam observa la pièce jusqu'à ce qu'il trouve sa mère, qui reluquait un serveur non loin de là. Et il réalisa soudain combien leur relation était différente de celle d'Alfred et Denise.

Denise avait soutenu Alfred envers et contre tout et, bien que sa mère soit venue ce soir, ce n'était que pour sauver les apparences, ni pour réconforter son père. Dans le cas contraire, elle ne serait pas en train de flirter avec un serveur qui devait avoir à peine la moitié de son âge. Bien qu'Adam sache que c'était sa façon de se venger de toutes les liaisons que son père avait eues, il était désolé pour eux. Ils s'étaient aimés, autrefois. Mais tout ce qu'ils semblaient faire à présent était se blesser l'un l'autre.

Le mariage de ses parents n'aurait jamais résisté à

l'épreuve qu'Alfred et Denise avaient dû traverser ensemble. Cela avait été difficile mais les avait rendus plus fort, au lieu de les affaiblir. Cette idée pouvait sembler folle, mais était logique dans un sens. Ne s'était-il pas senti plus fort, plus heureux avec Olivia ? Bien sûr, l'amour était une faiblesse, mais cette extase valait la peine qu'on prenne des risques pour la connaître.

La foule se mit à applaudir et il leva la tête pour voir Alfred monter sur scène. Ne doutant pas de lui un instant, Adam se tourna pour partir. Il fallait qu'il voie Olivia.

CHAPITRE VINGT-SEPT

Olivia était en train de préparer une liste de tout ce dont elle aurait besoin pour son voyage d'affaires la semaine suivante, lorsque sa sonnette retentit. Elle vérifia son téléphone et fut surprise de voir Stacy et son garde du corps à sa porte.

– J'arrive, dit-elle par le biais de son appli avant de courir à la porte. Elle l'ouvrit et trouva son amie sur le palier, armée d'un gigantesque sac de nourriture.

– Je suis passée chez l'Italien !

Elle sourit en voyant Stacy s'efforcer de lui remonter le moral. Olivia n'était pas franchement d'humeur à parler de sa rupture, mais elle appréciait que son amie s'inquiète autant pour elle.

– Tu arrives pile. J'étais sur le point de commander à dîner.

– Super ! J'installe tout ça et ensuite tu me raconteras tout sur ce nouvel hôtel du Yosemite.

Stacy était en train de lui dire qu'elle n'était pas forcée

de lui parler d'Adam si elle n'en avait pas envie. Olivia ignorait si c'était à cause de ça ou du fait que son amie avait traversé quelque chose de semblable, mais elle fondit aussitôt en larmes.

– J'aurais dû rompre avec lui dès que j'ai compris qu'on n'avait pas d'avenir, dit-elle dès qu'elle retrouva sa voix.

Il y avait eu tant d'avertissements qu'elle avait choisi d'ignorer !

– J'ai été bête de croire que je pouvais juste profiter de l'instant présent alors qu'au fond, j'espérais pouvoir le faire changer d'avis.

Stacy lui frotta le dos, réconfortante.

– Les mecs pensent rarement à s'installer.

– Mais j'aurais dû réagir. Quand bien même c'était le copain parfait, on ne veut pas les mêmes choses. Il était évident que ça finirait comme ça.

– Je sais que William peut être un vrai con parfois, mais je n'arrive toujours pas à croire qu'Adam pensait que tu le trompais avec lui. Sérieusement.

– Et qu'il aille jusqu'à menacer William ! Comme si j'étais incapable de me contrôler avec les hommes.

– Ça veut dire que tu comptes pour lui.

Peut-être, mais il ne lui faisait pas confiance pour autant.

– Ça ne suffit pas. J'imagine que je devrais m'estimer heureuse que la visite de William m'ait permis de découvrir la vérité sur Adam avant de m'attacher davantage à lui, mais je suis si fatiguée maintenant.

Elle avait enfin réussi à obtenir tout ce qu'elle voulait : le *Manoir* était revenu dans la famille et elle allait créer son propre hôtel… pourtant, elle n'était pas heureuse, tout ça à cause d'Adam.

— Je suis vraiment désolée mon cœur, dit Stacy en l'enlaçant.

— Ça finira par aller mieux avec le temps, mentit Olivia, plus pour elle-même que pour son amie.

Elle n'avait pas ressenti grand-chose lorsqu'elle avait rompu avec William, mais aujourd'hui elle avait l'impression d'avoir le cœur en miettes. Elle n'était même pas sûre de pouvoir s'en remettre. Elle se força à sourire en prenant la main de son amie.

— Merci d'être venue.

— Mais de rien. Allez, mangeons avant que ça refroidisse.

Elles allèrent s'asseoir à la table de la salle à manger qu'Olivia débarrassa après y avoir travaillé.

— Attends, je veux jeter un œil à tout ça, dit Stacy en désignant les croquis qu'Olivia avait réalisés.

Olivia les lui donna et son amie rit en les parcourant.

— Tu as pensé à tout.

— J'ai eu le temps d'y réfléchir, murmura-t-elle en regardant son dessin de la réception.

Elle était en train de se dire combien il serait aisé d'y accueillir les clients, lorsqu'elle fronça les sourcils. Elle avait passé plus de temps à travailler sur le design de l'hôtel que sur la proposition de financement.

Elle avait été certaine d'avoir abandonné ses rêves de devenir architecte, pourtant le fait qu'elle ait toujours inclut ces concepts et dessins élaborés à ses propositions prouvait le contraire.

Elle s'était toujours dit que dessiner les choses lui permettait de mieux les visualiser mais, en vérité, elle aimait créer et avait toujours cherché une façon de lier sa passion avec son travail chez *Montgomery*.

Et le fait d'inclure des dessins à toutes ses propositions lui avait permis de faire ce qui lui plaisait vraiment : imaginer et dessiner. Que cela soit intentionnel ou non, montrer ses dessins à seulement une poignée de gens lui avait permis d'éviter les critiques.

Elle n'avait après tout pas manqué de remarquer que c'étaient les critiques de ses professeurs qu'elle avait eu le plus de mal à accepter à l'université. Elle avait toujours aimé créer mais avait aussi trouvé bien difficile d'inclure les remarques de tous à ses projets, passant des heures à s'efforcer d'améliorer ses dessins, ses modifications l'occupant parfois encore plus longtemps que le design original sans qu'elle parvienne pourtant à satisfaire quiconque.

Elle songea à Seth, qui avait lui-même connu son lot de difficultés à la fac. Mais il s'était accroché au lieu de baisser les bras. Elle n'avait jamais été du genre lâche, mais elle ne pouvait nier qu'elle l'avait été alors. Elle avait eu du mal à l'école et avait fui dès qu'elle en avait eu l'opportunité. Pire encore était le fait qu'elle n'avait jamais vraiment eu l'intention de reprendre ses études une fois son père rétabli. Elle s'était simplement dit que ses rêves avaient changé, alors qu'en réalité, elle avait eu trop peur de l'échec pour prendre le moindre risque.

– Ce que j'ai été bête, murmura-t-elle.

– Hein ?

– Je me suis dit que l'architecture n'était pas pour moi,

mais je n'ai pas arrêté de dessiner pour autant. Je n'ai jamais vraiment abandonné mes rêves. Je me suis contentée de les refouler, c'est tout.

Stacy rit.

— Tu aimes travailler avec ta famille, alors ce n'était quand même pas si mal, non ?

Olivia secoua la tête.

— J'ai choisi l'option de facilité. Mais je n'en ai plus envie. Une fois ce projet terminé, je retourne à l'école, décida-t-elle soudain.

Elle n'avait aucune envie, dans quelques années, de regretter d'avoir abandonné.

* * *

Olivia venait de sortir de la douche lorsque sa sonnette retentit.

Intriguée qu'on vienne lui rendre visite à une heure aussi tardive, elle vérifia son téléphone et fut surprise de voir Adam à sa porte. Bien qu'une part d'elle soit tentée de l'ignorer, elle fut incapable de s'empêcher de l'admirer. Il lui avait manqué.

— J'arrive tout de suite, dit-elle.

Elle enfila un peignoir avant de descendre, son esprit encombré par ses pensées. Était-il venu s'excuser ? Ou voulait-il qu'elle s'excuse ?

Elle ouvrit la porte et tous deux se fixèrent en silence un moment. Elle eut l'impression qu'une éternité s'était écoulée lorsqu'il parla enfin :

— Je peux entrer ?

La gorge serrée, elle recula.

Une fois à l'intérieur, il dit :

– Je suis vraiment désolé d'avoir agi comme ça. Je sais que ça n'en a pas l'air, mais je te fais confiance. C'est juste que… j'ai toujours pensé que l'amour était une faiblesse. Un outil qu'on pouvait utiliser contre l'autre. Alors quand j'ai réalisé que je commençais à tomber amoureux de toi, j'ai paniqué. Je n'avais jamais connu ça et je t'ai repoussée. Et puis j'ai vu William et… j'ai perdu la tête. Alors qu'il était évident que tu ne me trahirais jamais. Mais je crois qu'une part de moi était inquiète qu'il te donne ce dont j'étais incapable à l'époque.

Il lui prit les mains qu'il joignit aux siennes.

– Mais je n'ai plus peur, maintenant. La seule chose qui me terrifie, c'est de te perdre. Je t'aime.

Son cœur manqua un battement.

– Tu m'aimes ?

Il prit son visage en coupe, le regard sincère.

– Oui. Je ne peux pas te promettre que je ne serai plus jamais jaloux, parce que je sais que ce n'est pas vrai, mais je te promets de toujours te faire confiance et de ne plus te refaire ce genre de coup.

Elle ravala ses larmes.

– Je t'aime aussi.

Une vague de bonheur la traversa avant que la réalité la rattrape. Elle devait aller travailler en Californie.

– Ah, au fait : mon père a approuvé ma proposition du Yosemite.

Il sourit en l'enlaçant.

– Félicitations. Je savais que tu y arriverais.

Puis, avant même qu'elle ne puisse lui faire part de ses craintes d'être si loin de lui, il poursuivit :

– Et je te soutiendrai dans tout ce que tu entreprendras. Même si je dois te suivre partout où tu veux aller faire construire un hôtel.

Un sourire béat traversa les lèvres d'Olivia, puis elle l'embrassa.

– Je ne ferai construire qu'un seul hôtel, expliqua-t-elle. Ensuite, je retourne à l'école. Je n'ai pas arrêté de me dire que j'avais tourné la page sur mes rêves et que je me satisfaisais de travailler avec ma famille, mais en fait j'avais peur de l'échec.

– J'espère que c'est d'une école d'architecture dont tu parles, dit-il.

Elle rit.

– Oui.

– Dans ce cas, je suis avec toi. Je sais que cette décision n'a pas dû être facile à prendre, mais je suis heureux que tu aies décidé de suivre tes rêves. Et avec ton talent, je ne doute pas que tu feras une superbe architecte.

Elle rougit.

– Merci.

– Je ne devrais probablement pas te le dire, mais même si je déteste l'idée que tu aies pu douter de ton talent, je suis quand même content que tu sois restée chez *Montgomery* aussi longtemps, parce que ça t'a menée à moi.

– On se serait sans doute rencontrés à la réouverture du *Manoir*.

– Peut-être, mais je n'aurais pas pu travailler avec toi et te découvrir comme ça.

– Ça aurait peut-être été une bonne chose. J'étais tellement accrochée à l'héritage de mon grand-père que ça n'a pas dû être facile de travailler avec moi.

– Ce n'était pas ce à quoi je m'attendais, mais j'ai aimé. Ta passion est vraiment contagieuse et j'ai commencé à voir les choses sous un nouveau jour grâce à toi.

Elle soupira avant de l'embrasser. Ce qu'il était gentil !

Le regard d'Adam s'assombrit alors qu'il faisait courir un doigt le long de l'ouverture de son peignoir.

– T'es nue là-dessous, non ?

Elle rit en acquiesçant et il grogna. Son excitation lui noua le ventre tandis qu'elle lui prenait les mains.

– Viens, dit-elle en le menant au bout du couloir.

Ils venaient tout juste d'entrer dans la chambre lorsqu'il l'attira contre lui pour l'embrasser.

– Tu m'as manqué, dit-il en caressant sa joue.

– Toi aussi, souffla-t-elle avant de l'embrasser à nouveau.

Il lui mordilla la lèvre en reculant, puis il ouvrit son peignoir, son regard affamé explorant son corps nu.

– Allonge-toi, grogna-t-il.

Un frisson la traversa à ces mots et elle lui obéit. Il couvrit son corps à l'aide du sien, l'embrassant jusqu'à ce qu'elle soit à bout de souffle. Il déposa une volée de baisers le long de sa gorge et mordilla sa clavicule, la noyant de plaisir.

Ivre de son besoin de le toucher, elle se mit à déboutonner sa chemise. Il grogna en s'asseyant pour la retirer, révélant ses muscles tendus avant d'aller la retrouver. Elle l'accueillit à bras ouverts, appréciant sa puissance alors qu'elle le caressait.

Sa féminité mouilla entre ses jambes alors qu'il lui torturait un téton, le léchant du bout de la langue pour lui faire perdre pied. Elle avait besoin de lui, tout de suite. Aussi, elle roula pour être au-dessus de lui et ouvrit sa ceinture rapidement avant de descendre son pantalon et son boxer.

Une vague d'excitation délectable la traversa alors qu'il l'empalait sur sa queue, leurs gémissements joints emplissant l'air. Elle posa les mains sur son torse et se mit à se mouvoir tout en appréciant la façon dont il la regardait.

– Ce que t'es belle, souffla Adam.

Il caressa son clitoris, et elle crut aussitôt perdre pied. Désireuse de lui rendre la pareille, elle accéléra le mouvement. Bientôt, elle se resserra autour de lui, tremblante sous le coup d'un orgasme dévastateur.

Un grognement sur les lèvres, il roula pour être au-dessus d'elle, glissa une jambe sur son épaule avant de se mettre à la pilonner. Vague de plaisir après vague de plaisir déferlaient en elle et elle atteignit bientôt de nouveau l'extase.

– Jouis avec moi, dit-il.

Et elle le fit, son plaisir si intense qu'elle hurla.

CHAPITRE VINGT-HUIT

Olivia se mordilla la lèvre en se dirigeant vers le bureau de son père ce lundi matin-là. Avec un peu de chance, il ne serait pas trop déçu d'apprendre qu'elle avait décidé de retourner à l'école.

Elle avait toujours su qu'il rêvait que l'un de ses enfants reprenne son poste chez *Montgomery* et, même si elle adorait y travailler, elle savait cette émotion surtout liée au fait qu'il s'agissait de l'héritage de sa famille.

Même si elle ne regrettait pas le temps qu'elle y avait passé, elle aurait aimé avoir cette épiphanie plus tôt, avant que son père ne dépense des milliers sur ce terrain dans le parc du Yosemite. Elle voulait encore porter ce projet à son terme, mais elle comprendrait qu'il préfère l'abandonner. Son père aimait voir les choses en grand et elle ne serait pas surprise qu'il décide que ce seul et unique hôtel détonnant avec sa marque ne valait pas tous ces efforts, après tout.

Elle toqua à sa porte et il lui répondit avec un sourire resplendissant.

– Olivia, entre ! dit-il. Alors, comment se passent les préparatifs pour ton voyage ?

Elle devait se rendre au Yosemite à la fin de la semaine.

Son engouement ne fit qu'ajouter à sa culpabilité. Elle avait tant insisté pour qu'il approuve l'une de ses propositions, et voilà qu'elle changeait d'avis maintenant qu'il avait acheté un terrain.

Ne voulant pas lui donner de faux espoirs, elle hâta son aveu :

– J'ai décidé de retourner à l'école.

Son sourire disparut et elle ajouta rapidement.

– J'adorerais rester à la tête du projet ou y contribuer si tu décides d'aller jusqu'au bout avec cet hôtel, mais ce serait exceptionnel, rien à voir avec la mini-chaîne que j'avais en tête à la base. Je suis désolée.

Elle préférerait aller jusqu'au bout, d'autant qu'elle adorait son concept et voulait être celle qui lui donnerait vie.

Son père soupira.

– Tu n'as aucune raison de t'excuser. Je crois même que c'est un miracle que tu sois restée aussi longtemps. J'ai toujours su que tu voulais être architecte, mais je pensais que te confier les rénovations de nos hôtels rassasierait le designer qui est en toi.

– Dans un sens, oui. Mais j'ai envie de faire plus que dessiner une fois de temps en temps. Et quand je le fais, je n'ai pas non plus envie de devoir confier ça à un architecte parce que je n'ai pas l'expérience pour aller jusqu'au bout toute seule.

– J'aurais dû me douter que ça ne suffirait pas. Et tu es

sûre de vouloir t'occuper de cet hôtel du Yosemite ? Je ne t'en voudrais pas si tu décidais de te retirer du projet. Tu en as déjà tellement fait pour moi et l'entreprise. Je sais que je n'arrête pas de le dire, mais je ne sais pas ce que j'aurais fait sans toi. Savoir que tu étais au bureau pendant que je récupérais à la maison m'a aidé à avoir l'esprit tranquille pour que je puisse me concentrer sur ma santé.

– C'est de travailler avec toi qui me plaisait le plus, et je pense que c'est aussi pour ça que je suis restée aussi longtemps. Et oui, je veux continuer à travailler sur ce projet. J'en ai rêvé si longtemps, c'est un peu mon bébé maintenant.

– Je vois ce que tu veux dire. Je me souviens encore du premier hôtel que j'ai repris.

Il réfléchit un instant avant de hocher la tête.

– Bon, si c'est ce que tu veux, je te laisse à la tête du projet. C'est une expérience sacrément chère pour tâter le terrain, mais si ces hôtels pour aventuriers ont vraiment de l'avenir, nous serons les premiers à en profiter.

Il ne lui en voulait pas.

Olivia poussa un soupir de soulagement tandis que son père se mettait à parler du fait que leur base de clients ne cessait de rajeunir et que c'était ce genre d'hôtels qui permettrait à *Montgomery* de se différencier de la concurrence. Elle avait redouté cette conversation tout le week-end et voilà qu'il était en train de lui dire que son idée pourrait bien contribuer à l'expansion de l'entreprise.

Son père était incroyable, et elle remercia le ciel en silence de lui avoir donné une famille si aimante.

* * *

Ces deux hommes d'affaires allaient-ils finir par partir un jour ?

Adam grogna pour lui-même en mordant dans son sandwich. Il avait d'abord voulu privatiser le salon de thé du *Manoir* pour demander Olivia en mariage, sachant qu'elle n'aimait pas se donner en spectacle. Mais elle aurait immédiatement deviné qu'il se tramait quelque chose. Il avait donc décidé de lui donner rendez-vous en fin de soirée, en espérant que le lieu soit vide lorsqu'elle arriverait.

Il avait tout prévu : la présentation modifiée (ils faisaient normalement un buffet l'après-midi), les lumières douces que le serveur allumerait dès qu'on leur servirait le dessert, la demande en mariage... Oui, il avait tout prévu, ou presque. C'était sans compter sur ces deux clients à quelques tables de là qui semblaient prêts à discuter jusqu'au petit jour. Il supposait qu'il pourrait commander leurs desserts et attendre leur départ avant de faire le grand saut, mais comment pourrait-il faire comprendre le message au serveur ?

Il était en train de passer ses options en revue lorsque le serveur vint à leur table.

– Tout se passe bien ? Êtes-vous prêts pour le dessert ?

– Oui merci, dit-il en secouant la tête, espérant qu'Edgar reçoive le message.

– Tout va bien ? demanda Olivia une fois le serveur parti.

– Oui, pourquoi ?

Elle rit.

– Parce que tu viens de dire oui en secouant la tête pour dire non. Et tu n'as pas arrêté de regarder ces deux types de toute la soirée. Tu les connais ?

Il sourit.

– Je t'en parlerai plus tard. Tu as bien mangé ?

– Ça oui ! C'était une bonne idée de venir dîner ici avant le début des rénovations.

Olivia lui raconta ensuite qu'elle n'était plus venue prendre le thé ici depuis que ses grands-parents l'y avaient emmenée, étant enfant.

Et alors qu'ils dégustaient une part de gâteau vingt minutes plus tard, les deux hommes d'affaires se levèrent et il ravala un soupir de soulagement. Enfin ! Une fois qu'ils furent partis, il chercha le serveur du regard puis hocha la tête à son intention.

Ce dernier tamisa les éclairages du restaurant avant d'allumer les lumières décoratives un instant plus tard. Olivia écarquilla les yeux en regardant autour d'elle, tandis qu'il tirait un écrin de sa poche. Il se leva puis mit un genou à terre.

– Olivia Anne Montgomery, me feras-tu l'honneur de devenir ma femme ? Nos noms ne seront pas sur les listes des couples les plus riches au monde dans un avenir proche, mais on ne manquera de rien.

Une part de lui aurait aimé attendre que *Dannier* fasse des profits avant de lui demander sa main. Attendre d'être plus stable financièrement. Mais il avait trop hâte de l'épouser. Maintenant qu'il avait compris qu'il rêvait de passer le restant de ses jours à ses côtés, il ne voulait pas gâcher un moment de plus sans elle. Il espérait juste qu'elle partageait ce sentiment.

– Oh oui. Et je me fiche bien du reste, dit-elle en l'embrassant.

Puis elle se recula avant d'ajouter :

– Enfin, j'aimerais que tu réussisses bien sûr, mais même si ce n'est pas le cas, l'essentiel c'est d'être ensemble, non ?

Son cœur se gonfla d'amour. Bien qu'il ait cru impossible de l'aimer davantage, c'était pourtant le cas et il se jura de faire en sorte qu'elle ne regrette jamais sa décision.

– Ça oui, dit-il.

Il sourit avant de l'embrasser.

ÉPILOGUE

Deux ans plus tard

– Il faut qu'on soit partis d'ici dix heures, lui dit Adam.

Ils pénétrèrent dans le *Manoir* dont les rénovations venaient tout juste de se conclure et Olivia sourit. Adam se montrait très protecteur avec elle depuis qu'ils avaient appris qu'elle était enceinte. Ils n'avaient pas prévu d'avoir des enfants aussi vite, mais ils n'en étaient pas moins ravis, quoi qu'il en soit.

– D'accord.

Elle avait cours demain, de toute façon.

Elle s'était inscrite juste après avoir renoncé à la direction de la construction de l'hôtel du Yosemite. L'idée de voyager autant lui avait déplu, surtout maintenant qu'elle se savait enceinte.

Son père lui avait donc offert un rôle de conseillère

qu'elle avait accepté sans hésiter. Le fait qu'elle puisse garder un œil sur son bébé lui plaisait. D'autant que son père lui avait dit qu'il pensait ouvrir un hôtel à Sedona si le sien réussissait.

– Et n'hésite pas à me le dire si tu as mal, précisa Adam.

Elle sourit. Il était évident qu'il était déjà fou de ce bébé, à en juger par la façon dont il la traitait avec le plus grand soin. D'autant qu'il avait pris la décision difficile de complètement couper les ponts avec ses parents. Il lui avait dit qu'il voulait éviter que leur comportement toxique blesse leur enfant.

Olivia avait trouvé cela triste, étant donné qu'elle était très proche de ses propres parents, mais elle imaginait qu'il avait eu raison étant donné la façon dont le frère et la sœur d'Adam avaient appuyé sa décision.

– Ils ont vraiment fait du très beau travail, dit-il en balayant la réception du regard.

Il avait raison, il fallait l'admettre. Les rénovations avaient dépassé toutes ses attentes. Élégant et moderne, le nouveau design de l'hôtel avait su préserver l'âme du *Manoir* pour ravir les générations à venir. Son grand-père aurait adoré. Adam lui serra la main en ajoutant :

– Enfin, il faut dire que je ne suis pas très objectif étant donné que c'est grâce à ça qu'on s'est rencontrés.

– T'es chou, dit Olivia.

Elle l'embrassa.

– Allez viens, je veux te montrer le bar.

Elle lui prit le bras avant de se diriger vers le bar fait dans un bois riche et intemporel. Elle n'avait aucun mal à imaginer son grand-père y prendre place pour boire un verre.

– Je suis vraiment déçue de ne pas avoir pu en faire plus.

– Ce n'est que partie remise, dit Adam. Et elle rit.

Peut-être, oui.

DÉSIRS INEXPRIMÉS

Samantha Collins n'a plus qu'une idée en tête après avoir découvert les infidélités de son défunt mari : tourner la page sur son ancienne vie, avec pour première résolution de vendre ses parts dans le fonds spéculatif qu'il avait lancé avec son meilleur ami.

Mais Luke Darren ne la laissera pas lui échapper si facilement.

Trop heureux de se contenter de la gestion quotidienne de la firme, Luke est toujours resté en retrait, laissant Jason devenir le visage de la société. Mais malheureusement pour lui, sa mort a provoqué un véritable exode, faisant fuir leurs clients. La dernière chose dont il a besoin est que Samantha quitte elle aussi le navire. Cela ne ferait que confirmer les doutes de leurs clients prêts à mettre un terme à leurs relations avec Harkin, et Luke ne peut prendre un tel risque.

Mais travailler aux côtés de Samantha ne tarde pas à semer le chaos dans l'esprit du bellâtre. Il l'aime depuis des années, et à présent que Jason n'est plus là pour faire taire son désir, se contenter d'une simple amitié lui paraît très difficile, et il se surprend bientôt à en vouloir bien plus !